한국
소년소설
과

근대주체
'소년'

지은이 _ 최미선(崔美先, Choi Mi-Sun) 경상대학교 국어국문학과를 졸업하고 같은 대학원에서 공부했으며, 2004년 「카프 동화 연구」로 석사, 2012년 「한국소년소설 형성과 전개과정 연구」로 박사학위를 받았다. 1993년 『경남신문』 신춘문예 동화, 2004 『아동문학평론』 신인상(평론)으로 등단, 창작동화집 『가짜 한의사 외삼촌』(2007) 등이 있다. 현재 경상대학교, 진주보건대학에서 강의하고 있으며, 『경남문학』 편집위원 및 『慶南道史』 집필위원으로 참여하고 있다.

한국 소년소설과 근대주체 '소년'

초판인쇄 2015년 9월 5일 **초판발행** 2015년 9월 15일
지은이 최미선 **펴낸이** 박성모 **펴낸곳** 소명출판 **출판등록** 제13-522호
주소 서울시 서초구 서초중앙로 6길 15, 1층
전화 02-585-7840 **팩스** 02-585-7848 **전자우편** somyong@korea.com **홈페이지** www.somyong.co.kr

값 17,000원   ⓒ 최미선, 2015
ISBN 979-11-86356-34-0 93810

한국
소년소설
과
근대주체
'소년'

STUDY ON FORMATION
AND DEVELOPMENT PROCESS
OF JUVENILE NOVELS IN KOREA

최미선

소명출판

아동문학은 경계의 삶을 직시하게 한다. 형성기의 한국아동문학은 그 사실을 더욱 명징하게 보여준다. 국난의 위기 속에서 형성기 한국아동문학은 어떤 뜨거운 함성과도 같이 일어났다. '소년', '어린이'라는 이름을 향한 지식인들의 열의와 거기에서 비롯된 담론은 실로 뜨거웠다.

「해에게서 소년에게」에 제기되는 한두 가지의 혐의가 있다 할지라도 '대양(大洋)'을 은유한 '소년' 육당의 진심을 가늠하게 되자 열어가야 할 길이 비로소 조금 보이기 시작했다. 그래서 그 시대의 육성을 듣기 위해 현미경을 들이대듯이 그때의 삶을 살펴야만 했다. 필립아리에스의 '아동의 발견'이 놀라운 일이라고 하지만, 20세기 초 한국에서 미성인을 기성인으로부터 독립시키는 세대구분은 남다른 의지였다.

이런 논지의 토대를 마련하기 위해서 텍스트 섭렵은 필수였다. 자료를 얻기 위해 무던히도 뛰어다녔고, 온갖 촉수를 열어 놓고 자료에 대해 수소문을 했다. 자료가 있을 법한 곳이면 찾아가서 켜켜이 앉은 먼지 속에서 기침을 해대며 책장을 뒤졌다. 부실한 자료 때문에 실망도 많았지만, 엄청난 물높이로 몰려드는 시간의 파고를 감당해 내려고 안간힘으로 버티며 읽고 또 읽었다.

논문의 진보가 없을 때는 텍스트로 다시 돌아갔다. 『소년』, 『붉은 져고리』,『아이들보이』,『새별』,『어린이』,『신소년』,『별나라』,『개벽』 그 외 숱한 자료 안에 펼쳐진 미로와 같았던 시간의 길을 헤매고 다녔다. 길이 쉽게 나타나지 않아 난감할 때도 많았다.

이 책은 그렇게 얻어진 학위 논문을 일부 수정, 보완하여 엮었다. 텍스트 각주의 수정과 일부의 오·탈자, 어색한 문장을 바르게 고친 것이 전부이니 수정이라고 할 정도는 아닌 것 같다.

서론에 해당되는 들머리에서는 근대에 들면서 사회 전반에서 유독 '소년'을 호출하여 사회의 책임 있는 주체로 옹립하고자하는 이유를 문제 삼고, '소년소설'이라는 갈래에 중첩되어 있는 몇 개의 난제들을 문제로 제기하면서 이 글의 논지와 향방을 제시하였다. 결국 이 글은 '소년'의 시대적인 사명과 '소년소설'의 위상과 전개과정을 해명해 나가려는 것임을 말했다.

그래서 '소년'이라는 이름의 함의와 역사적 근원, 용어 쓰임에 대해서 살펴보았다. '소년'의 사용은 매우 장구한 역사를 가지고 있었으며, 근대에 들면서 그 호칭은 '근대 기획'을 함축하는 뜻으로 파급되어갔다. 그렇기 때문에 그들을 위한 그들의 '소년소설' 발생은 어쩌면 당연하였다.

이 글을 책으로 묶으려니 고마운 분들의 얼굴이 그려진다. 먼저 문학의 깊이와 가치를 알게 해주신 유재천 선생님, 바른 공부의 길을 열어 주셨고 깨달음을 주셨다. 그리고 논문의 완성을 위해 면밀한 검토를 마다하지 않으신 최용수, 박성석 선생님, 글의 세세한 부분까지 살펴주신 정영훈 선생님, 얕은 지식을 일깨워주신 조동구 선생님, 머리

숙여 감사를 드린다. 부족함을 채워주신 그 가르침, 앞으로 어떻게 보답할 수 있을까. 이 책으로 얻게 될 보람이 있다면 모두 돌려드리고 싶다. 미완의 어지러웠던 글을 우정으로 읽어준 김정호 博士, 중요한 시간을 함께 해준 것에 고마움의 인사를 보낸다.

무엇보다 형제들의 지지와 어머니의 노고가 없었다면 이 늦은 공부를 해 낼 수 없었으리라. 가족들께도 감사드리고, 가장 흐뭇이 이 책을 봐주실 아버지의 영전에도 바치고 싶다. 출간을 흔쾌히 허락해주신 소명출판 박성모 대표님, 시작부터 함께 해준 편집부 관계자 모든 분들께 깊은 감사를 드린다. 그리고 이 모든 일이 있도록 하신 하나님께 찬미를 드린다.

2015년 8월

최미선

차례 ·

제1장   들머리

1. 근대주체 '소년'이라는 이름

　이 글은 한국 소년소설의 형성과 전개과정을 연구하는 것을 목적으로 한다. 여기에 주목하게 된 이유는 소년소설이 발생되어 개념이 불분명한 채 하나의 갈래로 자리매김을 해나가는 과정이 매우 실험적이었다. 그럼에도 불구하고 발생 배경과 형성 및 전개양상의 전체 과정을 통시적으로 살펴보는 연구가 그동안 미흡했다고 보기 때문이다. '소년소설'이라는 새로운 갈래의 공식적인 사용은 방정환에 의해서다. 방정환은 소년소설이라는 표제를 사용하기에 앞서 몇 차례의 실험과정을 보여주었다. 이는 '동화'의 시작과는 사뭇 다른 양상이었다. 동화를 처음 발표하면서 '부형들에게까지 새로 개척되는 동화'[1]를 알리려 했을 정도였지만 '소년소설'에서는 '이약이'라는 형식을 빌려 실험하는 것으로 갈래

의 파생을 예고하였다.[2] '불상한 이약이', '사실哀話', '소녀哀話' 등의 표제를 붙여 '사실'을 강조한 슬픈 이야기를 소년소설로 구분하려했다. 반면, '자미잇는 이약이'는 '동화'로 분명하게 갈래를 명시하였다. '불상한 이약이' 중에는 갈래 표시도 없을 뿐만 아니라 저자(著者) 정보마저도 누락된 글이 많이 발견되고 있어 '실험적'이라고 볼 수밖에 없는 것이다.

소년소설의 발생 전체과정을 파악하고 텍스트를 온전히 해석하려면 『소년』을 비롯한 초기 잡지들을 섭렵하여 당시의 담론과 문화운동가들의 이념이나 사상을 이해하는 것이 선결되어야 한다.

1900년대 초기는 『소년 한반도』에 이어 『소년』이 창간되어 '소년'이라는 세대를 구체화하면서 문화운동의 방식으로 소년들에게 이념과 사상을 전수하고자 하는 계몽담론이 어느 때보다 뜨겁게 일어났던 시기다. 이 시대적 담론이 텍스트에 어떻게 작용되었으며 그러한 상호작용은 작가들의 세계관과 어떻게 결부되는지를 살펴야 하는 일은 당연할 것이다. 즉 사회적 담론과 사상과의 관계맺음 속에서 형성된 소년소설 인물들의 성격과 그 소년인물의 특질이 어떻게 변모되었는가를

---

1 "古代로부터 다만 한 說話─ 한 이약이로만 取扱되어 오던 童話는 近世에 니르러 「童話는 兒童性을 닐치 아니한 藝術家가 다시 兒童의 마음으로 돌아와서 어떤 感激 ─ 惑은 現實生活으 反省에서 생긴 理想 ─ 을 童話의 獨特한 表現方式을 빌어 讀者에게 呼訴하는 것."이라며 새롭게 시작되는 '동화' 갈래에 대한 이해를 돕고자 했다(방정환, 「새로 개척되는 동화에 관하야」, 『개벽』, 1923.1, 20쪽). 그러나 소년소설에서 이러한 과정은 보이지 않으며, 다양한 명칭으로 실험하고 있음을 볼 수 있다.

2 『어린이』 창간초기에 '자미잇는 이약이'와 '불상한 이약이'라는 표제로 서사를 실험하고 있다. 동화는 '자미잇는 이약이'라는 표제를 사용하면서 전래이야기, 번안작품, 재화(再話)된 글 등이 두루 보인다. '자미잇는 이약이'는 '동화'로 분명하게 갈래가 명시되었으나, '불상한 이약이'는 정확하게 갈래를 명시하지 않고 있을 뿐만 아니라 저자에 대한 정보가 전혀 없는 글도 있다. 이런 점에서 '불상한 이약이'는 실험적인 시도로 볼 수 있다. 이런 내용은 제3장에서 상론하기로 한다.

전개과정에서 살펴야 하는 것이다. 그렇지 않다면, 1920~30년대 소년소설 인물들의 특질을 구체적으로 찾아내기 어려울 것이며, 인물의 내면에 어떠한 시대적, 이념적 사고가 진행되고 있었는지도 충분히 드러내기는 더 어려울 것이다. 이 같은 사회적 담론이 소년소설이나 혹은 소년소설의 역할을 했던 텍스트에 어떻게 작용되었는지를 밝히는 것이 초기 소년소설을 제대로 해석하는 방법이 될 것으로 본다.

한국 소년소설이 발생되고 전개되었던 시기는 문학을 통해 소년들에게 부여하고자 했던 이념과 사상이 어느 때보다 강렬했던 때였던 만큼 담론과 텍스트와의 관련성을 밝히는 것은 그간의 단선적인 연구 한계를 극복하는 길이 될 것이다.

'어린사람'들을 독립적 인격으로 '발견'[3]하려 했던 것은 근대적 사유의 결과다. 우리나라에서는 최남선이 '소년'을 지명하여 그들에게 새로운 의미와 임무를 부여하려고 했다

'소년소설'이 형성되기 위해서는 무엇보다 '소년'의 개념 정립이 우선되어야 할 것이다. 따라서 이 글에서는 '소년'의 어휘 사용에 먼저 주목하게 된다. 최남선에 의한 '소년'의 호출은 저널리즘의 판촉 기획의도가 다분히 내재되어 있었지만,[4] 결과적으로는 이 땅의 '소년'들을 '용소년(勇少年)', '쾌소년(快少年)'으로 변개(變改)시키고자 하였던 긍정적 효과를

---

3 필립 아리에스는 "17세기에 와서 비로소 아동에게 독립적인 인격이 부여된 것"으로 보았다. 繪畫의 아동 초상화를 통해서 그 내용을 입증하면서 '아동의 발견'을 설명했다(필립 아리에스, 문지영 역, 『아동의 탄생』, 새물결, 2003, 89~113쪽 참조).
4 "『소년』을 비롯한 근대의 종합월간지들은 '소년'으로 대표되는 근대적 주체를 문화상품을 '구매'하는 새로운 향유층으로 설정하고 이들의 '성장'을 견인하는 문화적 매개로서 기능"한 것으로 보는 것이다(최기숙, 「'신대한소년'과 '아이들보이'의 문화 생태학」, 『상허학보』 16, 2006, 216쪽).

가져 온 것은 사실이다. 선언적 문구에 불과할 뿐일지라도 『소년』에서는 '용소년', '쾌소년'의 행동무대를 제시하면서 '대한 조선 소년'들의 의식을 계몽하고자 했던 것이다.

이런 맥락으로 제2장에서는 '소년'의 개념과 지시범주를 알아본다. 소년소설을 연구함에 있어 '소년'의 개념을 명시하는 일이 선행되어야 함은 자명한 일이기에 '소년'의 사용연원과 함께 '소년'이라는 어휘가 내포하고 있는 개념 및 범주를 역사성에 입각해서 살펴볼 것이다.

'소년'이라는 어휘에 내재되어 있는 언어적 역사성과 새롭게 부여된 의미 등을 통찰해 보는 것은 현재도 문제적 요소로 남아있는 '용어혼용'을 다소나마 해소할 수 있을 것으로 기대된다. 그러므로 '소년', '아동', '청소년'처럼 교차 사용이 가능한 어휘 중에서 '소년'이라는 어휘의 전통성과 활용도를 먼저 고찰한다. 이렇게 함으로써 '아동소설', '소년소설', '청소년소설' 혹은 '어린이 소설' 중에서 '소년소설'이라는 용어가 채택되어야 할 타당성을 확립하게 될 것이다.

현재 익숙하게 사용하고 있는 성장기와 관련된 어휘들이 20세기 초반만 해도 생물학적 연령의 시기와 정확하게 대응하는 용어로 상용되고 있었던 것은 아니었다. 더욱이 미성년의 발달 단계를 나이별로 순차적으로 정렬시켜 나열하는 것은 더욱 어려운 문제다. 성장기를 지칭하는 어휘들이 단순히 성숙의 어느 한 단계를 지시하는 안정적 용어가 되기 어렵다는 것은 많은 연구자들이 공감하고 있는 문제다. 그러므로 소년기 혹은 아동기를 문학과 연관시킬 때 연령별로 고정화하려는 의도는 더욱 부자연스러운 결과를 야기시키게 된다.

'소년'으로 지칭되는 새로운 세대는 연령에 의한 단계적 구분이라기보다는 근대적 의식에 의해 형성된 시각이며, 전근대적인 것으로부터 질적인 전도를 일으킨 시각의 차이에 의해 형성된 개념이라고 보는 것이 타당할 것이다. 이 내용을 제2장에서 설명하려고 한다.

제3장에서는 소년소설의 형성배경과 갈래 발생의 모습을 살펴본다. 소년소설의 형성배경이란 소년소설이 갈래 지위를 획득하기 이전 시기를 말하는 것이며 이에 대한 연구는 한국 소년소설 발생의 토대가 되었던 자료를 고찰하는 것에서 시작된다.

소년소설의 전사(前史)적 기능은 주로 번안·번역물이 대행했다. 당시 번안의 경향과 텍스트의 지향점을 찾아보는 것은 번안 작품들이 담당했던 역할과 의의를 알아보는 것이기도 하거니와, 번안·번역물이 소년소설 형성에 어떻게 기여했는가를 확인해 보는 일이기도 하다. 이는 한국 소년소설의 전개 과정을 확인하는 길이기도 하거니와 일본 소년소설과의 영향 정도를 알아보는 일이 되기 때문에 중요하다고 하겠다.

소년소설의 갈래 발생은 어떤 장르보다 실험적 성격이 강하였다. 그것은 다양한 명칭이 그 사실을 말해주고 있다. 현재 사용되고 있는 용어에서도 실험과 변전이 거듭되는 것은 그 사실을 입증한다고 하겠다.

어떤 갈래나 한 작품이 '최초'라는 지위를 획득하게 되면 주변의 여타 사실들은 은폐되거나 그 권위에 예속되는 경향이 있다. 현재 '소년소설'에서 최초라는 기원적 지위를 부여받은 작품도 편집자적 편의에 의한 지위부여라는 견해가 있다. 따라서 이 글에서는 당시의 전후 정황들을 꼼꼼하게 살펴서 은폐되거나 과장됨이 없도록 한다. 갈래 발생과정을 여실하게 드러내 보여줌으로써 그간 주목받지 못하였거나 감추어져 있던 작품들을 찾아보면서 최초 작품의 기원적 타당성을 가늠해보고자 한다.

제4장에서는 전개 양상을 고찰하는 방법으로 텍스트를 바탕으로 서사적 특성을 살펴보고자 한다. 이는 그간의 선행 연구에서 텍스트가 배제되어온 한계를 적극적으로 보충하기 위함이다. 최근 아동문학 형성 과정에 관한 연구가 활발하게 일어났고, 문화와 근대성 연구에 예각적인 문제의식을 드러낸 것이 사실이지만 시대를 대변해줄 작품이 도외시 된 일면이 있었다. 따라서 이 글에서는 1920년대 초기부터 1940년대 초기까지의 소년소설로 선정하고 단계별로 나누어 살펴보려고 한다.

첫째, 1924년, 소년소설이 처음 발표된 이후 새로운 장을 열어가는 시기의 작품들이 중심이 된다. 이 시기는 시대적 담론의 진행이 소년소설에 어떻게 작용되었으며, 그러한 상호작용은 작가들의 세계관과 어떻게 결부되는지를 확인할 필요가 있는 것이다. 즉 작가는 어떠한 이념과 가치관을 가지고 있었으며, 시대적으로 어떠한 사회적 담론이 일어나고 있었는지 또 그 담론은 소년소설 안에 어떻게 작동되었는지를 살피는 것인데, 그렇게 해야만 초기 소년소설을 제대로 이해할 수 있고, 작중인물들을 온전히 해석할 수 있게 될 것이다.

둘째, 프롤레타리아 소년소설의 의의를 찾아보는 것이다. 프롤레타리아 아동문학은 지나치게 이념을 강조함으로써 도식적 결말을 만들어 냈고, 결국은 '아동성 상실'이라는 진단을 받을 수밖에 없었지만, 프롤레타리아 이념 설파의 방법과 내용을 새롭게 들추어 보면서 프로 소년소설의 의의를 찾아보고자 한다.

셋째, 사실주의(寫實主義)적 현실세계를 기반으로 소년들의 내면·외연의 성장을 추구하였던 일련의 소년소설을 탐색하고자 한다. 소년소설이 소년들의 생활적 진실에 대해 탐구하는 장르이고 일차적 독자 대상이 '소년'인 점을 감안한다면 '성장'의 비중은 막대하다 할 수 있을 것이다. 여기서 서사학적 방법을 일부 원용하여 (내포)작가와 서술자가 분리되어 현대적 서사가 구성되어 감을 함께 고찰할 것이다. 현덕, 황순원을 비롯한 몇 몇 작가들은 카프 작가들의 거센 외침이 다소나마 소거될 무렵을 전후해서 소년들의 내면세계를 구현해 내는 소년소설들을 발표했다. 이들 작가들은 작가의 다른 인격체인 내포작가와 내포작가의 목소리를 대리하는 서술자와의 함수관계를 긴밀하게 계산하지는 않았으나 서술자의 위치를 일관되게 지키며 일정한 목소리를 냄으로써 긴장감을 균질성 있게 유지해 나가고 있었다.

앞서 밝혔던 것처럼 '아동의 발견'이라는 화두는 아동관의 전환을 가져오기에 충분했고, 따라서 아동문학 연구가 다지(多枝)한 방향으로 확장된 것은 사실이다. 하지만, 최근의 아동문학 형성과정에 관한 연구는 문학텍스트에 한정되지 않는 경향이 두드러졌다. 문화와 근대성 연구에 날카로운 문제의식을 드러내면서 아동문학 형성에 관한 연구가 심화되었고, 아동문학 형성기의 역사적 배경을 구체화하는 데 공헌한 일면이 있다. 그러나 이들 연구에서 문학 텍스트가 배제된 것은 큰 한계였다고 할 수 있다. 문학텍스트가 배제된 상태에서 사회 문화적 맥락을 해석하는 일은 문학연구에서 본질을 놓치는 우를 범할 수 있기 때문이다.

또, 그간의 연구에서는 정치·사회적 이유로 자료 확보의 어려움이 있었고, 텍스트가 선별적으로 다루어져 부분적 연구가 되거나 통시성을 담보해내지 못한 점이 있었다. 따라서 소년소설 발생 초기와 발전 전개과정에서 소년소설의 서사적 성격에 대한 설명이 절실히 필요하게 되었다.

소년소설 발생 초기, 강한 계몽적 서사를 이루게 되는 배경이나 프롤레타리아 소년소설의 과잉된 목적의식 고양, 그리고 카프 해산 이후 주제와 인물형상화에서 변화가 일어났던 소년소설은 어떤 문학적 특성을 내포하는가에 대한 세밀한 탐색과 설명이 반드시 필요하게 되었다. 그래서 이들 텍스트들을 탐색함으로써 작가의식과 사회상을 온전하게 수용하는 기틀을 마련해야 할 필요가 있는 것이다.

이런 탐색과정은 초기 소년소설의 계몽성, 교훈성, 애상성은 어떤 의도로 형상화되었는가라는 질문에 대한 답이 될 것이며, 소년소설 서사가 어떻게 발전되고 전개되어갔는가에 대한 의문에 답이 되기도 할 것이다. 그렇기 때문에 이 글에서는 전개과정의 작품을 들여다보는 일에 집중하고자 하며, 이와 함께 소년들이 고민했던 문제와 시대적인 요청의 향방이 서사와 어떻게 맺어지는가를 고찰하고자 한다.

2. 소년소설에 대한 몇 가지 질문

한국 소년소설이 우리 문학사적 범주에서 주목받기 시작한 것은 그리 오래되지 않았다. 1920년대 처음 사용된 이후 '소년소설'의 명칭이나 갈래의 발생과정은 복잡한 양상을 보였지만, 이에 대한 면밀한 검토 작업 없이 오랫동안 아동문학의 범주 안에서 개별 작가작품론 정도에 그쳤다.

이주홍은 『신소년』 편집에 관여하면서 동화와 소년소설 창작에도 깊이 관여했는데, 소년소설이 예술성의 본질로 보면 어른의 소설과는 다름이 없다는 기본적 입장[5]을 밝힌 바 있어 일찍 소년소설에 대한 인식을 보여주었다. 김동리는 소년소설은 "현실적이며 사회적인 것"이라고 했는데 이는 아동문학이 문학적으로나 인격적으로 아동을 향상시키는 문학이라는 정의 위에서 성립되는 내용이었다.[6]

이원수는 "소년소설은 現實性이 있고(그것이 비록 벌레의 이야기를 썼다하더라도) 寫實的인 것이기 때문에 자연히 少年을 독자로 하며, 小說에 가까운 文學形式"[7]이라고 정리했다. 석용원은 '아동소설(兒童小說)'이라는 용어를 차용했지만 이는 이원수의 논지를 좀 더 발전시킨 것으로, 아동소설과 동화와의 혼류를 염두에 두고 "아동소설이 아무리 동화와 이웃해 있다 해도 리얼리즘의 한 줄기를 갖고 있는 문학"이라고 명시하면서 리얼리즘이란 "사회를 보는 작가의 눈"의 문제라고 설명했다.[8] 즉 아동세계에 나타나 있는 모든 현상을 관념이나 몽환이 아니라, 과학적이고 역사적인 통찰로서 이해하고 판단할 줄 아는 인간의 능력에서 작품이 만들어지는 것이라고 설명하면서, 소년소설에 대한 개념을 정리하고 방향을 제시했다. 이상현은 "산문적 갈래 속"에 아동소설[9]을,

---

5   이주홍, 「兒童文學運動一年間(少年小說)」, 『조선일보』, 1931.2.17.
    이 글에서는 발표당시의 표기와 맞춤법, 띄어쓰기를 최대한 수용하고자 함을 밝혀둔
    다. 그리고 脚注에서 '앞의 책', '앞의 글'의 번잡함을 피하기 위해 저자와 책제목(저술)
    을 매번 밝히는 것을 원칙으로 한다. 단 부제 및 서지사항은 인용할 때만 밝히고, 신문
    이나 잡지기사를 반복 인용할 경우는 제목을 들기로 한다.
6   김동리, 「시적환상과 현실 속의 소년」, 『아동문학』 2, 배영사, 1962.11, 21~22쪽.
7   이원수, 「兒童文學 프롬나아드」, 『아동문학』 12, 1965, 93쪽.
8   석용원, 『아동문학원론』, 학연사, 1982, 271쪽.

박민수는 "필연적인 인과관계에 의해서 전개되는 본격 소설"이지만 "아동을 중심으로 한다"는 데서 석용원의 견해와 일치를 보였다.[10]

여기까지의 논의를 살펴보면, 소년소설이라는 갈래에 대한 개념이 완전히 성립되지 않은 상태에서 갈래 위치확립과 주제설정에 관한 내용이 대부분을 차지하고 있다. 표현상 다소의 차이는 있지만, 주장에 서 있어서는 소년소설과 동화의 차이에 치중하면서 소년소설은 사실성과 현실성이 강조되는 갈래라는 정리로 귀결되었다. 이 검토과정에 서도 '소년소설' 또는 '아동소설' 더 나아가 '소년소녀소설' 등 뚜렷한 기준 없이 용어가 혼용되어 있는 문제를 지적할 수 있다.

아동문학에 대한 학술적인 연구는 1960~70년대 최인학과 이재철에 의해 본격적으로 시작되었다. 최인학[11]의 연구는 아동문학에 대한 학문적 이해가 미비했던 때에 시도되어 기본적 관점을 제공한 데 의의를 둘 수 있으나, 아동문학 범위 안에서도 '童話의 特質 把握'에 중점을 둔 연구였다.

이재철[12]은 소년소설이 아동문학계에 발을 붙이게 된 경로가 문헌상으로 그렇게 확연하지 않다는 점을 지적했다. "1920년대에 외형만을 드러낸 소년소설은 뚜렷한 자각 없이 사용되었지만, 구성(構成)과 수법면(手法面)에서 본격적인 소설의 형식을 갖추지 못했던 것"으로 분석하면서 소년소설의 특성이 나타나게 된 것을 1948년 이후 정인택·염상섭·박태원·현덕·김동리 등의 기성작가들의 대두로 보고 있다.[13]

---

9   이상현, 『아동문학강의』, 일지사, 1987, 15쪽.
10 박민수, 『아동문학의 시학』, 춘천교대 출판부, 1998, 218쪽.
11 최인학, 「동화의 특질과 발달과정 연구」, 경희대 박사논문, 1967.
12 이재철, 『한국현대아동문학사』, 일지사, 1978.

당시 성인문학가들의 대폭적인 참여는 좌우익 대립으로 문단 내부가 혼란스러워지자 아동문학으로 눈길을 돌리게 되었다는 것이 일반적 평가다. 이재철의 『한국현대아동문학사』는 방대한 규모의 자료를 체계적으로 집대성해냈지만 프로 아동문학이나 월북 작가에 대한 의의를 수렴하지 못했다는 한계가 있다. 이는 자료에 극히 제한을 받을 수밖에 없었던 시대적 문제의 단면으로 보고 있다. 1990년대 후반 아동문학 연구는 문학사적 관점에서 아동문학의 발생과 형성과정에 대한 연구를 중심으로 크게 활성화된다. 필립아리에스나 가라타니 고진의 영향으로 아동기에 대한 인식과 제도 전반에 대해 회의(懷疑)를 가지게 되고 아동을 객관적으로 연구하려는 근본적인 요청이 발생하게 되었다. 가라타니 고진이 말한 "아동은 객관적으로 존재하고 있다"는 것과 "우리가 보고 있는 '아동'은 극히 최근에 형성되었다"[14]는 전언은 문학과 아동이 결부되는 결절 점을 보여 주기에 충분했다. 이러한 영향으로 아동문학 전체 틀 안에서는 '아동문학 발생과 형성과정'에 관한 연구[15]와 논의가 활기를 띠었다. 그러나 그간의 아동문학 형성과정에 관한 연구에서는 역사적 배경을 구체화하는데 치중한 나머지 문학텍스트가 배제되는 한계를 드러내고 말았다.

---

13 이재철, 『韓國現代文學史』, 일지사, 1978, 385~386쪽.
14 가라타니 고진, 「아동의 발견」, 『일본근대문학의 기원』, 민음사, 1997, 153쪽.
15 한국아동문학형성과정에 관한 최근의 주요논문은 대략 다음과 같다.
　　권복연, 「근대아동문학형성과정연구－1910~1920년대 초를 중심으로」, 연세대 석사논문, 1999; 박숙경, 「한국근대창작동화형성과정연구」, 인하대 석사논문 1999; 신현득, 「한국 근대 아동문학 형성과정연구」, 『국문학논총』 17호, 2000; 김화선, 「한국근대아동문학 형성과정연구」, 충남대 박사논문, 2002; 조은숙, 「한국아동문학의 형성과정 연구」, 고려대 박사논문, 2006; 정혜원, 「1910년대 아동문학연구－아동매체를 중심으로」, 성신여대 박사논문, 2008.

소년소설에 대한 개별적이고 세부적인 논의는 전명희, 김부연, 최배은, 박성애 등에서 찾을 수 있다. 전명희는 연구의 궁극적 목적을 "소년소설의 장르적 위상 정립"이라고 밝히면서, 소년소설 형성기의 공통적 특징으로 "고아의식에 젖은 소극적인 현실인식과 공간이동을 통한 자아 확대를 추출"해 냈다. 또 인물들은 "불우한 삶의 원인을 자각하지만, 적극적인 현실대응방법을 모색하는 것이 아니라 포기하거나 남의 도움을 받는 것"으로 해결한다면서 이는 "고대 소설의 영웅일대기 구조"와 비슷하다고 분석했다.[16]

김부연[17]은 1920년대 소년소설은 애상성이 강한 "낭만주의적 경향"을 드러내고 있으며, "영웅적 주인공에 의해 갈등이 해소되는" 설화적 구성방식이 답습되고 있고 "막연한 이상주의를 내포하여 교훈과 희망을 주는 경향이 많다"고 분석하였다. 이런 평가가 나오게 된 것은 1920~30년대 소년소설을 "낭만주의적 소년소설"과 "사실주의적 소년소설"로 양분화시킨 결과로 보인다.

이정석은 『어린이』에 게재된 소년소설을 '未來指向期'와 '現實告發期'로 나누고 미래 지향기는 학생들의 학구열이나 미래에 대한 희망을 주로 다루고 있으며, 현실고발기의 작품은 프롤레타리아 계급의 고통과 현실을 고발하고 표현한 시기로 地主 등 가진 자에 대한 적개심과 증오심을 유발하게 내용이 등장하는 시기라고 정리하면서 "열악한 환경에 처해있는 학생들의 학구열"과 "가난하고 어려운 현실에서도 희망적인 미래를 염원"하는 내용이 주된 주제로 다루어졌다고 분석하였다.[18]

---

16 전명희, 「한국근대소년소설연구」, 영남대 박사논문, 1998, 7·159쪽.
17 김부연, 「한국근대소년소설연구」, 건국대 석사논문, 1995, 54쪽.

염희경도 방정환의 작품을 대상으로 연구를 진행했는데, 방정환의 소년소설에 보이는 "눈물주의는 자신의 처지를 체념하고 현실에서 등을 돌리는 나약한 것이 아니라 현실을 견디게 하는 힘"이라고 주장하였다.[19]

최배은은 '소년'이라는 용어의 문제를 지적하고 '청소년'이 폭넓은 연령층을 껴안을 수 있다는 이유를 '청소년소설'을 제시하면서 초기 소년소설은 "유형화되고 성격의 변화가 없는 인물을 통해 청소년들이 처한 비극적 현실과 그에 따른 청소년들의 상실감과 비애를 그리고 있다[20]고 하였다.

박성애는 1920년대 소년소설의 특질을 '근대적인 공간'과 '긍정적인 인물'에 의거하여 주목하였는데 근대적인 공간은 "이루어야 할 목표이며 현실의 힘겨움을 보여주는 공간"이고 긍정적 인물은 "근대를 비판적으로 수용할 수 있으면서, 전근대의 가치를 수용할 수도 있"는 '새로움'으로 분석하였다.[21] 이들 연구들은 그간 주목받지 않았던 소년소설을 중점적으로 다루었다는 데 의의가 있지만, 몇 가지의 문제를 충분히 해명하지 못하고 있다.

첫째로 서사분석에 있어 '고대 소설의 영웅일대기' 혹은 '설화적 구성방식' 정도로 설명하는 데 그쳤다. 이는 1920년대 사회적 변화 추이와 담론을 수용하지 못한 결과로 판단된다. 그리고 낭만주의와 사실주의라는 선험적 인식을 기저로 한 연구에서는 1920~30년대 새롭게 형성된 소년인물들의 특질을 구체적으로 찾아내는 데까지 도달하지 못

18 이정석, 「『어린이』지에 나타난 아동문학 양상연구」, 전남대 석사논문, 1993, 50~52쪽.
19 염희경, 「소파 방정환 연구」, 인하대 박사논문, 2007, 215쪽.
20 최배은, 「한국 근대 청소년소설의 형성연구」, 숙명여대 석사논문, 2004.
21 박성애, 「1920년대 소년소설 연구」, 서울시립대 석사논문, 2009, 80쪽.

하였으며, 작중 인물에게 어떠한 시대적, 이념적 사고가 진행되고 있는지도 충분히 규명해내지 못하고 말았다.

육당이 '소년'을 명명함으로써 형성되었던 소년담론은 애국 계몽과 직결되는 인상이 짙었고, 국가의 안녕과 미래를 담보하는 기획력으로 작동되었던 것은 주지하는 바다. 게다가 1919년을 기점으로 보통학교 국민교육은 '지(智)·덕(德)·체(體)'로 대표되는 근대규율로 '소년'들을 제도화하기 시작했다. 소년들에게 주어졌던 '신대한(新大韓) 소년(少年)'의 계몽적 임무는 1920년을 전후하여 새로운 정서로 대체된다. 그것은 다름 아닌 '정(情)'의 강조이다. '정(情)'의 강한 실천력은 보는 관점에 따라 감상주의 혹은 애상주의로 오인될 소지가 충분하였다. 그러나 '정'과 감상주의는 그 기능에서 엄연한 차이가 있는 것이다. '정'은 선량한 인격으로 옳은 사람, 참된 사람을 만드는 기능이 그 안에 내재해있다고 할 수 있다. 이러한 시대적 담론과 이념들이 서사 텍스트에 어떻게 수용되었는지를 살펴야 할 과제가 여전히 남아있고, 이런 문제를 해결하는 것이 소년소설을 제대로 분석하는 첩경이 될 것이라고 본다.

둘째 '소년소설'에서 심각하게 제기되는 문제 중 하나가 용어 선택의 문제다. 먼저 '소년', '아동', '청소년' 등 교체가 가능한 유사어휘에 대한 통시적 고찰이 제대로 이루어지지 않아 혼효(混淆) 현상이 심각하고, 용어 선택에 관한 논의는 원환적인 사슬을 끊지 못한 채 반복을 거듭하고 있는 형국이다.

그것은 소년소설 발생 초기에 '불상한 이약이', '애화', '사실애화' 등 다양한 명칭이 그 단초가 되었다고도 할 수 있다. 이 같은 명칭은 당시 매체 편집자나 혹은 작가가 개인적인 필요에 의해 편의적으로 명명했다는 사실에 대부분 동의하지만, 쉽게 정리되지 않는 실정이다. 그래서 '소년소설', '아동소설' 혹은 '청소년소설' 심지어 '어린이 소설' 등의 명칭 중에서 어느 하나로 통일되지 않고 있으며 순환반복의 논의를 끊지 못하고 있다.

이와 함께 '소년'이라는 용어에는 성(性) 차별적인 요소가 내포되어 있다는 지적도 있었는데, 이 문제는 '소년'의 의미망과 역사적 용례 그리고 문학사 안에서 용법의 지속성을 이해하지 못한 소치라 할 수 있을 것이다.

또 갈래 명칭의 기준이 되는 용어가 나라마다 달라서 아동문학 작품 번역에도 걸림돌이 된다는 지적이다. 이를테면 한국에서 말하는 동화 작품을 번역하고 보니 어떤 것은 아동소설이고 어떤 것은 생활이야기였다는 것이다. 또 중국의 아동소설을 한국에서 소개할 때에는 창작동화라고 갈래명칭을 고쳐야 한다는 것이다. 이처럼 갈래문제는 증대하는 동아시아 아동문학 교류에도 장애가 되고 있다[22]는 지적이다.

이와 함께 사실동화에 대한 갈래 귀속 문제도 남아 있다. '소년소설'이라 함은 '동화'와 대별되는 문학내적 형식을 지닌 장르임을 표방하는 명칭이다. 소년소설의 형식과 장르적 위치 규명의 문제를 다루고자할 때 필연적으로 '동화'와의 관련성에 봉착하게 되는데, 동화가 낭만주의적 문학관을 바탕으로 한, 시적 공상과 상징적 특질이 강한 장르를 의미한다면, 소년소설은 보다 본격적인 산문문학으로써 리얼리티가 강조된 문학의 한 형식으로 간주된다. 그리고 동화와 소년소설의 중간적

---

22 김만석, 「한국·조선·중국아동문학장르 획분에 대한 비교연구」, 『아동문학평론』 113, 서울국제아동문학관 아동문학평론사, 2004, 44쪽.

형태인 사실동화를 소년소설에 포함시킬 것인가 하는 문제도 아직 해명되지 않고 있다.

셋째, 소년소설의 형성과정이 확연하게 드러나지 않고 있다는 점이다. 앞서 이재철에서도 지적되었지만, 소년소설이 아동문학계에 발을 붙이게 된 경로가 문헌상으로 그렇게 확연하지 않다는 것이다. 이는 발생 경로를 전체적으로 조망해 보지 않았기 때문이다. 따라서 소년소설 발생 초기에 '애화', '실화' 등 편집자에 의해 명명된 초기의 용어에 정당한 평가도 유보되어 있는 상태다.

넷째, 소년소설을 포함하는 아동문학 형성과정에 관한 그간의 연구에서 텍스트를 선별적으로 다루어 부분적인 연구가 되었거나 또는 일부 텍스트는 배제된 채 형성과정의 역사성만을 다룬 문제점이 노출되었다. 따라서 발생 초기와 발전 전개과정에서 소년소설의 서사적 성격에 대한 설명이 절실히 필요하게 되었다. 발생 초기의 강한 계몽적 서사 배경이나 프롤레타리아 소년소설이 보여주었던 과잉된 목적의식에 대한 서사적 탐색이 필요하다고 보는 것이다. 또 카프 시대 이후에 나타난 소년소설이 내포하는 문학적 특성 등에 관해서 단계적인 연구 검토가 절실히 요청된다고 본다. 즉 서사 탐색을 통해 초기 소년소설의 계몽성, 교훈성,[23] 애상성이 어떻게 소설 안에서 형상화되었는가를 확인하면서 소년

---

23 "아동문학은 인간 최초의 成長期를 위해 쓰인 책"이라는 점에서 독자는 항상 교육적으로 고려되어야 할 대상으로 전제된다. 따라서 "아동문학에는 명쾌한 教育性이 내포되어"있다고 했으며(석용원, 「아동문학의 특질」, 『兒童文學原論』, 학연사, 1983, 16쪽) 아동문학 작품에서 실현된 "이상성·몽환성·예술성·단계성·윤리성·흥미성·원시성 등의 모든 아동문학의 특질과 한계성은 교육성과 예술성으로 집약"된다고 했다. 그리고 "올바른 역사의식과 아동관을 바탕으로 한 훌륭한 교육성이 담겨있는 높은 예술성의 아동문학 조건"이 갖추어져야 할 것이라고 했다(이재철, 「兒童文學의 條件」, 『아동문학개론』, 서문당, 1983, 25~26쪽).

소설의 서사 전개 양상에 대한 의문을 해소시켜나가고자 하는 것이다.

이 글에서는 위에서 제기한 문제와 연구사 검토에서 드러난 의문을 보완하는 것으로 그간의 연구 한계를 극복하고자 한다.

연구의 기본 자료는 당시의 소년소설과 소년소설들의 전사적(前史的) 서사를 적극적으로 수용하여 발표했던 『소년』, 『새별』, 『어린이』, 『신소년』, 『별나라』, 『동화』, 『소년』 등을 포함하는 잡지와 주요일간 신문 등이다.

마리아 니콜라예바도 아동문학의 교육성을 전적으로 부정한 것은 아니다. "모든 문학과 예술의 목적은 인간정신의 교육"에 있다는 말로 문학의 교육성을 부분 인정하지만, 그러나 "아동문학의 역사에서 어떤 책들이 살아남았는가를 검토해본다면, 이 책들이 뛰어난 문학적 특성을 갖고 있다는 사실을 명백히 확인할 수 있을 것"이라고 말함으로써 '문학성'으로 주장을 귀결시켰다(마리아 니콜라예바, 김서정 역, 「성숙기의 아동문학」, 『용의 아이들』, 문학과지성사, 1998, 18~19쪽).

제2장

'소년'과 소년소설의 특징

    '소년소설'이 태동되기 위해 '소년'의 개념이 전제되어야 하기 때문에 '소년'이라는 어휘의 의미와 사용 양상, 지시범주에 주목하게 된다. '소년'은 오랜 기간 '늙지 않은 사람' 혹은 '나이 어린 사람'이라는 통상적인 뜻으로 사용되어 왔지만, 근대 변혁기에 강력한 계몽 기획의 작동으로 새롭게 부상된 사실은 이미 알려진 바다.

    '늙지 않은 사람' 혹은 '나이 어린 사람'이라는 뜻의 '소년'이 다분히 연령에 의한 지칭이었다면, 『소년』에서 호명된 '소년'은 질적으로 다른 근대적 사유에 의한 것이었다. 『소년』에서는 '소년'을 '신대한(新大韓)의 용소년(勇少年) 쾌소년(快少年)'이라는 수사로 호명하면서 '새로운 시대를 열어나가야 할 핵심적인 주체'라는 의미로 이들을 불러냈다. 이는 기존의 어휘에 새로운 의미를 더해나가는 것이었고, 단순히 '나이 어린 사람'으로 바라보았던 '소년'을 다르게 인식하는 계기가 되었다.

    『소년』에서는, 꾸준히 '소년'을 호명하여 개별적이었고 분산적이었던 대상을 집단화하였고, '어른'과 '아이' 사이에 은닉되어 있던 세대를 구분하여 구체화하면서 그들이 '신대한의 주역'임을 계속 상기시켜나 갔다. 오랜 기간 보편적 의미의 일반 명사로 사용되어 온 '소년'이 '새로 운 시대를 책임질 세대'로 의미화된 데는『소년』의 공이 지대했다. 근 대기를 거치면서 '소년'이라는 어휘는 폭넓은 의미를 확보하게 되었고 보다 안정적으로 더 공고하게 사용될 수 있었다.

여기서 '소년'의 개념과 범주 및 쓰임의 양상을 살펴보는 것은 '소년' 이라는 어휘가 가지는 보편성과 역사적인 위치를 확인하는 것이다. 이렇게 함으로써 '소년소설'을 둘러싸고 있는 문제를 해결할 수 있다 고 보는 데 그 중 하나가 '아동', '청소년' 등 '소년'과 교체 사용이 가능 한 유사한 어휘들 중에서 '소년'이 채택되어야 하는 당위성을 설명할 수 있게 된다.

'소년'이라는 어휘가 역사를 관통하여 보편적이면서 때로는 특별하 게 사용되어온 과정을 확인함으로써 '아동' 혹은 '청소년', '소년' 등의 유사 어휘 중에서 '소년'을 대표용어로 채택하게 되는 당위성에 대한 해명이 되는 것이다. 이렇게 되면 '아동소설', '청소년소설' 혹은 '소년 소녀소설'처럼 혼용되고 있는 용어 중에서 '소년소설'이라는 용어 사용 의 근거가 마련될 것이다.

그런 점에서 소년소설의 내적 주체가 되는 '소년'의 사용과 범주를 먼 저 살펴보는 것인데, 전래적 의미에서 '소년'의 용법을 확인해보고 '소년' 이 존재해온 근거를 재구해 본다. 아울러 근대에 들어『소년』에서 강력 한 계몽 기획으로 형상화된 소년상을 추출하여 시대가 요구했던 소년의 모습을 찾아내려고 한다.『소년』에서 볼 수 있는 '소년'의 모습이 비록 추상적이기는 하지만 강력한 근대 기획에 의해 형성된 '나이 들지 않은 사람'의 새로운 모습이었던 것은 분명한 사실이다. 이처럼 새로운 세대인 '소년'을 구분함으로써 그들을 수용자로 하는 문학 갈래의 필요성이 제기되는 것은 당연한 문제이다. 따라서 '소년'과 '소년상'을 구체화하는 것은 소년소설 발생의 필연성을 규명하는 통로가 되기 때문에 '소년'의 의미와 소년소설의 특성을 살펴볼 필요가 제기 되는 것이다.

1. '소년(少年)'의 사용 양상과 범주

인간의 연령대를 지칭하는 어휘나 용어가 생물학적인 발달의 단계와 정확하게 대응될 수 없다는 것은 매우 자명한 사실이다. 그중에서도 '성장기'에 대한 논의가 더욱 분분한 것은 그 시기야말로 인생의 전 과정 중에서 신체적·심리적 변화가 가장 극심하기 때문이기도 할 것이다. 그래서 외형적으로 변화가 극심한 '성장기'를 어느 하나의 어휘로 고정시키기가 어려운 면이 있고, 이 시기를 지칭하는 용어들이 갖는 의미가 절대적일 수가 없게 되는 것이다. 게다가 교육이론에 입각한 발달단계에 의거하여 하나의 고정된 의미영역으로 묶으려 하는데서 용어의 혼효(混淆)현상이 더 심해지고 있는 실정이다.

1900년대 초기는 급박했던 시대적 변혁만큼이나 인식의 변화가 일어났던 시기다. 새로운 용어의 사용은 이러한 인식의 변화를 견인하는

데 크게 기여했던 것으로 보이는데 인간의 '성장기'를 나타내는 일련의 용어들이 그 대표적인 예라 할 것이다. 즉 '소년', '아동' 등의 용어가 그것이라 할 수 있을 것인데, 이런 용어들은 그 사용연원이 꽤 오래되어 근대기의 신생어라 할 수 없음에도, 근대의 시작과 함께 처음 사용된 것으로 오인되고 있다. 이들 용어들은 1900년대 초기, 새로운 용법을 얻어 새롭게 부각됨으로써 당시대의 문화의식을 표상화하는 데 크게 기여했다는데 더 큰 의미를 둘 수 있다. 이는 필립 아리에스의 지적처럼 이미 있었던 것의 '발견'이며, 새로운 '명명'이었고 새로 발견한 대상에 새로운 의미를 부여하게 됨으로써 새로운 용법으로 안정되어 가는 과정을 얻게 된 것이다.

그런 점에서 전통적 용법과 근대 관점에서 어휘들의 사용양상을 고찰하고, 새로운 '소년'이 지시하는 범주를 찾아보고 새로운 소년의 모습을 제시했던 『소년』 안에서 '소년'의 모습을 찾아내고자 한다.

1) '소년'의 사용과 '소년 상(像)'

인생의 '성장기'와 관련된 어휘들의 전통적 사용 양상을 살펴보면 현재의 쓰임과 동일하게 일치되는 예는 드물었고, 동의(同意)관계에 있는 유사 어휘와 자유자재로 혼용되거나 교체되는 경우를 볼 수 있다. 그 대표적인 어휘가 '소년'이라 할 수 있을 것이다. '소년'은 '청소년', '아동' 등과 자유롭게 교체 사용되고 있으며, 한 문단 안에서도 동일한 의미로 사용되는 예가 있었다. '소년'의 사용연원은 오래되었다. 『삼국사기』에도 이미 사용된 예가 여러 곳에 있고,[1] 『주문공문집(朱文公文集)』의 "少年은 늙기 쉽고(少年易老)"에서도 볼 수 있다. 특히 근대기에는 다양한 매체에서 활발하게 사용된 예를 어렵지 않게 찾아 볼 수 있다.

①(관창은) 젊어서 화랑이 되었는데 (…중략…) 십육 세에 말을 타고 활 쏘기를 잘하니 대감(大監) 모(某)가 태종대왕에게 천거하였다. 계백이 (…중략…) 탄식하기를 "신라에는 기특한 선비가 많다. 소년도 오히려 이러하거늘"(少而爲花郎 (…중략…) 年十六 能騎馬彎弓 乃嘆曰 新羅奇士 少年尙能斬將搴旗 深所恨也)[2]

②음력 본월 십일일 밤에 새문 밧 뎡거장에셔 이십여 세 가량 된 쇼년이 긔챠에셔쩌러져쥬상ᄒ엿ᄂ디 셔부경찰셔 순사들이가셔본즉[3]

③쵼문밧게, 훈소년이 다 쩌러진 마고ᄌ에 깃도 업고, (…중략…) 총리, 쇼년의 공문을 바다, 먼져 인쟝을 보고, (…중략…) 네가, 풀무장이 되기를 원ᄒᄂ냐, 나히 얼마나 되며, 긔질이 약ᄒ지 안으랴 (…중략…) 어려셔부터

---

1 "少年監典 景德王改爲鈞天省, 後復故, 大舍二人 史二人"(『三國史記』卷三十九 雜志 第八 職官; 李丙燾 譯註, 『삼국사기』下, 을유문화사, 1983, 259쪽) '少年監典'은 745년(경덕왕 4년) 7월에 설치되어, 759년(경덕왕 18년) 조천성(鈞天省)으로 개칭되었다가 776년(혜공왕 12년)에 다시 본래의 명칭대로 바뀌었다. 조천이라는 명칭이 균천악(鈞天樂)에서 유래한 듯하여, 상제(上帝)를 제사할 때 연주되는 음악과 관계있는 관청이었을 것으로 추측된다. '소년'이라는 명칭이 있으므로, 하늘에 제사할 때 동원하는 소년 악사(樂師)들을 관리하던 관청으로 보아 틀림없을 것이다. 소속 관원으로는 대사(大舍) 2인, 사(史) 2인을 두었다.
2 이병도 역주, 『삼국사기』하, 을유문화사, 1983, 375쪽.
3 『대한매일신보』, 1904.

복역호와 시방 나히 셔른 술에, 두 술이 못차오며[4]

　④ 반드시 긔력이 셩대호고 정신이 강장호야 혐훈 거슬 맛나도 능히 피
치 아니호며 난을 당호여도 능히 물니치고 혼 번 놀고 뛰며 텬디가 빗츨 동
호며 혼 번 소래롤 지르매 일만 군亽가 무릇 챵을 호여야 이에 가히 쇼년이
라 일컬을 것이라[5]

　위 인용문에서 '소년'이라는 어휘가 장구한 기간 동안 통시적으로 사
용된 예를 한 눈에 볼 수 있다. ①은 화랑 관창(官昌)의 알려진 일화이
다. 관창의 나이가 '16세'로 제시되어 있어서 이어지는 '소년'이라는 어
휘와 의미상 적절하게 호응이 된다. ②, ③은 근대기의 신문이나 잡지
에서 쉽게 접할 수 있는 내용들이다. 여기서 소년의 나이가 '20세' 심지
어 '28세'로 명시되어 있는데 현재의 관점에 보면 분명히 청년에 가까
운 나이다. ④의 내용에서는 '소년'의 기력에 대해 말하고 있다. 한번
뛰고 날면 천지가 빛을 발휘하고, 한 번 소리를 지르면 일만의 군사가
호응을 한다는 정도로 기운차게 묘사했다. 이 또한 현재의 시각에서는
'청년' 정도에서 볼 수 있는 기운과 체력이지만 근대기에는 '소년'으로
지칭하는데 아무런 거리낌이 없어 보이고, 자유자재로 사용되고 있음
도 확인할 수 있다. 이뿐만 아니라 '칠팔셰 된 ᄋ히'도 아니고 '칠십여
셰의 노인'도 아닌 사람을 지칭하는 용어로도 사용되는 예는 『대한매

4　이해조 역, 『털세계』, 雁東書館, 1908, 21~22쪽; 『新小說 飜案(譯) 小說』 3, 아세아문화
　사, 1978.
5　『대한매일신보』, 1908.8.25.

일신보』와 같은 당시의 주요 매체에서 흔하게 찾아 볼 수 있는 내용이다. 이런 사실로 보면 '소년'은 주로 '늙지 않은 사람'을 지칭하고 있지만 때에 따라서는 나이를 정확하게 한정하기 어려울 때, 혹은 나이에 구애받지 않으려 할 때 적절하게 사용되었음을 알 수 있다. '소년'이 긴 기간 동안 본연의 의미에 큰 변화 없이 우리 언어생활 안에 공고하게 자리 잡고 있는 것은 그 어휘의 사용에 제약이 거의 없었다는 방증이기도 할 것이다.

이처럼 '늙지 않은 사람' 혹은 '노인'도 '아해'도 아닌 사람의 일반명사로 사용되어온 '소년'은 근대에 들면서 기성세대와는 질적인 차이를 갖는 존재가 되었다. '소년'이 기성세대와는 무언가 다른 인생의 한 시기를 상징하게 되는 데는 『소년』의 공이 지대했다. "우리 大韓으로 하야곰 少年의 나라로 하라"[6]라는 선언은 그동안 은닉되어있던 한 세대를 각성시키기에 충분한 호출이었다. 이뿐 아니라 『소년』 창간호의 표지에는 "今에 我帝國은 우리少年의智力을賁하야 我國歷史에 大光彩를 添하고"라고 소년의 지혜가 곧 국가의 재산이 된다는 것을 말하면서 소년들의 지혜가 국가에 빛을 더하게 될 것이라고 하였다. 이와 함께 '소년'의 임무와 역할을 강조했고, "어대싸디던디 우리少年에게 剛健하고 堅確하고 窮通한人物되기를바란故로 決코 軟弱依恃懶惰虛僞의 마음을 刺激할쯧한 文字는 됴곰도 내이디아니할터이오"[7]라는 언술로 『소년』이 나아갈 방향을 제시하는 동시에 '소년'들에게 '배흘일'을 강조하고 있었다. 이어 앞서 「海에게서 少年에게」에서는 '少年輩'라는 무리로

---

6 『少年』 1-1, 1908, 11.
7 「編輯室通寄」, 『少年』 1-1, 1908, 11, 82쪽.

호명함으로써 개별적으로 산재(散在)되어 있던 소년들을 집단화시켰고 '少年輩'는 육상(陸上)의 모든 부패한 힘과 권력, 권위를 타파하는 자연의 큰 힘을 그대로 전수 받는 대상으로 묘사 되었다. 『소년』에서는 이처럼 창간과 동시에 '소년'이라는 어휘에 계몽과 관련된 의미를 채우면서 새로운 뜻으로 용어를 확장시켜 나갔던 것이었는데, 『소년』에 실린 시가에서 '신대한 소년', '소년 대한' 등의 수사는 이전에 생각해 보지 않았던 새로운 '소년상'을 형상화할 수 있도록 해주었다.

> 우리로 하야곰 '풋쐘'도 차고
> 우리로 하야곰 競走도 하야
> 生하야 나오난 날쌘 긔운을
> 내쏩게 하여라 펴게 하여라!
> 아덕도 뎨主人 맛나디 못한
> 泰東의 뎌 大陸 넓은 벌판에!![8]

  인용된 「우리의 運動場」에서는 대한의 '소년'들에게 삼면이 바다인 한반도의 지형을 천혜의 조건인 것을 잊지 말고 '태동'의 넓은 대륙을 운동장으로 삼을 것을 주문하고 있다. 당시의 정치·경제적 여건을 고려한다면 관념적인 요청이 아닐 수 없다. 그러나 그런 암담한 현실을 초월하여 뛰고 달리는 날쌘 소년 상을 지선(至善)으로 형상화하고 있다.

---

8 「우리의 運動場」, 『少年』 1-2, 1908, 32쪽.

검불째 걸은 저의 얼골 보아라

억세게 덕근 저의 손발 보아라

나는 놀고 먹지 아니한다는

標的 아니냐,

그들의 힘ㅅ줄은 툭 불거지고

그들의 쎠…대는 썩 버러젓다

나는 힘드리난 일이 잇다는

有力한 證據 아니냐[9]

「新大韓 少年」 또한 강건한 체격과 힘찬 체력을 강조하고 있다. 앞서 「편집실 통기」에서도 명시했듯이 이 시에서의 '연약', '나타', '의시' 따위의 시어는 부정적 언어와는 반대항에 있는 언어들로 '剛健·堅確한 '소년'의 모습을 형상화하고 있다. 당시의 최남선도 약관 19세의 소년이었던 것을 감안하면[10] 그가 불러냈던 '소년' 안에는 객체와 주체가 봉합되어 하나의 기표를 만들어 내고 있는 것을 볼 수 있다. 시적 화자인 동시에 작자인 '나'와 독자인 '소년'들의 이중화는 철저히 구분 되지 못하고 동년배 의식으로 묶이게 되는데[11] 그 기준은 민족이 될 것이고 효과는 계몽담론으로 나타나게 되는 것이다.

이렇게 이상화된 소년들에게 필요한 이야기는 계몽서사 그 자체였고, 담력을 가지고 미지의 세계를 개척, 탐험해나가는 이야기는 당연히

---

9 「新大韓 少年」, 『少年』 2-1, 1909.1, 2쪽.

10 白淳在, 「『少年』誌 影印本 出刊에 붙여」, 『少年』(影印本), 文陽社, 1969.

11 김화선, 「韓國 近代 兒童文學의 形成過程硏究」, 충남대 박사논문, 2002, 50쪽.

필연적인 것일 수밖에 없다. 뿐만 아니라 순수 문예작품에서도 슬기와 지혜의 부분만 강조되었고, 어려운 시기를 극복해낼 처세에 초점이 맞추어지게 되었다. 그래서 이 시기 '소년' 잡지를 채웠던 번안 작품의 목표는 '계몽'으로 집약될 수밖에 없었다. 이 내용은 제3장에서 소년소설의 역할을 했던 번안 작품과 연관시켜 좀 더 논의를 확장하고자 한다.

'소년'이라는 용어에서 또 하나 문제로 남아 있는 것이 성적(性的) 표징이다. '소년'은 ① 아직 완전히 성숙하지 아니한 사내아이 ② 젊은 나이 또는 그런 나이의 사람이란 사전적[12] 뜻에서 ①의 해석에 집착한 나머지 '소년소설'이라는 명칭이 성차별적 요소를 내포하기 때문에 '소년소녀소설'이라고 해야 한다는 주장이 제기되기도 했다. 그러나 이는 우리 언어의 문화적 기반을 이해하지 못한 견해라 할 수 있을 것인데, 이런 문제는 '소년'의 통시적 사용 사례를 살펴보면 쉽게 해결된다. 다음의 인용 문장에서 '젊은 여성'에게 '소년'이라는 용어를 활발하게 사용된 예를 확인할 수 있다.

① **少年寡婦**로 發奮해

一代의 女流事業家로

母女가 같은 신세로 걸어온 험노

故白善行女史一生

(…상략…) 八일 오후 十二시 四十분 근대 조선의 여류 사회사업가 백선행 여사가 눈을 감았다. 그가 소년 과부로 三十여만 원의 큰돈을 모아 이 사

---

12 국립국어원 홈페이지 '표준국어대사전' 참조.

회에 큰일을 남기고 돌아가기까지 八十 평생에 그는 넘지 못할 험한 고개를 멍어서기 몇번이엇[13]

　②벽상에 흔 **소년부인**의 화샹을 니려보니, 몬지가, 가득ᄒ여, 글ᄌ도 아니뵈이니[14]

　인용한 신문기사 ①은 백선행 여사가 젊은 나이에 남편과 사별하였지만, 일대의 여류 사업가가 되어 이웃을 구제하다 별세했다는 내용이다. 신문기사에서는 사회에 선행을 베푼 이 젊은 여성을 '소년과부'로 호칭하고 있는데 이때의 '소년'은 젊은 남자와는 무관할 뿐만 아니라 성적 차별의 요소가 전혀 없는 객관적인 태도의 기술일 뿐이다.

　②는 신소설『텰셰계(鐵世界)』의 한 문장으로, 작중 인물이 벽에 걸린 젊은 부인의 초상화를 내려서 그림 속의 인물의 이름을 확인하는 장면이다. 이 문장 역시 젊은 나이의 부인을 '소년 부인'으로 표현했다. ① 신문기사의 경우에는 사별한 여인에 대해 '과부'라는 직설적인 표현을 썼고 신소설에 쓰인 ②의 문장에서는 '부인'으로 다소 온건하게 표현의 차이가 있다.

　'소년'이란 어휘가 역사적으로 사용된 예에서는 성적(性的) 표지는 거의 탈색되어있고, 단순히 '젊은 사람' 혹은 보다 중성적인 의미로 폭넓게 사용된 예를 다수 확인할 수 있다. 전통적 용법에서 '소년'은 어느 한

---

13 『동아일보』, 1933.5.10.
14 이해조 역,「텰셰계」, 滙東書館, 1908, 14쪽;『新小說 飜案(譯)小說』3, 아세아문화사, 1978.

편의 성(性)을 대표하기 보다는 '늙지 않았다'는 뜻에 더 치중하고 있음을 확인할 수 있다.

2) '소년'의 범주

성장기를 지칭하는 '아동', '소년', '청년' 등과 관련해 어떠한 기준으로 어떻게 구분할 것인가에 대한 논의는 분분하지만, 그 시기를 어느 한 어휘로 명확하게 구분해 낸다는 것은 결코 쉬운 문제가 아닐 것이다. 그것은 사회·관습적 문제나 법률적 문제 등이 긴밀하게 개입되어 있기 때문이기도 하고, 개인별 문화차이도 감안하지 않을 수 없기 때문이다.

근대에 들어 '소년'이라는 어휘에 계몽의 의도가 더해지기 이전, '아이'에 대한 전통적이고 관습적인 관념은, 남아(男兒)인 경우 선비로서의 자질과 도리를 갖추기 위해 준비하는 수신(修身)의 기간이었다. 궁극적으로 군자(君子)가 되기 위한 과정 중에 있는 사람으로 이해되었을 뿐, 소년기의 특성이나 정서를 이해하는 사회적 관념이 형성되었다고 보기는 어려울 것이다.

전통사회에서 성장기 연령개념으로 '유(幼)', '아(兒)', '아동(兒童)', '아해(兒孩)', '소년(少年)' 등이 사용되었다. 이와 같은 개념은 오늘날의 '소년'이나 '아동'의 개념과 완전히 일치되는 것은 아니다. '아동'이나 '청년'이란 어휘는 개화기 이후에 일본으로부터 신조어로서 수입된 것으로 추측하고 있는 사례가 허다하지만, 조선 실록에 '아동'이나 '청년'이라는 말의 사용 예를 찾을 수 있고, '어린이'도 18세기 문헌에서 볼 수 있다.[15] 다만, 일제기 들어서 '아동', '청년'이라는 개념이 매우 보편적으로 사용되기 시작했다는 것이고, 근대 이전의 언문 불일치 상황에서는 '유(幼)', '동(童)', '아(兒)', '소년(少年)'이라는 말보다 '아해', '젊은이' 같은 말이 보편적으로 쓰였을 것이다.[16]

조선사회에서는 교육과 관련한 성장기 발달개념으로 '동몽(童蒙)', '성동(成童)'과 같은 개념이 있었다. 『소학』을 배우는 자를 '동몽'이라 하였으며, 대체로 『소학』을 배우기 시작하는 8세 이상의 아동을 일컬었다.[17] 『대학』에 입문하는 연령을 15세로 하여 '성동'이라고 하였다. 그러나 성동은 학문적으로 아직 미숙한 존재로 15세에서 20세까지도 『사략(史略)』, 『통감(通鑑)』 또는 '효경' 등을 배워야했다. 더욱 중요하게 다루는 생애발달개념으로는 '관례(冠禮)', '혼례(婚禮)', '입학(入學)' 등의 통과의례가 있다.[18] 나이에 관계없이 관(冠)을 썼다면 성인으로 간주되었

---

15 '아동'이라는 말은 『성종실록』, 17년 5월 갑자조에서 볼 수 있고, '청년'은 『명종실록』, 6년 9월 무신조, 『선조실록』, 26년 9월 경오조에 쓰임이 있다(김현철, 「일제기 청소년 문제에 대한 연구」, 연세대 박사논문, 1999, 9쪽). '어린이'는 『童蒙先習諺解』(東京 : 小創文庫 소장본, 1797)에 '長幼有序'를 '얼운과 어린이 츠례 이시며'로 옮겨 놓은 예가 있다는 것이다(이기문, 「어원탐구(1) – 어린이」, 『새국어생활』 7-2, 1977 참조). 최남선도 "純勇과 戰譚이 어린이의 마음을 감동케 함이 큰 까닭이라"(「薩水戰記」緖言, 『소년』 1-1, 1908. 11, 70쪽)라고 썼다. 다만, 소파 방정환에 와서 새롭게 정의되었는데, 이광수는 이를 두고 "어린이는 개벽사에서 발명했다"(『어린이』, 1930. 3, 3쪽)고 했다.
16 김현철, 앞의 글, 9~10쪽 참조.
17 전통적 행동 지침서이며, 아동교육서인 『小學』에 따르면 8세 이후부터 성역할의 차이를 학습하게 하였고, 인격적 대우를 하였으며 성별에 따라 서로 다른 性役割教育을 받음으로써 성인이 되기 위한 준비를 하는 것으로 나타나 있다. 또 남자는 15~20세 사이에 관례를 치르는 예법을 지키고자 했다.
18 관례는 예전에 20세 전후에 하였고, 『문공가례』에 따르면 15세에 하는 것이었다. 관례는 성인으로서의 자격을 부여받는데 중요한 의례였다. 왕가에서는 빠짐없이 관례가 이루어졌고, 모든 계급 사이에서도 널리 행하게 되었다. 또한 혼인 연령은 법으로 규정되어 있었다. 여자의 경우, 동일한 개념으로 '쪽을 찐다'의 의미의 계례(笄禮)를 행했다(김현철, 앞의 글, 10쪽 참조).

으며, 또한 나이에 관계없이 관례를 하지 않았다면 어디까지나 '아해'에 불과했다. 이와 같이 조선시대에는 생물학적 연령과 관례·혼례, 학문적 성숙 정도에 의해 결정되는 복잡한 생애 발달 개념이 있었기 때문에 인생의 발달과정은 개인별로 현격한 차이가 있었다.

결국 조선사회에서는 13~14세까지를 아동기라고 할 수밖에 없을 것이고, 이 시기는 모든 시대, 모든 문화에서 있어 심리적 유예기(心理的 猶豫期, psychological moratorium)라 할 수 있겠다.[19]

"少年여러분! 지금 20歲內外되시는 여러 아오님들과 누의들이여!"[20]로 시작되는 춘원의 「少年에게」, 또는 "少年이라면 법률상 十八世 以下의 男女를 稱하거니와 이 말을 배울 때로부터 思春期까지의 期間이 保健上으로 보거나, 訓育上으로 보거나 가장 중대한 時期요"[21]라는 데서 구체적으로 명시된 소년은 '소년'이 '유소년(幼少年)'과는 다른 의미이며 현재 통용되고 있는 유소년의 연령대를 훌쩍 뛰어넘고 있음을 시사하고 있다.

1930년대 김우철도 생물학적 연령으로 성장기를 명확하게 구분해보려 하였다. '유년 만 4~7세, 아동 8~13세, 소년 만 14~17세' 등 나이별로 나누고 있는데, 근대적 학령에 근거한 구분으로 보인다.

이처럼 '소년'의 경계를 명확하게 구분하는 것은 결코 쉽지 않다. 가라타니 고진은, 청년기의 출현이 '아이와 어른'을 나누어놓았고, 거꾸로 말하면 그 분할을 통해 청년기가 불가피하게 출현하게 된다는 것을 말했

---

19 유안진, 『한국 전통사회 유아교육』, 서울대 출판부, 1999, 83쪽.
20 魯啞子, 「少年에게」, 『개벽』 17, 1921. 11.
21 이광수, 「어린이의 것」, 『이광수 전집』 13, 삼중당, 1965, 474쪽.

는데, 최남선은 이미 1908년에 어른(성인)으로부터 '소년'을 먼저 분할했다는 것은 확인할 수 있었다. '소년'에서 강력하게 표상되는 의미 중 하나는 "미성년"일 것이다. 그러나 『소년』 혹은 『어린이』에서 불러낸 '소년'들을 모두 '미성년'으로 단언할 수는 없다. 『소년』이나 『어린이』의 독자(讀者)로 상정할 수 있는 보통학교 학생 중에도 '수염 난 상투쟁이'나 '학생 서방님', 혹은 '상투한 점잖은 학생'들은 그리 어려운 일이 아니었던 것으로 보인다. 근대적 교육을 받기 위해 상투를 틀고, 혹은 혼인까지 마친 어른학생(소년)이 보통학교에 입학하는 일은 그리 특이한 일은 아니었던 듯하다.[22] 최남선 시대나 혹은 방정환 시대에도 초등학생 신분이면서도 이미 결혼을 해서 성인의 책임을 감당한 숫자가 적지 않았다는 것이다. 그래서 '수염난 보통학교 학생'은 흔한 경우였고, 심지어 아이 아버지이면서 보통학교 학생인 경우도 있었다는 전언이 있다. 그렇기 때문에 보통학교 학생을 '미성년'으로 일괄 적용할 수 없을 것이다.

현재 소년 연령은 법률에 따라 매우 다양하다.[23] 연령은 시기에 따라서 다르게 규정되어 있고, 법률상 연령도 기준이 통일되어 있지 않다. 더욱이 최근에는 '청소년'이라는 용어가 더 익숙하다[24]는 논리가 더해져서 '소년'과 관련된 용어의 문제는 더욱 복잡지고 있는 양상이다. 그러나 '청소년'이란 말은 일제기에 만들어진 신종어[25]인 것은 밝혀둘 필요가 있다.

22　방정환, 「二十년전 學校 이약이」, 『어린이』, 1926.7, 12~15쪽 참조.
23　청소년 기본법은 청소년을 9~24세, 소년법은 12~20세 미만, 형법상은 범죄처벌 면제 연령은 14세 미만, 미성년자보호법은 20세 미만, 근로기준법은 13~18세 미만, 국민건강증진법은 19세 미만, 아동복지법은 18세 미만, 청소년 보호법은 18세 미만으로 규정된 바 있다(김현철, 앞의 글, 37쪽 참조).
24　여성가족부에서는 9세부터 24세까지를 청소년으로 구분하고 있다(여성가족부, 「2010 청소년 백서」, 여성가족부, 33쪽). 이로 보면 최근 공공기관에서는 '소년'이란 용어보다 청소년이란 용어를 더 적극적으로 사용하고 있는 것으로 볼 수 있다.

살펴본 것처럼 '소년', '아동', '청년' 세 어휘가 전통적으로는 명확한 경계를 두지 않고, 교차 사용되었음을 확인할 수 있었고, '소년'과 '아동' 혹은 '소년'과 '청년'을 구분 짓는 일에 부심하면 할수록 그 경계선의 함정에 함몰되는 결과가 나타나곤 했다. 적어도 '소년'이라는 용어의 사용과 개념을 명확히 하기 위해서 현재의 기준에서 연령으로 구분을 짓거나 미성년 혹은 성년의 여부를 판가름하는 일은 자칫 무의할 수 있다.

'소년'은 연령에 의한 구분이라기보다는 '새로운 세계'를 열어보려는 의지를 갖춘 '신세대집단'을 지칭하는 새로운 용어로 해석하는 것이 타당할 것이다. 그렇게 되면 개인적 발달의 격차까지 고려해 전체를 포용하면서 '문학'을 담아내는 용어가 될 것으로 보는 것이다.

그런 점에서 이 글은 '소년'을 정신적 또는 신체적 성장기에 놓여있는 세대를 지칭하는 대표 용어로 상정하고자 한다. 여기서 정신적 성장기를 함께 거론하는 것은 앞서 누차 말해왔듯이 새로운 시대를 열어가고자 하는 열망과 의지를 가진 세대를 '소년'으로 본다고 했기 때문이다.[26] '소년'은 '아동', '청소년' 등 교차 가능한 유사 어휘의 의미를 두루 포괄하면서 이들의 대표용어로 적절하다고 보기에 '소년'을 사용하고자 하는 것이다. 그런 점에서 '아동소설', '청소년소설' 혹은 '소년소녀 소설' 중에서 '소년소설'이라는 용어 선정이 타당해질 수 있다.

---

25 청소년이란 말은 1920년대 중반이후부터 신문·잡지에 사용되기 시작했으며 일제의 사회사업 관련 문건 및 법률조항에서 그 사용례를 찾아볼 수 있다. 소년문제와 청년문제가 거의 같은 성격의 문제로 다루어지면서 '청소년'이란 말이 언론에서부터 쓰이기 시작했다. 또 일제의 사회사업상에 있어 훈련되고 개량되어야 할 대상으로서 소년과 청년은 청소년으로 자연스럽게 분류되기 시작했다(김현철, 앞의 글, 24쪽).

26 최기숙은 "소년이란 내적 자질과 지적 소양, 문화적 활동을 포괄하는 총체적 개념"이라고 정리했다(「'신대한소년'과 '아이들보이'의 문화생태학」, 『상허학보』16, 2006, 216쪽).

2. '소년소설'의 양식적 특성

'소년'을 위한 문예작품이라는 형성원리를 표제로 드러내고 있는 소년소설은 '소년' 혹은 '아동' 또는 '어린이'를 독자대상으로 하고 있다는 점에서 '동화'와 비교된다. 소년소설의 특징을 말하기 위해서는 동화와의 차이에서부터 논의를 시작할 수밖에 없는데, 소년소설과 동화는 아동문학의 대표적 산문양식이라는 공통점이 있지만 내적 형식에서는 성격상 서로 대립되는 일면이 있다.

동화가 낭만주의적 문학관을 바탕으로 한, 시적 공상과 상징적 특질이 강한, 특정 장르를 의미한다면, 소년소설은 보다 본격적인 산문문학으로써 리얼리티가 강조된 문학의 한 형식으로 간주된다. 소년소설이 여러 갈래 중에서 유독 현실성이 강조되었던 이유는 시대가 가지고 있었던 소년 담론, 혹은 긍정적으로 설정된 소년상과 직접적인 연관이 있다고 본다. 텍스트는 작가가 "목표로 삼은 수신자에 대해 갖고 있는 표상과 이미지에 맞추어지게"되어 있기 때문이다.[27] 텍스트의 수신자 즉, 독자에 대한 작가들의 인식은 그들에게 다가가야 하는 방법과 태도를 결정하게 했을 것이다. 따라서 이 시기 '소년'은 어떠한 의미를 지닌 존재였으며, 작가들은 '소년'을 어떠한 관점에서 어떻게 바라보고 있었는지가 중요하다.

김동리는 동화와 소년소설의 차이에 대해 "시적(詩的) 환상(幻想)과

---

27 한스 하이노 에버스, 김정회 역, 『아동청소년 문학의 서』, 유로서적, 2008.

초자연적(超自然的)인 모든 공상을 자유자재로 그릴 수 있는 것은 동화의 세계요, 현실 속에서 울고 웃고 싸우고 일하며 자라나고 있는 소년 소녀의 이야기"는 소년소설의 세계라고 설명하면서 "동화와 소년소설은 완연히 구별되며 언제나 구별될 수 있는 것"[28]으로 비교했다. 이런 용어의 개념이 정립되기까지는 많은 시간을 필요로 했으며, 아직까지도 용어는 혼용되고 있다.

앞 절에서 '소년'의 지시범주와 사용양상을 살펴봄으로써 '소년'이라는 어휘의 포괄적이며 보편적인 용례를 확인하면서 '소년'이라는 어휘의 의미와 가치, 역사성을 함께 확인하였다. 여기서는 소년소설의 내적 형식고찰을 통해 특질을 파악하면서 '소년소설'의 상징적인 범위와 그 필요성을 밝혀보고자 하는데, 이는 소년소설과 관련해 혼용되고 있는 용어의 정립을 꾀하기 위함이기도 하다.

1) 동화

'童話'의 발생은 옛이야기나 민담·요정담(妖精譚)에서 부터다. 서구적인 Märchen, Fairy tale도 여기에 포함되며 전래동화를 새롭게 빚은 창작동화까지 내포한다. 동화의 특질이 초자연적(超自然的)이며, 공상적(空想的)이고 축문적(祝文的)이며 마술적(魔術的)일 수 있는 이유는 이런 발생 과정 때문일 것이다. 옛이야기나 민담, 서구의 Märchen이나,

---

28 김동리, 「시적환상과 현실 속의 소년」, 『아동문학』 2, 배영사, 1962, 23쪽.

Fairy tale로부터 비롯된 자질을 이어받아 동화에서 환상성은 가장 주요한 특장으로 자리 잡게 된 것이다.[29]

'동화' 안에서는 모든 자연물이 살아서 움직이고 심지어는 인격적으로 활동할 수 있는 것도 옛이야기의 초자연성이나 원시성에서 기인된 것이라고 할 수 있는 것이다. 옛이야기에서의 비유적이고 은유적 내용들은 현대 창작동화에 와서 보다 함축적이고 시적인 장치로 구조화되는 경향을 나타내게 되었다. 따라서 동화의 현대적 의미는 '인간 일반의 보편적 진실을 내용으로 하고 있으며 공상적이요 상징적 문학형식이다'라고 정의되어 진다.[30]

동화가 시(詩)에 가깝다는 주장은 항상 강조되었다. 추상적이요, 함축성 있는 상징적 표현, 특히 짧은 동화의 경우에는 시성(詩性)이 있다[31]는 것은 일반적 정의다.

동화에 있어서 이처럼 암시적이고 함축적이며, 또한 초월적인 구성을 가질 수 있는 것은 동화의 태생적 성격일 수 있다. 다만 낭만주의 영향[32]을 크게 받은 창작동화는 보다 더 예술적이고 환상적 요소를 갖춘

---

29 따라서, 옛날이야기나 民話·妖精譚 중에서 그 형식을 취하고, 안데르센이나 그림(Grimm) 형제를 고향으로 하는 상징적인 문학 형태라는 설명이 더해진다(석용원,『兒童文學原論』, 학연사, 1982, 246쪽).

30 이원수, 「아동문학 프롬나아드」,『아동문학』12, 배영사, 1965.7, 92쪽.

31 강소천, 「동화와 소설」,『아동문학』2, 배영사, 1962.11, 15쪽.

32 예술동요동화 운동의 전성기는, 다이쇼大正 데모크라시 운동의 영향으로『아카이도리[赤の鳥]』붐이 일어나 이때 최고조에 달해있었다. 우리나라에서는 소파 등 다이쇼大正 자유교육과『아카이 도리[赤の鳥]』중심의 동심주의 문학을 받아들였다. '순수하고 아름다운' 예술성을 표방하며 과거의 문학 전통으로부터 단절을 시도한『아카이도리』는 '무구', '순진', '순수'라는 과거 일본에 없던 새로운 어린이의 이미지를 만들고, 어린이를 예찬하는 가운데 어린이 마음을 잃지 않으려는 '동심' 지향의 문학 풍조를 형성했다. 前代의 어린이가 어른의 교도 대상이었다면『아카이도리』시대의 어린이는 어른이 '이상'이다. 이러한 사상은 아동문학에만 국한된 것이 아니라 다이쇼

예술 동화로 승화되기도 했다.

동화는 현실에서 꿈꾸는 문학이다. 동화는 결코 현실 사회의 개조나 현실의 구체적인 인간을 탐구 창조하여 우리에게 새로운 인간상이나, 인간 해석에 새로운 국면을 보이려는 문학이 아니다. 세계를 보여 줌으로써 어린이들의 정서를 살찌우고 그들의 세계를 풍부하게 해주려는 문학 양식인 것이다. 동화는 낭만주의적 문학관을 바탕으로 한, 시적 공상과 상징적 특질이 강한 특정 장르를 의미한다면, 소년소설은 보다 본격적인 산문문학으로써 리얼리티가 강조된 문학의 한 형식으로 간주된다.

'동화(童話)'라는 용어에서 문제가 되는 것은 일상적 언어습관에서 아동문학의 서사장르를 통칭할 때 포괄적 용어로 사용되기 때문에 혼선이 빚어지고 있다.[33]

위의 구분으로 설명하자면, 일상적인 언어생활에서 아동문학의 서사장르를 통칭하는 용어가 필요한데, ①, ②, ③, ④, ⑤ 전체를 '동화(童

시대 전체를 규정하는 '시대의 키워드'였다(河原和枝, 양미화 역, 『어린이관의 근대』, 소명출판, 2007, 73~85쪽 참조).

33 김이구, 『어린이문학을 보는 시각』, 창작과비평사, 2005, 264쪽.

話)'로 통칭하는 것이 현재의 일상적 언어관습이다. 그런데 ③에서처럼 하위분류 용어로 다시 동원되는 것이 혼선의 주요 원인이 되는 것이다.

아동문학의 서사갈래를 정리해보면, ②는 재창작과정을 거쳐 전래동화(전승동화)라는 갈래적 위치를 가지게 되었다. ③은 근대 낭만주의 영향으로 발생된 환상성이 바탕이 된 문예미학의 창작동화(創作童話)를 말한다. 대다수의 일반 언중(言衆)이 ①, ②, ③, ④, ⑤ 전체를 '동화(童話)'로 지칭하고 있는 언어관습은 쉽게 바뀌지 않는 실정이고, 따라서 문학 특성상 기계적인 구분도 용이하지 않은 형편이다. 다만 이 글에서 말하고자 하는 것은, 소년소설과 동화와 관련해 남는 문제 하나가 생활동화라고도 불리는 ④ 사실동화[34]다. 생활동화는 프롤레타리아 아동문학의 영향으로, 1930년대 양산되었다.[35] 생활동화(生活童話)라는 말이 일본에서 들어온 후로 동화라는 이름의 소설적 형식이 나타나게 된 것이다. 즉 동화의 특징인 공상성, 초자연성은 약하고 어린이들의 생활상이 강조된 글을 말하는 것이다. 그러한 것을 그냥 동화라고 이름 지어 부르는 가운데서 동화와 소년소설의 차이가 모호해 진 사정을 짐작할 수 있다. 사실동화(생활동화)는 역사적으로 형성된 새로운 관습의 하나로 동화와 소설을 명쾌하게 구분 짓지 못하도록 방해한 주범이

---

34 이구조는 「동요 제작의 당위성」(『조선중앙일보』, 1936.10.23), 「사실동화와 교육동화」(『동아일보』, 1940.5.29) 등의 글을 잇달아 발표하면서 '사실동화'의 기준을 제시하였는데, 이는 일본에서 시작된 '생활동화'라는 용어의 직접 차용을 피하면서, 리얼리즘 동화에 대한 장르 개념을 설정한 것이다.

35 '생활동화'라는 용어는 일본 프로문학가들에 의한, 생활주의 동화에서 발생한 것으로 시대 현실에 대한 진솔한 탐구는 미루고, 천황파시즘의 목적 당성을 위해 그 자리를 내주고 말았다. 이 때문에 우리나라에서는 '생활동화'라는 말을 버리고 '사실동화'라는 용어를 사용하는 것이 장르 개념의 건강한 회복을 가져오는 것이다(이정림, 「이주홍 초기 사실동화 연구」, 부산대 석사논문, 2003, 10~17쪽 참조).

되었다.

　사실동화는 학교나 가정에서 일어나는 아동들의 현실적인 문제를 다룸으로써 동화로서의 시적 환상이나 소설에서의 리얼리티를 본격적으로 구현해 내지는 못하였지만 현실의 구체적인 생활상을 구사하고 있는 점에서 소년소설 안에 두기도 했다.[36] 사실동화는 어린이들의 생활상을 여실히 그리고 있으며, 사실적으로 다루고 있다는 점에서 소년소설에 포함시켜야 한다는 주장이 비등해지고 있지만, 동화(童話)에 포함시킬 것인지 아니면 소년소설에 포함시킬 것인지에 대한 논의는 아직 계속되고 있는 상태다. 이 글에서는 이 사실동화를 '동화'에 포함시켜야 한다고 말하고 싶다. 사실동화는 어린이들의 생활상을 리얼리스틱하게 다루고 있는 것은 분명하지만, 갈등의 전개와 해결방법에 있어서 결정적으로 낭만적인 방법을 결국 동원하고 있으며, 상상적 문예미학을 살리면서 마무리되는 예가 대부분이기 때문이다. 그런 점에서 사실동화는 ③ 안에 포함시키는 것이 가장 적절하다고 보는 것이다.

2) 소년소설

　소년소설은 동화와 함께 아동산문 문학의 대표적 양식으로, 산문정신에 입각하여 개개의 인물 성격이나 또는 디테일까지 진실을 그려야 하는 사실적 문학이다. 그렇기 때문에 아동과 아동현실의 문제를 리얼

36　김부연, 「한국 근대 소년소설 연구」, 건국대 석사논문, 1995, 22쪽.

하게 탐구해 나간다.

동화가 시적이요, 상징적인 문학 형식이라면, 소설은 현실적이고 구체적인 문학 형식이다. 소설이 어디까지나 현실적이며 필연적인 것인데 비해 동화는 시공을 초월한 자유로운 형식을 취한다. 이렇게 볼 때 동화와 소설은 같은 산문문학이라는 공통분모를 취하고 있으면서도 이상과 현실, 낭만성과 사실성(寫實性)이라는 입장에 대척적(對蹠的)일 수밖에 없는 것이다.

　　少年小說은 藝術性의 本質로 보아 그 모든 것에 잇서서 어른의 小說과 다름이 업다. 즉 廣義의 어른 小說에 屬하는 것이다. 다만 그 使命을 廣汎 다하기 위해서 그 對象에 依해서 質的形態的技術的分化를 必要로 한 것이다. 다시 말하면 어느 區別없이 아동이 理解하고 認識하고 感得할만한 內容으로 兒童이 읽을 수 잇는 볼 수 잇는 單純한 體制와 쉬운 말로써 具想해 논 것임으로 少年小說도 어른소설에 屬하는 한 種類이다[37]

위 인용문을 참고해보면 이주홍은 소년소설에 대한 인식이 비교적 뚜렷했다. 목적의식적 문학관에 충실하게 소년소설의 특성을 분석하고 그 발생 원인과 창작 방법까지 제시했다. 비록 프롤레타리아 문예관에 입각해 목적의식 강화를 드러내고 말았지만, 소년소설에 대한 장르 인식은 분명했음을 알 수 있다.

소설은 산문정신에 입각하여 개개의 인물 성격이나 또는 디테일까

37　이주홍, 「兒童文學運動一年間」(소년소설), 『조선일보』, 1931. 2. 17.

지 진실을 그려야 하는 사실적 문학이다. 그렇기 때문에 소년과 소년의 현실 문제를 리얼하게 탐구해 나간다. 소설이 현실적이고 구체적인 문학 형식이고, 어디까지나 현실적이며 필연적인 것이다.

장르 개념에 비교적 확실했던 이원수는 동화보다는 소년소설을 본격적 산문문학으로 인정하여 소년소설은 '리얼리티와 휴머니즘'을 지녀야 한다고 주장하면서 소년소설의 장르적 특징을 개별화하고 있다.

소년소설과 동화의 장르구분을 명확히 한다는 것은 소설의 성격을 보다 명확히 한다는 뜻이다. 동화에서는 추상적인 표현으로 진행이 가능하지만, 소설의 경우는 전연 그 반대인 것이다. 소설에서는 시간적이고 공간적 결정이 구체적이고 또 인물 자체도 확연한 개성을 가져야 하는 것이며, 선(善)을 옹호하기 위해 작품에서 인간성을 무시하고 선행만 하는 인물을 그린다면 선을 오해한 일이 될 것이다. 그러나 이 리얼리즘도 아동문학 범위 안에서의 리얼리즘인 것을 간과해서는 안 된다. 리얼리즘은 환상적인 것, 동화적인 것, 우화적인 것, 상징적인 것, 고도로 양식화된 것, 순수하게 추상적이거나 장식적인 것을 거부한다.[38] 그래서 폭력, 죽음까지도 테마로 잡기도 하지만, 과도한 폭력, 지나친 선정성, 정도 이상의 이념강조는 소년들을 위한 문학이라는 점에서 논란이 되는 것이다.

(청)소년소설을 선별하는 기준을 살펴보면 먼저 소년의 연령층에 집중하고 있으며, 다음으로 당시 사회와 소년의 삶을 잘 그려내어 문학사적으로 중요한 작품과 흥미롭고 유익하게 읽을 수 있는 제재와 서술을

38　르네 웰렉, 최유찬 외역, 『리얼리즘과 문학』, 지문사, 1985, 26쪽.

갖춘 순수창작 소설이면서 지나치게 흥미위주인 소설들을 경계하는 것이라고 정리하고[39] 있는 데서 소년소설의 성격을 보다 분명히 파악할 수 있다.

앞의 논의를 바탕으로 소년소설의 특징을 밝혀보자면 우선 주인공의 가치관이나 세계해석 관점이 소년다운 태도를 갖추어야 할 것이며, 다음으로는 소설적 구성에서 서술기법과 예술적 장치가 잘 구현되어야 할 것이다. 무엇보다 소년의 일상생활 속에서 그들의 모습이나 관심거리를 찾아내 그것을 제재 및 주제로 삼아 소년 독자대상이 이해할 수 있도록 서술되어야 할 것이다. 즉, 소년의 시점에서 '세계와 대결'하고, 세계를 인식하며, 객관적이며 사실적이고 구체적인 세계를 묘사하되 필연적 내적 리얼리티를 구현할 수 있어야 하고, 사건과 감정을 정교하게 언어화시켜야 하는 것 등으로 정리될 수 있을 것이다.

결론적으로 소년소설은 어린이와 어른의 중간단계에 위치하는 '소년'을 위하여 쓴 산문문학이다. 문학적 기법 면에서는 일반 소설의 요소를 갖추고 있으며 리얼리즘 정신에 충실한 문학이며, 독자대상은 성인을 포함한 '소년'이다.

소설은 특유의 문법도 규범도 없기 때문에 정의 내리기 어려운 것임에는 틀림없다. 소설이 하나의 사실을 토대로 했건 혹은 자유롭게 만들어진 것이든 간에 어쨌든 소설을 만드는 것은 소재가 아니고, 소설의 소재는 소설의 정의를 받아들일 만한 어떤 기준을 제공할 수 없는 것이다. 소설을 주요 작중인물들의 환경, 지리적, 역사적 배경, 사회적 지위 혹

---

39 최시한·최배은 편, 「궁핍한 환경에서 자란 청소년소설」, 『하늘은 맑건만』, 문학과 지성사, 2007, 267쪽 참조.

은 직책에 따라 묶어 놓는다는 것은 작가가 그의 독자와 공모하여 양성해 놓은 환상에 관해서 무언가 이야기하는 것[40]이라고 말 할 수 있다.

소년문학에서 다루어지는 것이 문학작품 본래의 것이 아니라 문학작품을 특수하게 이용한 것, 즉 어떤 특정한 문학을 바로 이런 목표 집단을 위해 부차적으로 이용한 것을 중점으로 하였다는 역사적 과정은 앞서 밝혔다. 이러한 형성원리는 소년소설, 더 나아가 아동문학이 다 종다양하게 발전될 수 있었고, 그렇기 때문에 하나의 명구(名句)로는 정리되기 어려운 점이 있다.

한스 하이노 에버스는 소년문학이 상징체계로 나타난다고 말한다.[41] 문학이라는 상징유형은 인물의 성격, 사회적 관계, 상황, 자연배경 등의 기호목록과 서사적 관점, 긴장구성, 성격묘사, 서사전략과 같은 규칙체계에 의존해 코드화된 내용을 해독하는 것이고 해독의 과정은 체계적인 연관성으로 구성된 사전지식이 필요하다는 설명이다.

'소년소설' 또한 하나의 상징체계라는 설명으로 의미를 확대해야 할 때가 되었다고 본다. '소년'이란 '늙지 않은 사람', '유아(乳兒)가 아닌 사

---

40 마르트 로베르, 김치수·이윤옥 역, 『기원의 소설, 소설의 기원』, 문학과지성사, 1999, 14~18쪽 참조.
41 한스 하이노 에버스 아동·청소년 문학의 상징체계는 다음 두 가지 경우에 모두 사용될 수 있다고 말한다. "첫째 소년문학의 상징체계는 성인의 의사소통에서 사용한 문학의 기호·상징체계와 원칙적으로 동일하면서, 둘째로 이들 문학의 상징체계는 고급문학의 기호체계와 질적으로 다른 하나의 고유한 문학의 기호체계라고 말한다. 그러나 아동·청소년 문학에 종사하는 사람이 처음부터 전적으로 '다른' 문학이라고 여겨선 안 된다는 것을 말하고 있다. 아동·청소년 문학이 그래야 한다고 요구해서도 안 된다. 그에 걸맞은 성격을 나타내는 아동·청소년에 대한 표현은 틀림없이 있을 것인데, 아동·청소년 문학을 하나의 변이형, 즉 일반문학 내지는 고급문학의 일부라는 것을 정당화하는 예들은 충분히 있다"고 설명한다(한스 하이노 에버스, 앞의 책, 244쪽).

람' 정도의 통시적 의미에다 근대적 의식의 의미가 더하여진 새로운 용어로 재형성된 것인데, 근대적 의식에 의해 형성된 시각은 전근대적인 것과는 질적인 전도를 일으킨 시선이다.

여기서 '소년소설'은 하나의 상징체계일 수 있다는 대안을 제시해 본다. 그럼으로 해서 '소년문학', '소년의 문학'이 정립될 수 있을 것으로 보기 때문이다. 그렇게 되면 연구자의 견해차로 인해 '소년소설', '아동소설', '어린이 소설', '청소년소설' 등 용어가 바뀌는 번다함을 피할 수 있을 것이다. 이때 '소년'이라는 용어는 다시 말하거니와 그 사용 연원에서뿐만 아니라 의미에 있어서 안정적이기에 적절하다 할 수 있겠다.

근대 이후 일본을 통해 유입되어 사용되기 시작한 '청소년'이란 용어보다는 역사성을 가지고 있다는 사실도 근거가 될 수 있다. 그런 점에서 '소년소설' 용어는 고정될 수 있다고 보는 것이다.[42] 그렇게 되면 '소년소설'은 그 자체로서 하나의 독립적 문학의 영역을 형성해나갈 수 있을 것이고, 그 용어 안에서 독립적이 될 것이며 자유롭게 성장해 나갈 수 있을 것이라고 본다.

---

42 '소년소설' 혹은 '소년문학' 연령에 관한 문제는 '소년소설'의 독자를 '소년'에 한정시키려는 문제가 아님을 분명히 밝힐 필요가 있다. 이 글에서 연령을 문제 삼는 것은 '소년소설'의 성격을 규명하기 위한 기초자료일 뿐이며, 독자의 범위를 한정 짓는 것과는 별개의 문제다.

제3장

한국 소년소설의 형성과 발생

1900년대 초기에 각종 매체에 소개되었던 인문학(人文學) 전 영역의 자료들은 특정한 목표 집단인 소년들을 위해 적극적으로 활용되었다. 외국 신화, 문예작품, 인물이야기, 모험을 담은 서사물, 지혜이야기 등 다양한 번안 작품은 '소년소설'의 전사(前史)적 역할을 충실히 담당했을 것으로 추정된다.

『소년』, 『아이들보이』와 『신소년』의 연재물 「쬐주머니」[1]에는 계몽적인 번안 작품이 매회 꾸준히 실렸다. 이 장에서는 소년소설 갈래 발생 이전의 서사 양상과 갈래 발생의 기점을 함께 살펴보고자 한다.

한국 소년소설의 갈래 발생 과정이 면밀하게 검토되지 않은 것은 일찍부터 지적되어온 문제였다. 발생과정의 검토가 충분하지 못했던 것은 텍스트의 부분적 적용과 자료 부족 때문이었다. 따라서 이 글에서

---

1 『신소년』 초기부터 1여 년 이상 연재된 코너. 실존 인물이야기, 외국 문학작품, 전설 등을 주로 '지혜'에 초점을 맞추어 독서자료로 실음.

는 폭넓게 자료를 섭렵하여 선행연구의 한계를 극복하고자 한다.

소년소설의 공식적 갈래 발생 이전 시기에 나온 번안 작품들을 고찰해보는 것은 한국 소년소설 발생의 경로를 파악하는 일이 될 것이고 당시의 번안물이 담고 있었던 이념, 사상을 간파해 볼 수 있기 때문이다. 이에 따라 당시의 번안 자료들은 의사(擬似) 소년소설[2]로서 어떤 역할을 담당했는지를 확인할 수 있다. 또 연대기적 자료 일람을 통해 당대 소년들의 독서 발전과정을 구체적으로 알아 볼 수 있을 것이며, 일본 아동문학과의 영향 정도를 부분적으로나마 비교해 볼 수 있다. 소년소설 발생 이전 서사물의 사적(史的) 고찰은 소년소설의 형성토대를 파악하는 일이기에 중요하다 하겠다.

소년소설 발생 이전의 번안 작품을 살펴보기에 앞서서 먼저, '소년'을 둘러싸고 일어났던 시대적 담론의 내용과 시대가 요구하는 소년의 위상을 살펴본다. 비록 관념적이기는 하지만 '소년'이 어떠한 위치에 처해있었으며, 시대적 여망이 어떻게 부여되었는지를 알아보는 것이다. 이는 소년들에게 필요한 '이야기'의 방향을 가늠할 수 있기 때문이다. 즉, 선택과 배제의 논리에 의해 매체에 실리게 된 이야기의 대부분이 '계몽'이라는 하나의 방향으로 귀결되는 이유는 당시에 열화 같았던 계몽담론의 영향이라고 설명할 수 있게 되는 것이다.

---

2 동화와 소년소설이 경계에 놓여있거나, 아직 소설로써의 구조를 제대로 갖추지 못하였지만, 소년들의 독서물이 될 수 있는 갈래의 글들을 의사(擬似) 소년소설(少年小說)로 구분할 수 있을 것이다. 우화, 신화, 전설, 민담을 포함한 다양한 이야기 자료는 창작동화의 요건에 부합되지는 않으나 구비문학에서 문학성을 갖춘 창작동화가 탄생하기 이전 단계를 '의사동화(擬似童話)'라 한다(김용희, 「한국창작동화의 형성원리」, 경희대 박사논문, 2008, 46~47쪽 참조).

1. '소년' 담론과 '소년'의 위상

1) '소년' 담론의 형성

'소년'이라는 어휘는 앞에서 살펴본 것처럼 삼국시대부터 통시적으로 사용되어왔다. '젊은 사람', '늙지 않은 사람'을 지칭하는 보편적 어휘로 사용된 '소년'은『소년』이 창간되고 발간취지문에 "우리 大韓으로 하야곰 少年의 나라로 하라"[3]라는 선언을 하게 되자 추상적이기는 하지만 한 세대를 구성하는 집단적인 개념으로 변화를 가져오게 되었다. 『소년』에서는 발간취지문에 그치지 않고 '海에게서 少年에게'에서 처럼 '태산, 집채 같은 바위, 지상의 온갖 권위, 기만과 영악'을 부정하면서 오직 "膽 크고 純精"한 '소년'만 사랑받아야 할 대상으로 소년의 성격을 구체화해 나가면서 이 땅의 '소년'들을 집단으로 불러냈다.

최남선이 "自由의 大韓 少年"[4]이나 "新大韓 少年"[5]을 꾸준히 불러내면서 임무를 부여하고 범주화하려는 데는 기획된 의도가 있었다는 것은 알려진 일이지만, 그 기획 의도로 '소년'은 집단화되어 급격히 부상되었고 새로운 의미를 형성하게 되었으며 사회적 담론으로 기호화되었다. 외형적인 선언에 불과할 뿐이었을지라도『소년』을 통해서 '勇少年', '快少年'의 행동무대까지 명시하면서[6] 근대적 변화를 이끌 주체임

---

3 최남선, 「발간문」, 『소년』 1-1, 1908.11.
4 최남선, 「少年 大韓」, 『소년』 1-2, 1908.12, 2쪽.
5 최남선, 「新大韓 소년」, 『소년』 2-1, 1909.1, 2쪽.
6 우리의 運動터가 되기바라는 // 太平의저大洋 / 크나큰물에 // (…중략…) 시베랴찬바

을 알게 하려고 하였던 것이다.

> 지금 我帝國은 우리 소년의 智力을 資하여 我國歷史에 大光彩를 添하고
> 世界文化에 大公憲을 爲코져 하나니 그 任을 重하고 그 責은 大한지라. 本
> 誌는 이 책임을 克當할 만한 活動的 進取的 發明的 大國民을 養成하기 위
> 하여 出來한 明星이라. (…중략…) 시대의 사조를 歸一하는 근본으로 신흥
> 하는 교육계에 具體한 교과서를 공급하러 함이 그 第一着의 기획이었도다
> (…중략…) 사회장래의 樞軸을 擔任할 청년에게 정당한 자각과 질실한 풍
> 기를 환기하기 위하여 잡지 『소년』을 발행하였도다.[7]

위 인용문에서 알 수 있듯이 "온갖 방법"으로 온갖 지식을 나열해 놓
은 잡지의 일차적 목적은 교육을 통해 새로운 근대인을 길러내는 것이
었고, 그런 근대인은 '소년'으로 표상되었다. "세계적 지식을 수득"할
주체, 즉 문명 학습의 주체로 호명한 대상은 일반 대중이 아니라 '소년',
'청년'으로 지칭되는 집단이었다. 이 시대의 '소년'들은 '신대한 건설자'
가 되어야했고, 그 자격을 갖추기 위해서 스스로를 양성해야했다. 이
전세대에 대한 기대는 더 이상 없었고, 청년들은 "공막한 곳에 각종을
창조"해야만 할 임무를 떠안게 된 것이다.

『소년』은 이런 임무를 맡은 '소년'들에게 앞서서 문명을 세부적으로
보여주고, 소년 대중들의 기대와 호기심에 맞추어 문명의 모습과 문명

람 / 거슬니면서 // 다름질할이가 / 그누구러냐? // (…중략…) 볏발이곳쏘는 / 赤道아래
서 // 배싸홈할이가 / 그누구러냐? // (최남선, 「우리運動場」, 『소년』 1-2, 1908. 12, 32쪽).
7 '표지', 『소년』 1-1, 1908. 11.

의 행위를 보여주었으며,[8] 체험자들의 내면을 들여다 볼 수 있도록 함으로써 '소년'들이 문명건설의 선구자임을 인식하도록 했다.

이런 내용은 「少年 時言」에서 보다 명확하게 제시되는데, "『소년』의 目的은 簡單히 말하자면 新大韓의 少年으로 깨달은 사람이 되고 생각하난 사람이 되고 아난 사람이 되야서 혼자 억개에 진 무거운 짐을 勘當케 하도록 敎導함이라"[9]라고 하여 자아의 끊임없는 수련과 수양을 통해 자신의 직분과 처지에 충실한, 완전한 인격체를 갖춘 교양인, 실천가의 면모를 갖출 것을 선언했다.

새 시대의 주체이자 일꾼인 '소년'이 올바르게 진군하기 위해 경계하고 질책해야 할 것은 '게으름'이나 '무사안일'이었다. 부지런한 「벌[蜂]」,[10]을 통해 게으른 사람의 무용성을 비판했고, 「밥버레」[11]에서 게으름에 대한 혐오감과 죄악시가 적나라하게 표방된다. '입을 과묵히 하고 손을 부지런히 놀리라'는 행동미덕을 강조하였고, 이를 어기는 게으름군은 '밥버레', '앵무새', '옷밥씨름꾼'에 지나지 않으며 그럴 바에는 '거름장사'나 '개박장(剃匠)'이 되는 편이 낫다는 것이다. 게으름의 무용성과 부도덕성은 근대로의 진보에 역행하고 진보에의 의지를 무력화하기 때문에 시급

---

8 『소년』에서는 세계지식에 대한 호기심을 시각적 도상을 통해 자극한다. 즉 문명화된 세계를 시각적 자료를 통해서 보여주는 것이었다. 시각예술인 '회화'나 세계 여러 나라 도시 풍경, 건축물, 자연풍경 등과 세밀화에 가까운 사실적 그림을 게재한다. 이는 『소년』 이전의 신문이나 잡지에서 전례를 찾기 힘든 획기적인 일이었다(길진숙, 「문명체험과 문명의 이미지」, 『『소년』과 『청춘』의 창』, 이화여대 출판부, 2007, 47~48쪽).

9 최남선, 「少年時言: 『少年』의 旣往과 및 將來」, 『소년』 3-6, 1910.6, 18쪽.

10 최남선, 「벌[蜂]」, 『소년』 1-2, 1908.12, 41쪽.
사람아 사람아 게어른사람 / 귀숙여우리말 드러를보게 / 더큼게苦楚를 무릅쓰고서 / 精誠을다하야야 功이룬것 / 利되나害되나 생각하건댄 (…하략…) (부지런한 벌의 생리를 빌어 사람들의 게으름을 반성하게 하는 내용).

11 최남선, 「밥버레」, 『소년』 2-1, 1909.1.

히 청산되어야 할 악덕이었다. 따라서 게으름의 반대가 되는 근면과 성실, 진취성은 모험과 용기를 추동하는 덕목으로 찬양되었다. 구체적으로 말해 자기의 직분에 따라 '노동역작'과 '무실역행'을 실천하는 것이다. 이렇지 못한 사람은 근대인, 문명인의 반열에 들 수 없고 야만인으로 치부될 수밖에 없었다.

『소년』에서 '소년'들에게 보여준 서구의 자연과학에 대한 지식담론 소개의 목적도 '계몽'에 있었다. 서구와 같은 문명국을 만들기 위해서는 과학적 지식의 도입으로 미몽(迷夢)에 빠져 있는 조선인들을 일깨우는 것이 급선무라고 판단했던 것이다. 『소년』에서 보여준 전근대적인 비합리주의와 미신의 타파라는 슬로건은 '소년'들이 떠안아야 할 책무가 된 것이다.

이와 함께 여권운동 차원에서 제기된 '조혼폐지(早婚廢止)' 담론 또한 사회적으로 확산되고 있었다. "우리나라 혼인제도 중 가장 큰 폐해라고 할 수 있는 조혼(早婚)을 폐지하지 않고서는 국가발전을 기대할 수 없다"[12]는 주장이 제기되어 소년들은 혼인 대신 학업을 하거나 생업을 가지는 것이 권장되기도 했다.

'아동'이 하나의 인식 틀로서 '풍경'이자 '발견대상'이라면, 결국 우리가 문제 삼고 있는 '소년'이나 '청춘'은 실체와 관련된 것이 아니라 세계를 보는 시선과 연결되어 있다는 의미가 된다. 즉, '소년'이나 '청년' 혹

---

12 "尹致昊는 早婚의 弊害를 구체적으로 지적하였는데, 體育上 弊害로 陰陽早通으로 子孫은 過半이 夭折하고, (…중략…) 身體發達이 방알되며 酒草의 早習으로 血骨의 强健함이 耗損되고 (…중략…) 智育上 弊害로 腦髓의 充長을 沮害하여 思想力을 消索케하는 것이며 (…중략…) 師友의 管轄을 脫却하여 工夫에 無關心할것이며" 등을 지적하고 있다(류승현, 「구한말~일제하 女性早婚의 실태와 早婚廢止 社會運動」, 『성신사학』16, 성신여대 사학회, 1998, 54~55쪽).

은 '아동'은 모두 실재하는 존재를 문제 삼는 것이 아니라 지시대상의 관념을 논하는 것이다. 그런 의미에서 20세를 전후한 '소년'은 억압된 현실에 대한 대안으로 선택된 이념적 존재였던 것이고, 이때 존재를 규정하는 시선은 근대의 계몽 담론에 의해 형성된 것이다.

전통적으로 몸의 건강과 정신적 수양을 함께 중시하며 전통 방식의 지혜에 의존해서 길러지던 '소년'은 20세기 전반기 근대적 담론의 홍수 속에서 새로운 담론의 적용대상으로 부상하게 된다.

2) 근대 주체 '소년'의 위상

'소년'이 근대적 기획에 의해 새로운 세대로 구분되어 지칭되었을 당시의 한반도는 열강들의 정치 외교적 쟁투가 치열했다. 이때 최남선을 비롯한 저널리스트들과 문예 운동가들은 '소년'들을 불러내 '직분'과 '임무'를 부여하였고, 근대 국가를 건설할 사회인으로 성장해 나갈 것을 독려하기에 이르렀다.

『소년』에서는 이런 '소년'들을 반복적으로 불러서 그들의 역할과 위치를 상기시키는 선언이 이어졌고, 시대의 주체임을 확인하게 하였다. 『소년』에서 가장 시급하고도 중요하게 생각한 문제는 우리의 대한이 문명국으로 도약하는 길이었다. 이때의 '소년'은 새로운 지식을 매개로 새로운 문화적 지형을 창조해 낼 사람들이며 언제나 새로운 사조를 일으키며 넓고 씩씩한 기운과 풍습을 호흡하는 사람들로 찬미되었다. 이에 더 나아가 부모, 부형의 구세대에게는 기대할 것이 없고, 새 세대 건설의 희망은 오로지 '소년'들에게로 쏠렸다.

최남선이 '소년'을 불러낸 이유는 당시의 기성세대를 더 이상 기대하지 않겠다는 상황 인식 때문이었다. 최남선과 이광수는 기성세대를 '아는 것도, 이뤄놓은 것도 없는 세대'로 보고 희망을 걸지 않았다. 이광수는 원래 청년기는 자립하는 시기가 아니라 '도솔(導率)' 받는 시기이지만 우리의 현실에 비추어 볼 때 우리의 청년들은 도솔 받지 못하는 처지에 놓여 있다고 진단한다.[13] 그러므로 이 시대의 소년은 스스로를 교도하여 신대한건설자(新大韓建設者)가 될 제1세대 신대한국민(新大韓國民)이 될 만한 자격을 양성해야 했다.

신대한국민(新大韓國民)이 될만한 자격을 갖출 수 있는 부류는 다름 아닌 소년들이었다. 새 세대 건설의 희망은 오로지 '소년'들에게로 쏠렸다. "신대한은 소년의 것인즉 이를 흥성케함도 소년이오 이를 쇠망케 함도 소년이오 이믜 일허바린 것을 탸댜올 사람도 소년이오 아뎍 남어 잇난 것을 보전함도 소년"[14]이라는 선언이 보여주듯 '소년'은 전통적인 관념에 지배된 '부모'세대의 시선에서 벗어나 근대 문명국가로서의 '신대한'을 건설할 새 세대이자 국토를 재발견하고 탐색할 수 있는 세대로 구분되었다. 그 소년들이 발 딛고 있는 한반도의 지형도는 중국 대륙을 향해 뛰어갈듯 한 맹호의 형상으로 표현되었다.[15]

---

13 孤舟, 「소년논단 : 今日我韓青年의 境遇」, 『소년』 3-6, 1910.6, 26~30쪽.
14 최남선, 「快少年世界周遊時報」, 『소년』 1-2, 1908.12, 10쪽.
15 일본의 지리학자 고후지(小藤) 박사(博士)가 '한반도를 兎에 比하여 그린' 것에 대한 반박으로 한반도를 호랑이 형상으로 비유하고 있다. "이것은 崔南善 의 按出인데 우리 大韓半島로써 猛虎가 발을 들고 허위덕거리면서 東亞大陸을 向 하여 나르난 듯 生氣 잇게 할키며 달녀드난 모양을 보엿스니 (…중략…) 우리 進取的 膨脹的 少年韓半島의 無限한 發展과 아울너 生旺한 元氣의 無量한것을남겨디엽시 너어 그럿스니 또한 우리갓흔少年의 보난데 얼만콤 마음에 단단한 생각을 둘만한디라 可히 쓸만하다하겟

진취적이고 팽창 적이고 활기찬 소년의 의기를 창출하려고 했던『소년』편집자의 의지를 충분히 읽을 수 비유였다. 또한 소년으로 하여금 직접 세계의 개척에 참여하여 답사와 모험을 통해 새로운 지식을 축적하고 그러한 경험을 바탕으로 신대한(新大韓)을 건설해야 할 사명감을 지닌 주체임을 알게 하려 했다.

이광수는『소년』을 통해 '소년'들에게 '나'가 아니라 '세계'를 만나게 해주었고, 표준화된 지식을 만나게 해주었다. 보편적이고 평준화된 지식을 획득함으로써 '소년'을 문명의 주체로 격상시키려고 했던 것이다. 즉 '소년'이란 단순히 연령의 문제가 아니라 내적 자질과 지적 소양, 문화적 활동을 포괄하는 총체적 개념[16]임을 보여준 것이다. "少年여러분! (…중략…) 장차 아름다운 朝鮮의 땅을 밟고 나오실 여러 아드님들과 따님들!"[17]에서도 '소년'에게 '아름다운 朝鮮'을 경영할 책무를 부여하였고, 이는 소년의 모험심을 진작시킴으로써 과거의 영화를 되찾아야 한다는 사명감을 부여하기 위한 근대 계몽 의도를 충실히 반영한 것이다.

> 朝鮮의 장래는 오즉 어린이에게 소년에게 잇다. 제군보다 나희도 어리고 지식도 淺短한 소년들에 손에 잇다. 제군이 엇더한 포부를 가젓는지는 별문제이다. 제군의 흉중에 가지고 잇는 포부를 지금부터 施設할 곳도 소년을 버리고는 한 곳도 업다.[18]

소."(「鳳吉伊地理工夫」,『소년』1-1, 1908. 11, 67~68쪽).

16 소영현,「청년과 근대」,『한국근대문학연구』11, 한국근대문학학회, 2005, 49~63쪽 참조.

17 이광수,「소년에게」,『개벽』17, 1921. 11.

18 이돈화,「夏休 中 歸鄕하는 學生諸君에게」,『개벽』49, 1924. 7.
    이돈화, 김기전은 방정환과 더불어 천도교 소년회를 창립한 중심인물로서 1920년대 소년운동의 이론과 실천에 큰 영향을 미쳤다. 1923년 5월 1일 조선소년협회가 제1회

민족의 미래를 책임지고 직접 만들어 가야 할 계몽적이고 적극적인 주체가 '소년'이었으며, 세상 문명에 뒤떨어진 것을 만회하고 진보적 궤적을 따라잡기 위해서는 방학 동안에도 태만해서는 안 되었기 때문에 소년들에게 책임을 부여하는 당부는 끊이지 않았다.

이와 함께, 정신의 문제뿐만 아니라 건강문제는 개별 가정사를 넘어선 민족발전의 바탕이라는 공리주의적 입장에서 그 중요성이 더욱 부각되었다. 세계 각국이 가장 힘쓰는 문제가 어떻게 하면 각자 자국의 민족을 현 상태보다 더 강한 민족으로 만들 것인가 하는 '민족 개량'의 문제였다. 민족개량 혹은 민족향상이란 민족 전체의 육체적 건강과 지능 및 덕성 세 가지를 할 수 있는 대로 향상시키는 데 있는 것이고, 그 기초는 아동시대에 있다[19]는 아동 건강의 문제제기는 군비확장이나 경제적 발전보다 더 중요한 것으로 인식되어 소년들의 발육과 건강을 민족적인 차원에서 보살펴야 한다는 의식을 가지게 되었다.

그래서 '소년'은 외세의 침탈을 막아내고 힘 있는 문명국가를 건설할 새로운 주체로 발견되었고 기성세대에 비해 새로운 변화를 감당해낼 가능성이 있는 것으로 인식되었다. 그래서 국난 극복의 희망으로 예찬되기에 이르렀으며, 이들의 미성숙함은 오히려 가능성의 다른 표현으로 읽힐 수 있게 되었다.

이렇게 이상화된 소년들에게 필요한 이야기는 계몽서사 그 자체였

어린이날을 맞아 배포한 선전문 중 「소년운동의 기초조건」은 김기전의 「開闢運動과 合致되는 朝鮮의 少年運動」을 정리한 것이다. 김기전은 소년운동의 이론가이며, 방정환은 실천가라는 평가가 있다(윤해동, 「한말 일제하 天道敎 김기전의 '近代' 수용과 '民族主義'」, 『역사문제연구』 창간호, 1999, 참조).

19 허영숙, 「민족발전에 필요한 어린 아희 기르는 법」, 『동아일보』, 1925.8.28, 3쪽.

고, 어떠한 난관에도 굴복하지 않고 미지의 세계를 향해 나가는 이야기는 소년에게 집중되었다. 계몽적인 이야기는 모든 갈래를 통섭하게 되었다. 순수 문예작품, 인물 이야기 등 여러 갈래의 글이 어려운 시기를 극복해내고 문제를 해결해내는 대처 능력 등에 초점이 맞추어지게 되었다. '슬기'와 '지혜'는 난관을 극복하는 덕목이 되었다. 이 시기 '소년' 잡지를 채웠던 번안 작품의 목표가 '계몽'으로 집약될 수밖에 없었던 이유는 시대적인 여망이었을 것이다.

2. 번안물의 성격과 영향

1) '계몽' 선택과 번안

번안 자료의 선별이나 번역 절차상에서 편집자의 의도가 반영된 선택과 배제는 필수적이었다. 근대기의 활발한 번안 작업에 의해 소개된 많은 읽을거리는 소년들을 교화·계몽하기에 충분하였다.

번안 작품의 면면을 살펴보면, 위난에 처해있는 나라를 건지려면 무력이나 힘이 아니라 '지혜'이고 국가의 부강을 위해 지혜로운 탐험정신은 필수사항이었다. 위인들의 인물 일화나, 국토를 넓히는 모험 개척의 이야기, 그리고 심지어 순수 문예물까지 '계몽'에 초점이 맞추어졌다.

여기서 일본의 소년소설 번안 내용과 견주어 볼 필요가 있다. 일본은 「乞食王子(거지왕자)」(마크 트웨인, 巖谷小波 譯, 1899), 「未だ見ぬ親(집없는 아이)」(엑토르 말로, 五來泰川 譯, 1903), 「十五少年(십오소년표류기)」(쥘 베르느, 巖谷小波 譯, 1896) 같은 서구의 고전아동문학이 이미 메이지 시대에 번역되어 매우 활발하게 읽혔다.[20] 그러나 한국의 경우 적어도 1925년 이전까지 이들 작품이 국내 매체에서 거의 확인되지 않고 있다.

일본에서는 1910~1920년대 동화문학의 전성기를 이루었던 오가와 미메이[小川未明]나 스즈키 미에키치[鈴木三中吉], 기타하라 하쿠슈위[北原白秋] 등 일련의 동심주의 아동문학가들은 모두 순진무구한 어린이[こども]의 동심을 상정하였다. 어린이의 순수를 보존하고 개발하기 위한 예술이었고,[21] 인간의 이상적인 모습을 발견하고자 하는 시기였다. 일본 아동문학이 표방한 순진무구한 존재로서의 착한 어린이들은 적극적인 행동파가 아니라 끊임없이 반성하는 성찰적이며 휴머니즘적인 모델로 그려진다. 1910년대 일본은 아동문제에서도 이전의 계몽적 관점에서 탈피하면서 '내면'에 관심을 기울이게 된다.[22] 그 결과 1910~1920년대에 일본아동문학을 주도한 인물들은 어린이를 '無垢'함의 상징으로서 아이들의 내면을 표현하게 되었다. 일본에서 낭만주의적 어린이관은 메이지 말기 문학에서 시작되었지만, 오가와 미메이나 스즈키 미에키치 같은 문단 제일선의 작가들이 동화, 동요 운동을 일으켜 어린이에 대한 지식으로 정착되었고 일반사람들의 어린이관에도 영향을 미치게 되었다.

---

20 大竹聖美, 「日本兒童文學史 : 明治・大正期」, 『韓日兒童文學關係史 序說』, 靑雲, 2006, 44쪽.
21 河原和枝, 양미화 역, 『어린이관의 근대』, 소명출판, 2007, 75쪽.
22 이기훈, 「1920년대 '어린이'의 형성과 동화」, 『역사문제연구』 8, 역사문제연구소, 27쪽.

초기 아동문화운동이 일본의 동화운동에 영향을 받았지만 번안의 경향을 확연히 다르다는 것을 알 수 있는데, 일본과 조선의 아동이 처해 있는 정치적·사회적 상황이 현격히 달랐기 때문이다. 적어도 번역 소년소설에 있어서는 일본과 정도의 차이가 있는 것을 확인 할 수 있다.

한국에의 번역 경향은 사회교화와 민족개조를 지향하는 선각자들의 계몽사상에 집중하면서 종교적인 세계관을 전파하는 것에 목적을 두고 있다는 인상이 강하다.[23] 다시 말해 사회적인 요구에 의해 선택된 서사는 '계몽'이었던 것이다. 당시의 번역과정은 거의 대부분 중역이었음은 말할 필요가 없는 일이다. 그런 사실을 감안할 때, 일본과 한국의 초기 소년소설 번역 경향에 나타난 차이는 표면상 그 정도가 비록 미미하다 할지라도 그것은 결코 적은 것이 아니라 상당한 차이라고 단언할 수 있다. 다음에서 잡지에 실렸던 번안 작품의 내용을 살펴보면서 초기 아동문학운동에서 '계몽'이 어느 정도로 중요한 문제였는지를 확인하고자 한다.

---

23 초창기 번안(번역)동화집을 냈던 오천석, 전영택, 최인화(崔仁化) 등은 기독교 세계관에 입각해 '하나님의 세계'와 그 세계에서 찬미 받는 주인공을 다룬 안데르센 동화 번안 소개에 주안점을 두고 있다는 것을 알 수 있다. 반면 방정환의 번안 동화집은 천도교적 이상과 민족주의 사상에 바탕을 두고 엮였다는 인상이 강하다. 이처럼 근대기 번안동화집은 계몽주의를 근간으로 하면서 종교적 세계관에 의해 채택된 작품이 대다수다. 번안된 단행본의 예를 살펴보면 그 경향을 알아볼 수 있는데, 『사랑의 선물』은 1922년 7월에 개벽사에서 출판한 번안동화집이다. 1928년에 11판을 낼 정도로 인기가 대단했다. 『사랑의 선물』은 소년운동 차원에서 소개되었고, 이 보다 먼저 국내에 소개된 오천석의 『금방울』(광익서관, 1921. 8. 15 발행)에는 총 10편이 수록되어 있는데, 안데르센의 동화 4편과 「소년십자군」, 「눈물 먹히는 프라쓰코비의 니야기」, 「소년용사의 최후」, 「빗나는 훈장」 등이 실렸다. 또 전영택의 『特選 世界童話集』(福音社, 1935. 12. 25 발행)에는 '안델센 특집'이라는 부제에서 알 수 있듯이 안데르센 동화와 「성냥장사 처녀」, 「평화의 임금」, 「용감한 피터」 등을 소개했다. 이후 최인화는 『기독교동화집』(주일학교 교재사, 1940. 8)을 발간했는데, 「거룩한 잔」, 「구두장사 할아버지」, 「의좋은 형제」, 「새벽종」, 「크리쓰마스 선물」, 「성자와 도둑」 등 21편의 작품을 번역수록했다(염희경, 「소파(小波) 방정환 연구」, 인하대 박사논문, 2007, 118~119쪽 참조).

2) 인물과 탐험이야기 번안

동서양의 인물이야기는 1900년대 초기 중요한 자료였던 것으로 보인다. 『소년』은 창간호부터 위인전기라는 인물이야기에 집중하고 있었으며, 『붉은져고리』의 「일홈 난 이」[24]는 중요한 연재물이었다. 허구적 서사의 인물도 거의 실존 인물인 것처럼 사실성 있게 소개하는 경우도 허다했다. 위인으로 꼽히는 인물들을 소개하는 목적은 다름 아닌 계몽이다. 인물이야기는 공적인 기억과 체험을 생산할 수 있는 의사소통양식이 될 수 있었고 불가사의한 힘이 있었기에 소년소설의 전사로 채택되기에 충분하였을 것이다.

(1) 역사적 인물

「근세 뎨일 녀중영웅 라란부인전」 등의 역사서술은 당시의 신문 소설 난을 차지하고 있었으며, 『소년』에서도 창간호부터 일관되게 인물이야기를 연재로 다루었다. 인물이야기는 현실에서도 영웅적인 인간이 다시 출현하게 될 것이라는 희망을 가지게 하는 강한 계몽성 때문에 소년들의 독서 자료로 큰 비중을 차지하는 갈래가 되었다.[25]

---

24 『붉은져고리』 제1호부터 「일홈 난 이」가 연재되었다. '아이삭 늬유톤', '나폴네온 보나파르', '윌리암 쉐익쓰피어', '죠지 워싱턴', '벤자민 프랑클린', '아브라함 린컨' 등의 인물이 소개되었고 우리나라 인물로 鄭夢蘭, 金時習의 일화가 실려있다.

25 역사전기 소설에 등장하는 영웅의 성격은 크게 세 가지의 유형으로 나누어 볼 수 있다. 첫 번째는 비스마르크, 나폴레옹, 피터대제(大帝) 등과 같이 서양의 '국가 영웅'인데, 이들은 영토를 넓히고, 군비(軍備)를 구축하는데 주력한 인물들이다. 두 번째는 잔다르크, 빌헬름 텔, 마찌니 등과 같이 외세의 침략에 맞서 조국을 수호하거나 재건하는데 기여한 유럽 약소국의 '민간 영웅'이다. 영웅의 세 번째 유형은 다른 민족의 침입을 막아내고 조국을 수호했던 우리의 '민족 영웅'으로, 여기에는 이순신, 최영, 연개소문, 을지문덕 등이 해당된다(강영주, 『한국역사소설의 재인식』, 창작과비평사,

今으로부터 한 五十年 前 比斯麥이라 하는 사람이 西洋德國에 잇섯습니다. 이 比斯麥이는 富國强兵에 盡力하야 鐵血宰相이라는 別名을 밧고 歐羅巴 各國을 뒤흔든 英雄이엿습니다. 比斯麥이가 아즉 이름이 나기 前일인대 하로는 서로 쯧이 맛는 親舊한 사람과 作伴하야 산양을 갓습니다 "어" 하고 소리 질를 새도 업시 다리가 中間이 딱 부러지자 그 親舊는 풍덩 하고 깁흔 여울 속으로 빠졌습니다. (…중략…) 彈丸을 잰 銃쑤리를 親舊한테 向하고 今方을 놀라드키 하얏습니다. (…중략…) 親舊는 一心精力으로 한 結果 기어히 언덕에 손을 언젓습니다. (…중략…) 그 親舊는 비로소 比斯麥의 지혜를 쌔닷고 웃음을 먹음으며 "感謝하이 - 나는 亦是 자네로 해서 살앗네".[26]

위 인용문은 독일 비스마르크 재상의 젊은 시절 일화다. 사냥을 나 갔다가 친구가 물에 빠져 익사직전의 위기에 놓이게 되자 비스마르크 는 오히려 친구에게 총을 겨누면서, 자신이 헤엄을 칠 수 없으니 친구 를 구출해 줄 수 없고 그래서 총을 쏘겠다고 엄포를 놓는다. 물에 빠진 친구는 자신을 겨누고 있는 총구를 벗어나기 위해 '一心精力'을 다해 언덕으로 기어 나와서 익사의 위기를 모면한다. 친구가 스스로 위기를 벗어나자 비스마르크는 친구에게 용서를 구하고 자신의 마음을 사실 대로 말한다. 친구의 목숨을 구한 비스마르크 재상의 판단력과 지혜에 줄거리의 초점이 맞추어져있다. 이처럼 지혜와 담력에 관련된 이야기 가 서사의 중심을 이루고 있다. 지혜와 담력은 어려운 시대를 헤치고

1991, 22~25쪽).

26 李浩盛, 「살리는 銃」, 『신소년』 2-6, 1924.6, 39~42쪽. 독일 비스마르크 재상에 얽힌 일화를 소개했다. 비스마르크의 판단력으로 위기에 처한 친구를 살려냈다는 내용인 데, 비스마르크의 대범한 판단력에 초점이 맞추어져 있다.

나갈 수 있는 정신적 무기로 이해되어 선택되었다.

인물이야기에서도 약육강식이나 무력에 의한 지배의 서사는 거의 외면되고 '지혜', '평등', '자유'와 같은 화소가 우선 선택되는 예를 충분히 볼 수 있다.

① 나폴네온에게도 自由·平等·博愛를 理想境으로한 '나폴네온天下'(우리는 暫時이 명칭을 가설하노라)을 經營할 만큼 된 時勢가 업슬 수 업난 디라 우리는 簡單하더라도 이를 暫時 말하디 아니티 못할 디로다 엇더한 나라에서던지 크게 진보발전을 遂하랴 하면 크게 改革變通함을 요하나 니 이일은 毋論 무거운 일이오 큰일이라[27]

② 우리 페터는 (…중략…) 한번 偶然히 덕은 어려움을 보앗슬디라도 이로 因하야 香내나난 바다를 사랑하난 마음과 粉바른 물ㅅ결을 貴해하난 情은됴 곰도 衰하디 아니할 뿐만 아니라 더욱더욱 바다 우헤 壯한 쯧을 한 번 펴 보랴 하난 생각을 늘녀 덕은 배로 큰바다를 制馭하고 약한 팔노 굿센 물ㅅ결과 닷토난 것으로 다시 업난 樂으로 알어 걸핏하면 배를 타고 鮫浪번 濤사이로[28]

③ "내 이제로부터 공부를 힘써 우등을 ᄒᆞ야 가지고 그애 우가 되야서 오날 당흔 욕을 씻고 분을 풀니로다. (…중략…) ᄒᆞ야 과연 그째부터 지셩으

---

27 「나폴레온 大帝傳」, 『소년』 1-2, 1908, 13쪽(1910.2~1910.7까지 연재).
28 「少年史傳」, 『소년』 1-2, 1908.12, 54쪽. '피터대제'의 전기는 창간호부터 시작, 4회 연재된다.

로 공부를 일숨아 밤낮 부지런히 홈으로 그 공부가 날로 늘고 달로 올라가 얼마 아니ㅎ야 남보다 훨신 놉하지니[29]

④ 죠지, 워싱톤은 여러 선비의 머리가 되어 아메리카 합즁국을 세운 일 홈 난 사람이니우리 스천육십오 년에 나신 오래지 아니ㅎ 어른이외다. 그 어른이 크신 뒤에 ㅎ신 일은 매오 크고 거룩ㅎ니 (…즁략…) 워싱톤 어른은 마음과 일에 바르기를 가장 힘썻슴니다 첫재 거짓말ㅎ지 아니ㅎ며[30]

⑤ 이 어른이 합즁국을 다시 닐히킨 큰 사람이 되기는 집안안 배홈배홈 더욱 어머님 가라침에 말미암음이 크다홉니다 그러나 살님의 구차ㅎ기가 짝이 업서 집이란 것은 말장 솟고 널조각 들러막아 간신히 비바람이나 가 리는 움가튼 것이니 창이며 지게도 업고 자리 쌀 마루조차 변변치 못ㅎ더 이러케 살기도 어려워서[31]

⑥ 간신히 한 '쌀러' 돈을 가지고 필라델피아로 갓슴니다 이는 그 어른이 열일곱살 째니 짱은 생소ㅎ고 가진 것은 업스니 그 고생이 엇스릿가 겨오 어느 칙박는 듸 일군으로 들어가 품팔이 ㅎ게 되니 이동안 더욱 공부를 힘 쓰고 몸을 닥가 스물 넘은 뒤에는 남지지 아니홀 만ㅎ 칙짓는 이와 겸 칙박 는 이가 되고 설흔 살에는 혼자 힘으로 짜로 칙박는 듸 내게 되엇슴니다[32]

---

29 「아이삭 늬유톤」, 『붉은져고리』 1-1, 1913.1.
30 「죠지 워싱톤」, 『붉은져고리』 1-7, 1913.4.
31 「아브라함 린컨」, 『붉은져고리』 1-10, 1913.
32 「벤자민 프랑클린」, 『붉은져고리』 1-9, 1913.

①, ②, ④, ⑤에서 보는 것처럼 조지 워싱턴, 나폴레옹, 피터대제 링컨 등 국가지도자의 일화가 많은 비중을 차지하고 있다. 나폴레옹과 피터대제의 전기는 제법 긴 기간 동안 『소년』에 연재 되었다. 최남선은 기회가 있을 때마다 나폴레옹의 일화를 자주 거론하면서 "웃더케 프랑쓰한나라와 밋 유롭과 한天地를 擾亂히하"였겠나[33]며 뜻을 세우고 실행하는 것을 강조해서 소개하였고 이후『붉은져고리』에서 「나폴레온 보나파르」(1913.1)로 다시 실렸다. 이들 정치 지도자들의 이야기는 어려운 가정형편과 결코 우월하지 않은 조건에도 불구하고 오직 정직과 성실과 노력으로 자신을 세우고 나라를 이끌게 되었다는 교훈적 내용으로 집약되어 있다. 특히 탁월한 정치가가 강력한 지도력으로 나라를 이끌어 가는 이야기가 적극 채택된 것은 일제 식민지배하에 있던 백성들의 여망을 담은 선택으로 보인다. ③, ⑥은 뉴튼과 벤자민 프랭클린을 소개하는 일화다. 뉴튼은 "텬지간 깁흔 이치를 많이 알아낸 사람"이라고 소개되었다. 어린 시절 남보다 공부를 더 뛰어나게 잘하지는 못했지만, 공부 잘하는 친구와 말다툼 끝에 공부로 이기겠다는 결심을 하여 이름난 학자가 되었다는 내용인데, 평범한 가운데서 비범함으로 변화된 이야기가 중심이다. 벤자민 프랭클린은 "우뢰소리와 번개불이 엇더흔 것임을 뚤어내어 주었다"고 소개하면서 1달러를 가지고 보스톤에서 필라델피아로 가서 출판사에서 인쇄공으로 일하다가 편집인까지 맡게 되었다는 것, 새로운 이치를 터득했을 때 동시대인들로부터 이해보다는 오히려 비웃음을 당했다는 내용을 소개했다. 모두 부단

---

33 「少年時言」, 『少年』 1-1, 1908.11, 8쪽.

한 노력으로 입지한 인물들의 역정에 초점이 맞추어져있다.

　소년들을 위해서 이야기로 교훈을 강조하는 역할은 주로『소년』이 맡았다.『소년』이 문예잡지 성격을 고집하지 않는 다는 것은 최남선이 누차 밝혔고, 그가 창간 당시에만 이런 입장을 가지고 있었던 것이 아니라 시간이 지난 후 회고할 때까지도 이런 입장을 견지하고 있다는 데에서 '교화와 계몽'이『소년』에 실리는 중요한 기준이 되었다는 것을 알 수 있다. 이야기의 교훈성을 강조하는 입장은 이야기 자체의 내용보다는 그 이야기를 실제 생활로 이끌어 들이는 것을 더 중요하게 여기게 되었다.

(2) 개척과 모험

　『소년』창간호에「썰늬버여행기」, 하권(下卷)에 해당되는「巨人國漂遊記」나, 제2년 1권에 실린「로빈손 無人絶島漂流記」는 모두 바다를 탐험하는 모험소설이다. 아동문학사적으로 볼 때,『로빈슨 크루소』나『걸리버 여행기』는 애초 어린이용으로 창작된 것이 아니라는 것은 이제 알려진 바다.[34] 18세기에 들어서면서 근대적 아동관이 형성되고[35] 중산계

34　18C에 들어서면서 존 로크의 영향으로 근대적 아동관이 형성되었고, 어린이문학의 필요성이 대두되었다. 이 시기 영국에서는 성인용 책 세 권이 어린이 책으로 발표된다. 존 번연『천로역정』(1678), 다니엘 디포『로빈슨 크루소』(1719), 조나단 스위프트『걸리버 여행기』(1726)가 그것이다. 이 시기 아동문학은 아동문학의 개념에 맞는 문학의 필요성이 대두되었지만, 교훈적이어야 한다는 사람이 더 많았다. 그런 중에 위의 세 권의 책은 어린이 책으로 수용되었다(존로 타운젠트, 강문홍 역,『어린이 책의 역사』1, 시공주니어, 1996, 29~30쪽).

35　"아동기에 대한 용어가 다양해지고 근대적 성격을 갖게된 것은 도덕서 및 교육서의 덕택이었다. 학생들을 '소(petits)', '중(moyens)', '대(grands)'의 세 부류로 구분하고 '어린아이들에 대해 사람들은 항상 친숙하게 대하고 새끼 비둘기 다루듯이 양육해야 한다'고 적고 있다"는 생각은 18C 들어서 생겨났다(필립 아리에스, 문지영 역,『아동의 발견』, 새물결, 2003, 80쪽).

급이 자리를 잡아가는 동안에 어린이를 위한 문학의 필요성이 대두되었을 때 『로빈슨 크루소』나 『걸리버 여행기』는 아동문학 도서로 채택되었다. 애초에는 출간된 모든 도서들 가운데서 특정한 기준에 맞춰 선별되었다는 소년소설 성립의 역사적 사실을 증명하는 내용이다.

『로빈슨 크루소』와 『걸리버 여행기』, 이 두 편의 작품은 모두 근대 문명의 선두를 점하던 영국 부르주아지들의 모험과 수난, 궁극적인 승리를 테마로 하고 있는 작품인 것 또한 주지의 사실이다. 이런 배경을 가진 「巨人國漂遊記」[36]가 『소년』 창간호에 실리고, 「로빈손 無人絶島漂流記」[37]가 제법 긴 기간 동안 연재되었다는 점에서 매우 유의미한 계몽의 징표를 읽을 수 있다.

　　① 멧百 年 아니되야 英國에 썰늬버란 航海 됴와하난 사람이 잇섯소. 航海란 것은 익기 前에는 苦生이라면 苦生이로되 익어만디면 아모럿티도 안을 뿐더러 더욱 여긔 뎌긔로 往來하면서 經難도 만히 하고 求景도 만히 하며 넓으나 넓은 바다에 노난 고래와 담긴 鰐魚로 벗을 삼아 남아 壯한 氣運을 펴난 것이 쏘한 非常한 滋味가 잇난 일이오. 이 썰늬버란 사람은 原來 英國 어느 곳에서 醫術을 工夫하얏난데 텨음부터 男兒一平生에 快하고 됴흔 일이 碧海를 둥둥 써다니며 우에는 恨이 업시 큰 하날을 이고 아래는 恨이 업시 넓은 바다를 밟고서 그 사이에 浩然한 氣運을 쏨어 봄에서 더 클 것 업난듈 생각하야[38]

───────────

36　英國 스위프트 原著, 「썰늬버여행기」, 下卷으로 소개되어 실린 「巨人國漂遊記」는 『소년』 창간호부터 2호까지 2회에 걸쳐 연재된다.

37　『로빈슨 크루소』를 번역한 「로빈손 無人絶島漂流記」는 『소년』 2-2, 1909.2~9까지 6회 연재된다.

38　「巨人國漂遊記」(영국 스위프트, 「썰늬버여행기」 하), 『소년』 1-1, 1908.11, 42쪽.

②나는 西曆一千六百三十二 年에 뿌리탠國 요옥府에서 난 로빈손, 크루
서란 사람이온데 내가 經歷한 말삼을 여러분 압혜서 베풂은 참 榮光스럽게
아난바올시다. 나는 원래 배혼 職業이 업고 平生에 생각하기를 널분 하날
큰 바다 사이에 적은 배를 쯰워 이리로 가서 고래의 등을 어루만지고 저리
로 저어 鰐魚의 꼬리를 당겨보아 눈기동 갓흔 물ㅅ결 노 더부러 서로 마주
치고 다닥다리난 것처럼 상쾌한 예이 업다하야 제발 분에 선인이 되어지라
고 지사위한하고 부모끠 請願하얏소이다.[39]

③"웨그레니 웨그레니? 精神채려 이건! 온 '제노아' 男子로 생겨서 나라
를 좀 멀리 떠나왓다고 그래 우는 못생긴 놈이 잇담? 바다 '제노아' 男子는
용기잇게 활개를 첫다가 온 世界를 휘돌고 잇지 안이"
이 말을 들은 '말코'는 온몸에 피가 쓸어 오르며 새기운이 생김니다. 조고
만 여린 주먹에 붓석 힘을 주어 목침을 째리며 벌쩍 일어 안젓습니다.[40]

①은『걸리버여행기』를「巨人國漂流記」로 고쳐 실은 내용이다. '썰늬
버'는 여행을 좋아하고 "旅行으로 생긴 사람이라 機會만잇스면 아모데라
도 갈" 사람인 것을 강조하고 있다. 일신의 안일을 추구하는 사람이 아니
라 "異常스러운곳에 가서 異常스러운 求景을 하"려고 "쏘 배를 타고 東印
度를 向하여 볼 것을 탸디러가"는 탐험정신의 소유자다. 醫學을 공부하
는 것도 "畢竟航海하난데 要緊할둘 알은" 것이라고 번역되었다. '의학을

39 「로빈손 無人絶島漂流記」,『소년』2-2, 1909.2, 21쪽.
40 「어머니를 차저 삼만里」가 모험소설(冒險小說)이라는 표제로 실렸다(『신소년』2-1,
1924.1, 42~47쪽).

전공한 썰늬버'라는 문장 안에는 '전문 탐험가가 아니'라는 뜻을 내포하고 있다. 즉 전문탐험가라야만 탐험의 도정에 나서는 것이 아니라는 번역자의 주관적인 견해가 강하게 내비치고 있는 것을 간과할 수 있다.

②는 『로빈손 크루소』의 번안의 발단부분이다. '넓고 큰 하늘 사이에서 배를 띄우고 고래의 등을 어루만지고 악어(鰐魚)의 꼬리를 당겨본다'는 표현은 지나치게 낭만적이어서 현실과는 상당히 거리가 있다. 「로빈손 無人絶島漂流記」가 출간되던 때는 제국주의 영국 자본이 절정을 이루었던 시기다. 1909년 2월호 『소년』에 연재를 시작해 1909년 9월호에 완결 때까지 내용에는 흑인 소년 '프라이데이'를 구해주고 노예로 만드는 것이나, 무인도를 탐색하고 원주민을 지배하는 데서 영국의 제국주의적 근성을 그대로 읽을 수 있다. 그러나 『소년』에 실린 「로빈손 無人絶島漂流記」는 그것만이 전부가 아니다. 완결편의 편집자 논평에서 목적이 무엇인지를 말하고 있다.

한가지 願하난 것은 가장 光明스럽고 榮譽잇슬 前途를 가진 新大韓소년 여러분은 여러분의 나라형편이 三面으로 滋味의 주머니오 보배의 庫ㅅ집인 바다에 둘린 것을 尋常한 일노 알지 말어 항상 그를 벗하고 거기를 일터로 알어 그를 부리고[41]

바다에 대한 지식을 쌓고, 바다를 일터로 삼고, 또 바다를 통해 열린 세계로 나아가라는 편집자의 노골적인 당부다. 이 편집자적 논평에

---

41 「로빈손 無人絶島漂流記」, 『소년』 2-8, 1909.9, 43쪽.

「로빈손 無人絶島漂流記」의 게재 이유가 압축되어 있다.

그런 내용은 ③의 「어머니를 차저 삼만리」에서도 감지된다. 『신소년』에 모험소설이라는 표제로 실린 「어머니를 차저 삼만리」는 혈육지친을 찾는다는 것보다 '삼만리'의 험난한 여정을 13세 소년이 남자다운 모험심과 용기로 극복하고 고난을 이겨내는 데 초점이 맞추어져 있다. '모험'은 소년문학에서 소년들의 흥미를 자극하는 중요한 화소라는 인식을 바탕으로 하고 있다.

해양 탐험에 관한 번안 게재는 확실히 당시의 조류(潮流)였던 것으로 보인다. 세 편 공히 바다를 배경으로 긴 항해를 하거나 바다를 통해서 다른 세상으로 나아가는 내용을 중핵화소로 삼고 있다. '바다'라는 대자연 앞에 인간의 능력이 위축되는 모습이 아니라 미답지를 찾아나서는 인물들의 의지를 충실히 그리고 있다. 한반도의 지정학적 여건을 감안한다면 바다로 눈길을 돌릴 수밖에 없었고, 바다를 '우리의 운동장'으로 삼고, 그런 바다를 개척해야 할 것을 끊임없이 독려하고 있는 것이다.[42] "三面環海國 소년"들이 잠시라도 몽매(夢寐)에도 반도국의 처지를 잊지 말 것을 당부하면서 "목금(目今) 世界文運의 大中心은 太平大洋과 泰東大陸"에 있으니 "우리大韓은 左右로 이 兩處를 控除함"을 요청하고 있는 것이다. 바다를 개척해야 한다는 최남선의 호소는 같은 책의 여러 곳에서 쉽게 발견되는데, "大洋을 指揮하난者는 貿易을 指揮하고 世界의 貿易을 指揮하난者는 世界의 財貨를 指揮하나니 世界의財貨를 指

---

42 "아딕도 데主人을 맛나디 못한 / 泰東의 뎌大陸 넓은 벌판에 // (…중략…) 우리로 하야곰 헤엄도 / 우리로 하야곰 競棹도하야 / (…중략…) 우리의 運動터가 되기 바라난 / 太平의 뎌大洋의 물에 우리로"(「우리의 運動場」, 『소년』 1-2, 1980. 12, 32쪽).

揮함은 곳 世界總體를 지휘함이오"라는 웅변적 금언은 바다를 지배하는 자는 '재화(財貨)'를 차지하고, 곧 세계를 지배한다는 주장이다. 바다를 국가의 재력과 연결시킨 것으로, 바다가 무역통로인 점에 주목하여 무역을 통해 세계를 지휘하는 것이 곧 국가가 부강이라고 보았다.

이 시기 우리나라는 이미 일본의 보호국이었다. 그럼에도 반도의 지리적 이점을 살려 근대의 강국으로 끊임없이 팽창하기를 바라는 편집자의 의도는 이런 지식담론의 형태로 지속적으로 제공되었다. 「巨人國漂遊記」보다 더 길게 연재된 「로빈손 無人絶島漂流記」 또한 아동문학사에서는 중요한 책인데, 그런 점에서도 중요하게 다루어지고 있었던 것으로 보인다.

육당의 계몽담론은 '모험'에 얽힌 '신대한 소년'의 상상력과 호기심을 자극하고 있다. 나아가 그것은 문명과 제국주의적 시선에 기초한 개척과 정복의 욕망으로 들끓게 할 '정복과 모험의 서사'를 적극적으로 내겠다는 선언으로 보인다.[43] 이때 최남선은 '게으름'으로 소일하는 '소년들' 즉 "가련한 심리적 노인"들을 계고(戒告)하는 한편 "허다한 비밀계는 신대한의 소년의 손으로 개발되기를 축원하"는 마음에서 바다 모험을 즐기는 남성주인공의 탐험기사를 적극 번역하여 소개하고 있다.

자본주의 문명의 첨단을 달리고 있던 영국을 소개하면서 "장래에 위대한 국민이 되려하난 諸子는 맛당히 기왕 방금에 위대한 국민에게 배우시오 그리하되 다만 그네의 위대한 정신을 잘 배우시오"라며 훈도한다. 이는 조선의 '소년'들이 일본에 앞서 먼저 선진 문화·문명을 체득

---

43   최현식, 『신화의 저편』, 소명출판, 2007, 98~99쪽.

하고 무장하자는 당부가 담겨 있음을 짐작하게 한다.

'문명개화'에 대한 열망은 당시 가장 중요하고도 긴요한 과제였고, 우리 민중의 개화를 방해하거나, 개화에 역행하는 어떠한 것도 용인되기 어려운 분위기였던 것은 주지하는 바이다. 국가의 세력과 민중의 안녕이 곤궁 위급함에 처해 던 실정에서 나라를 견인할 주체 세력이 '소년'이었고, 새로운 문화, 문학적인 동력을 동원하여 춘원과 육당은 '빅성의 어두움을 열어주고'자 계몽을 역설한다.

한국 소년소설의 공식적인 갈래 발생 이전에 앞 다투어 번역, 번안되었던 이와 같은 자료들은 우리 소년소설의 필요에 능동적으로 기여하였을 것이고, 소년소설 창작을 견인하는 데 기여한 것으로 본다.

3) 지혜와 교훈이야기 번안

소년들의 독서물이 절대 부족하였고 소년소설에 대한 개념도 없었으며 갈래에 대한 인식도 마련되지 않은 상태에서 순문예작품은 실화처럼 번안, 소개되었다. 주인공이나 작중 인물들이 온갖 위기를 지혜와 슬기로 극복하거나 주인공의 숭고한 희생정신이 돋보이는 순문예작품이 번역·번안의 주를 이루었다. 이런 이야기는 어려운 시대를 살고 있는 조선 소년들의 처세(處世) 교과서이면서, 암흑과 같은 현실에 처해있는 소년들에게 지혜를 주는 교훈서가 되었다.

계몽성이 강하고 사실성 있는 이야기는 소년운동의 연장으로 한국 소년 독자들을 교화시키는 도구로 충분했을 것이다. 따라서 이러한 읽을

거리는 소년소설의 태동을 준비하는 전사적(前史的) 단계였다고 보인다.

(1) 순수 문예작품

『레 미제라블』이나 『베니스의 상인』과 같은 순 문예물의 번안에도 편집자의 계몽 의지는 매우 강하게 드러나 있다. 『소년』에는 몇 편의 문예작품이 실려 있다.[44] 『소년』에 번안작품을 게재하는 중요한 기준은 다름 아닌 '교화'였다. 이는 『레 미제라블』의 일부를 번역한 『ABC契』에서 확연히 알 수 있다. 육당은 『레 미제라블』을 번역해 실으면서 "나는 이 책을 문예적 작품으로 보난 것과 한가지다"[45]라고 밝혔다. 그는 문학작품을 "문예물"이 아니라 "한 가지 교훈서"가 되기를 자처하였다.

①"ABC契"는 무엇이뇨? 表面으론 兒童敎育을 標榜한 團體러라 그러나 實은 成人啓發노써 事業을 삼더라. 契員은 그리 만치 아니한 데 겨우 契라 일홈할 만한 단단치 못한 集合이러라. 그들이 파리府에 두군대 集會處를 가젓스니 한아는 하르쓰村에 갓가운 '코린쓰'란 술ㅅ집이오, 한아는 쎈트, 미첼街上에 잇난 '뮤세엔'이라 하난 적은 茶館이니 이것은 只今 업서진 것이라. 勞役者가 석기난 모힘 째에는, 흔이 술ㅅ집에서 하고 學生만 모힘에는 흔이 다관에서 하더라.[46]

---

44 이솝우화(「바람과 볏」・「孔雀과 鶴」, 『소년』 1-1, 1908.11, 25~28쪽)와 톨스토이 단편(「사랑의 승전」, 『소년』 2-6, 1909.7; 「어룬과아해」, 『소년』 2-10, 1909.11; 「한사람이 얼마나짱이잇서야하나」・「톨스토이先生下世紀念」, 『소년』 3-9, 1910.12) 등이 그 예다. 수록 문예물의 대부분은 지혜와 교화를 목적으로 하고 있다.

45 "나는 그冊을 文藝作品으로 보난것보다 무슨한가지 敎訓書로 낡기를 只今도 前과 갓히하노라. (…중략…) 다만 일이 革新時代 靑年의 心理와 밋 그 발표되난 事象을 그려서 그째 歷史를 짐작하기에 便하고 쏘 兼하야 우리들도 보고 알만한일이만히 잇음을 取함이라"(『소년』 3-7, 1910.7, 31쪽).

최남선은 강경한 계몽 기획으로 '소년'들의 의식의 물길을 형성할 수
있다고 확신했던 듯하다. 『소년』에 담겨있는 편집자의 웅변과 같은 목
소리는 『A B C契』 서문에서 더욱 분명해진다. 특히나 이 글에서 육당
의 계몽주의 배경이 되는 사상을 확인할 수 있는데, "白紙ㅅ張갓흔 우
리머리"[47]라는 데서 육당은 존 로크의 「교육론」[48]에 영향을 받고 있음
을 시사하고 있다. 또 "白紙ㅅ張갓흔 우리머리"라고 하는 데서 계몽의
대상을 육당 자신을 포함하는 것을 명시하고 있다. 『소년』의 편집에
직간접적 책임을 가졌던 육당이나 춘원이 이때 불과 10대를 전후하는
나이였고, '新大韓'의 '快少年'임을 자임하고 있었으며, 자신들을 포함
한 동시대인들은 '계몽'되어야 한다는 의지가 분명했다.

②西洋 伊太利國 베니스라는 港口가 잇습니다. 넷적에 샤이록쿠라 하는
영감이 이 港口에 잇섯는대 高利貸金으로 有名하얏습니다. 高利貸金을 한

---

46 엑토르 유우고, 「에이 쎄 시 契」, 『소년』 3-7, 1910. 7, 16쪽. 쯔랑쓰國 엑토르, 유우고 原
    作 『미써리쌜』 적역(摘譯)의 이 글 서문에 "여긔 譯載하난 것은 某日人이 그중에서
    「ABC契」에 關한 章만 適役한 것을 重役한것이니 (…중략…) 나는 그冊을 文藝作品으
    로 보난것보다 무슨한가지 教訓書로 넑기를 지금도 전과 갓히하노라"라는 해설이 실
    려 편집자의 의도를 설명하고 있다.
47 「ABC契」, 『소년』 3-7, 1909. 7, 32쪽.
48 존 로크의 「교육론」("Some Thoughts Concerning Education", 1693)은 어린이 개념이 탄
    생하고 교육에 의한 사회적 상승에의 기대감이 확산되는 배경에서 등장한다. 로크의
    교육관은 체벌을 통한 엄격한 교육에 반대하던 당시의 주장들을 집대성한 것이었다.
    원죄를 강조해서 엄격한 (체벌)교육으로 신 앞에 종속시키는 칼뱅주의와는 구별되
    어, 어린이를 이성적으로 부드럽게 대할 것을 권하는 교육방식이라는 것은 주지하는
    바다. '백지상태(tabula rasa)'로 태어난 인간은 구체적 경험을 통해서 정체성을 형성해
    나간다고 것인데, 이런 주장은 인간을 혈통이나 전통, 원죄로부터 자유롭게 해주면
    서, 경쾌하고 활기찬 유소년들의 모습을 긍정하고 있다. 육당의 계몽주의는 '물길만
    큼이나 쉽게 어린이들의 마음을 이쪽이나 저쪽으로 돌릴 수 있다'고 믿었던 로크의
    견해를 실험적으로 실현하고 있는 것으로 보인다.

다하면 벌서 짐작을 하겟지마는 慈心만코 人情없고 아조 惡魔(악마) 갓흔 늙으니엿습니다. 그때에 쏘 안토니오라 하는 商人이 잇섯습니다. 아즉 나히 젊지마는 큰 배를 여러 隻(척) 가지고 멀리 외국과 무역(貿易)을 크게 하는대 이 사람은 샤이록쿠와는 아조 反對로 人情 만코 훌륭한 紳士엿습니다. 그러하닛가 自然히 안토니오는 사이록쿠를 사람갓지 안케 역이고 샤이록쿠는 안토니오를 미워하얏습니다.[49]

②예문은 셰익스피어 「베니스 상인」을 일종의 교훈담으로 각색한 사례라 할 수 있는데 그 제목을 「人肉裁判」[50]이라고 했고, 문학작품을 실화처럼 각색한 경우다. 궁지에 처해진 안토니오가 바사니오의 약혼녀 포사의 명 판결로 위기에서 벗어나는 극적인 장면에 초점을 맞추고 있다. '뽀루쟈博士'로 변장한 포사의 지혜로운 판결에 재판장에 가득 모인 사람들과 '밧사니오'가 "일제히 숨을 내쉬고 시원함을 못익이는 것하얏"다는 것으로 재판과정을 극적으로 묘사해 냈다.

③纖弱혼 一女子의 手로 偉大혼 事業을 成就혼 中에 우리 수토우夫人가 튼이 눈 가장 貢獻이 多大ᄒ고 影響이 深遠혼 者일지로다 당시 美國에선는 白人의 黑人虐待홈이 無所不至ᄒ야 金錢 賣買홈은 (…중략…) 此時에 夫人

---

49 이성호, 「人肉裁判」, 『신소년』 2-3, 1924.3, 29～36쪽.
50 「人肉裁判」은 이후, 좀 더 각색된 내용으로 『어린이』에서 다시 보인다.
   "옛날 어떤 싀골에 구차한 사람 하나가 잇섯는데 어느해 자긔아버지의 초상을당하고 장사를 지내려하나 도리가없어서격정격정을하다가 그동리에서 高利貸金을 하는 사람에게 돈을수려갓습니다. 그러나 맛겨둘전당이업서서 거절을당하고 생각다못하여 『만일 긔한안에 돈을못갑는경우에는 내넙적다리의살을한근비어밧치겟노라』하는 증서를 전당대신써놋코 돈백량을 어더다 장사를 지냈습니다."(『어린이』 4-10, 1926.10, 55～58쪽)

이 正義를 仗ㅎ고 道理에 立ㅎ야 그 多數한 無辜를 爲ㅎ야 背理無道한 虐遇와 ○○極酷한 實情을 描ㅎ야 (…중략…) 一世의 良心을 ○○發코져 한 것이 此書의 根本이니 (…중략…) 萬人의 慕義ㅎ는 心이 激動되여 그 風力이 及ㅎ는 바에 奴隷派와 比 奴隷派 사이에 南北戰爭이 開演되고 (…중략…) 四白萬奴隷가 良民됨을 得ㅎ게 되니[51]

③은 『아이들보이』에 실린 『검둥이의 셜음』 광고 글이다. '흑인의 학대함이 무소부지하고 금전으로 매매하는 것이 물건을 사고파는 것처럼 천하게 여겨지고, 가죽회초리로 맞고, 던져지는 것이 가축보다 심하고, 하늘의 이치는 숨겨지고, 막혀졌고, 사람의 도리 또한 상실되고 끊어졌다'라는 내용이다. 흑인 노예의 참혹한 생활상을 절실하게 나타냈는데 "섬약한 여자의 손으로 위대한 사업을 성취한" 스토우 부인의 공헌을 '多大, 深遠'으로 평가하면서 '인권회복'과 '압제에 대한 저항'에 광고의 초점이 맞추어져 있다.

「쇠주머니」 코너는 『신소년』 창간부터 상당 기간 고정란으로 연재되면서 세계 각국의 문학작품, 위인전, 교훈담을 소설 형태로 각색해서 싣고 있다. 역시 『신소년』에 실린 「잘가거라」[52]라는 짧은 이야기도 '거룩한 희생'을 주제로 하는 에드몬도 데 아미치스의 『사랑의 학교』에 수록된 「난파선」[53]의 번역물이고, 안데르센 「벌거벗은 임금님」도 「뵈지안

---

51 『아이들보이』 7, 1914.3.5. '스토우 부인 원저, 이광수 번역, 총발행소 신문관(新文官)' 이라는 광고 문안이 있다.
52 李俊興, 「잘가거라」, 『신소년』 2-7, 1924.7, 11~16쪽.
53 에드몬도 데 아미치스(1846~1908), 이탈리아 육군사관학교 졸업, 이탈리아 애국심을 고취시키는 아동문학작품을 남겼다.

는옷」[54]으로 실렸다. 당시 대부분의 번안·번역작품이 중역의 과정을 거쳤다는 것은 아는 사실이긴 하지만 원작자를 밝히지 않고 있어 실화로 착각하거나, 한국 작가의 작품으로 오인할 수 있는 여지도 있었다.

이처럼, 주인공이나 작중 인물들의 슬기와 지혜, 그리고 희생정신이 돋보이는 순문예작품의 번역·번안은 결국 우리 소년들이 어려운 시대를 슬기롭게 대처할 수 있는 처세(處世) 교과서였고 어두운 시대에 처해 있는 소년들에게 교훈서로 기능했을 것이다. 소년운동의 연장으로 조선 소년 독자들을 교화시키는 것으로 소설만큼 좋은 도구도 없었을 것이다.

소년들의 독서물이 절대 부족했던 시절이었고, 소년소설에 대한 개념도 없었으며, 장르에 대한 인식도 마련되지 않았던 때라서 이러한 읽을거리는 소년소설의 태동을 준비하는 전(前) 과정의 역할을 맡았을 것으로 보인다.

(2) 설화

각국의 설화는 그 서사성 때문에 충분히 소년들의 읽을거리가 되었다. 그래서 각국의 신화부터 전설과 민담까지 신이함과 교훈을 목적으로 하는 이야기들은 번안물로 적극 채택될 수 있었다.

① 옛날 '이태리'나라 '시시리'라는 섬에 '피치우스'라는 사람이 잇섯다. 무슨 죄를 져서 임금님께 사형(死刑…죽이는벌)을 썔하게 되엇다. (…중략…) '피치우스'의 아주 단벌로 親한 親舊에 '짜몬'이라는 사람이 잇섯다.

---

54 文徵明, 「뵈지안는옷」, 『신소년』 2-3, 1924.3, 7~13쪽.

그 사람이 이 '피치우스'의 事情을 가엽시 여겨서 임금님께 말슴하기를 "저 '피치우스'는 제 親舊 올시다. 그 사람은 결코 두 말을 아니하는 사람이 올시다. 어쩌튼지 特別 불상이 여기서서 그 所願을 들어주시옵소서. 그리시고 그 代身에 저를 가두섯다가 萬一期日이 되도록 아니 오는 일이 잇삽거든 저를 代身 죽여주시옵소서" 하고 알외엇다.[55]

② 前에 前에 싸앗夫人끠서 그 외딸 茂英小姐를 길으실 새 掌中에 寶玉처럼 사랑하서 暫時도 膝下에 쎄이고 지내난 일이 업스시더니 어늬 해에는 夫人이 밧헤 일이 有別히 밧바서 보리·모밀·기장·조는 姑舍하고 왼世上百穀의 培養을 혼자 맛하가지고 쏘차가지 못하난 일을 억지로 쏘차가느라고 밤이나 낫이나 눈코 쓸 틈 업시 지내시니 茂英小姐는 서로 노을 사람이 업서 심심하기 짝이업슴으로

"어머니께서 저러틋 밧부게 지내시니 나는 심심하야 견댈 수 업소이다. 暫時間海邊에 나아가서 龍女들이나 불너내여 갓히 놀녀하오니 許諾하시옵소서" (…중략…)

이에 小姐가 日前부터 보아두엇던 百花가 爛熳하게 피인 들에 다름박질 가서 아름다운 꼿을 썩기도 하고 쏩기도 하야 금시에 손에 쥘 수 업시 찬지라 마조막 한아만 더 쏩아 자기 조갈 次로[56]

③ 이해 삼월 첫 사흘날에 류리라 닐커르신 그째 님검게서 한 아들을 보시니 이 아기가 나려홀 째에 저즘게 그새가 어디로선지 와서 이상흔 소리

<hr>

55 申明均, 「나를아는 親舊」, 『신소년』 2-1, 1924. 1, 20~22쪽.
56 하우쏘온, 최남선 역, 「何故로, 꼿이通一年, 피지, 안나뇨」, 『소년』 2-5, 1909. 5, 49~56쪽.

로 울면서 대궐 우로 빙빙 돌아다니다가 새아기 배꼽 쓴을 자르면서 쏘한 보이지 아니홉니다 (…중략…) 이야기는 일흠을 해명이라 흐얏습니다 얼굴이 크고 뼈대가 굵고 몸집이 골고로 시원흐게 퍼져 누 가 보아도 갓난아희 갓지 아나홀 뿐 아니라 눈알에는 남달리 빗이 잇고[57]

인용문 ①은 「피치우스」와 親舊 「짜몬」의 '우정'을 그린 고대 그리스 설화를 번안한 예다. 「나를아는親舊」는 4C경부터 로마에서 전해지는 '데이몬과 피시어스' 이야기다. 피시어스는 임금에게 반역한 죄로 사형 선고를 받게 되었고, 사형 집행이 가까워질 즈음 어머니가 돌아가셨다는 소식을 듣는다. 데이몬은 임금에게 피시어스가 어머니의 장례를 치르게 해달라고 간청하고, 피시어스가 고향에 갔다 오는 동안 데이몬이 대신 사형수가 되어준다. 단 정해진 사형 집행 날까지 피시어스가 돌아오지 않는다면 데이몬은 피시어스 대신 사형을 받는다는 조건이었다. 약속된 날이 되어도 피시어스는 돌아오지 않았다. 결국 데이몬은 사형 집행대에 올랐고, 사형 집행이 막 시작되려는 찰나 피시어스가 형장으로 들어온다. 피시어스는 어머니의 장례식을 마치고 돌아오는 길에 홍수를 만나 길을 잃게 되었노라고 말한다. 왕은 두 사람의 우정에 감복해 두 사람 모두를 방면해 준다는 내용이다. 목숨을 바꿀 정도의 우정에 관한 이야기이다. 『신소년』에 훈화(訓話)라는 표제로 실려 있는데, 우정은 소년들에게 언제나 강조되는 소중한 덕목이 아니겠는가.
　②는 「꼿에 關한 童話」라는 표제로 그리스 신화를 번안 게재한 것이

57　『붉은져고리』 7, 1913. 해명태자 설화는 제10호까지 연재됨.

다. ②는 그리스 신화에 나오는 데메테르와 그녀의 딸 페르세포네에 관한 이야기로, 대지의 여신인 데메테르는 씨앗 부인으로, 딸 페르세포네는 무영소저로 이름을 바꾸어 놓은 번안물이다.

이처럼 외국의 신화를 소년소설 혹은 소설로 개작하는 관행이 한동안 이어졌는데, 외국의 설화, 전설이 소년소설의 소재로 변모된 경우는 어렵지 않게 읽을 수 있다. 김동인은 1930년대 중반 『童話』에 「친구」라는 타이틀로 '데이몬과 피시어스' 설화를 소년소설로 발표했다.[58]

③은 『삼국사기』에 있는 '해명태자(解明太子)' 설화가 번역되어 실린 예다. 해명태자는 갓 스물 한 살 무렵 부친(고구려 유리왕)의 엄명을 어기지 않으려고 여진의 동원이라는 들판에서 비극적으로 삶을 마친다. 불효자라는 오명을 벗고, 조국(고구려)에 대한 뜨거운 사랑을 나타내기 위해 스스로 죽음을 선택했다.[59] 죽음으로써 자신의 뜻을 나타냈고, 자기 삶을 완성한 소년 해명태자 이야기는 충효의 가치관이 바탕이 되어있다. 『붉은져고리』는 해명태자의 장대한 신체, 적에게 굴하지 않는 용사다운 태도와 비범함에 서사의 초점을 맞추고 있다. 해명태자의 조국애와 충효정신의 화소도 소년들의 독서물로 충분하겠지만, 무엇보다 태자의 나이가 '이제 갓 스무 살'의 소년인 점도 번안 자료로 적절했다.

독서물이 추상적인 범주에 있던 '소년'들을 하나의 집단으로 구체화시켰고, 소년소설의 필요를 부각시켰다. 독자의 발견인 것이다. 이것은 발신자(작가)와 수신자(독자)의 관계 형성을 통해서 문학 개념이 정립되는 중요한 요소가 되기 때문이다. 마리아 니콜라예바가 말한 것처

---

58 김동인, 「친구」, 『동화』, 1936.4, 24~26쪽.
59 김부식, 李丙燾 譯註, 『三國史記』, 을유문화사, 1983, 257~258쪽.

럼 아동문학의 중요한 특성 중 하나는 커뮤니케이션 측면이다. 이것은 우리나라 소년소설 형성기 이전의 발신자와 수신자 관계에서도 나타나 있다. 즉 소년소설 형성기 이전의 발신자, 작가는 번역자, 편집자가 창작 작가의 몫을 대신했다고 볼 수 있을 것이다. 작가를 대신하는 이들의 역할이 독자인 소년들과 관계 설정을 시도한 것이다.

3. 소년소설의 발생

소년소설이라는 명칭이 처음 등장하는 작품은 『어린이』에 발표된 방정환의 「졸업의 날」[60]이다. 「졸업의 날」은 1919년 『신청년』에 「卒業의 日」(잔물, 1919.12)로 실렸던 작품인데 종결어미를 "-습니다"체로 바꾸어 게재했다. 소파는 「새로 개척되는 '동화'에 관하야」[61]를 통해서 새로운 문학양식인 동화의 장르적 특성을 천명한 이후 동화 창작을 통해 어린이를 찬미함과 동시에 자신의 계몽사상을 이행해 나갔다고 할 수 있다. 그러나 '동화'와는 다른 이야기 양식이 필요했기 때문에 '동화'와는 표현방법이 다른 산문양식에 눈길을 돌리게 된 것이다.

---

60 잔물, 「졸업의 날」, 『어린이』 2-4, 1924.4.
61 近世에 니르러 「童話는 兒童性을 닐치 아니한 藝術家가 다시 兒童의 마음에 돌아와서 어떤 感激 ─ 惑은 現實生活의 反省에서 생긴 理想 ─ 을 童話의 獨特한 表現方式을 빌어 讀者에게 呼訴하는 것이라」고 생각하게까지 進步되어 왔다(小波, 「새로 개척되는 '동화'에 관하야」, 『개벽』 31, 1923.1, 20쪽).

「졸업의 날」이 소년소설이라는 표제로 발표되기 이전, 갈래가 불분명한 이야기가 '少女소품' 혹은 '불쌍한 이약이' 또는 '애화', '사진소설' 등 다양한 명칭으로 발표되었다. 방정환은 '동화'가 아닌 다른 '이야기' 글을 시도하고 있었던 것이다.[62] 즉, 소년소설이라는 표제를 사용하기 이전에 나타났던 '哀話'류는 갈래의 변화를 예고하는 신호탄이었다. '불쌍한 이야기', '사실 哀話', '實話' 등 '사실'과 '슬픔'의 정서를 강조하고 있는 것은 주의를 요한다.

小說을 의미하는 '로망(roman)'을, 속어로 된 모든 작품, 역사적 근거가 없는 모든 허구적인 이야기를 포괄하는 것[63]으로 정의한다면, 초기 소년소설에서 '사실애화', '사실소설' 등처럼 사실을 강조한 데서 독자들은 혼란을 겪을 수밖에 없다. 그러나 소설의 발생과정을 참고해 볼 때 대부분의 소설은 가지각색의 방법을 동원하여 소설의 이야기가 실제 사실 그대로라고 소개하는 경우가 많다. 어떤 경우에는 작가 자신이 체험했던 일들을 그대로 고백하는 것이라고도 한다. 이럴 경우 독자들은 어떻게 판단해야 할지 몰라 망설이게 된다. 그러나 이 같은 방법은 순전히 작가가 소설의 이야기가 실제로 '그럴 듯한 느낌'을 주도록 하기 위해 고안해 낸 방법이다. 이것은 소설이 '실화(實話)'라고 여겨지도록 만들어졌다는 증거인 동시에 소설이란 것이 끊임없이 실재성과 허구성의 애매한 경계 위에서 연출되는 것이라는 표지가 되기도 한다.

---

62 1923년 3월 『어린이』 창간호부터 소년소설 「졸업의 날」 사이에 동화와는 다른 '불상한 이약이', '소품', '哀話' 등으로 갈래를 실험하였다. 「졸업의 날」은 '잔물'이라는 필명으로 1924년 4월(제2권 4호) 발표되었다.
63 김화영 편역, 『소설이란 무엇인가』, 문학사상사, 1986, 14~15쪽.

소설가가 작품의 이야기를 실화라고 소개하는 것은 어느 정도 독자를 속이는 것이 되지만, 독자 자신도 그러한 이야기에서 오히려 더 큰 흥미를 느끼는 것이다.[64] 초기 소년소설이 '불쌍한 이야기', '사실 哀話'처럼 실화를 강조했던 것도 같은 맥락이라 할 수 있다.

소년소설 발생을 주도했으며, 전개과정을 담아냈던 당시의 소년 문예지를 중심으로 소년소설이 분화되고 발전되어 가는 전체 과정을 다음에서 조망해 보고자 한다.

1) 『새별』

이광수는 『새별』 편집에 참여하게 되면서 '외배'라는 필명으로 소년들을 위한 문예물을 발표한다. 이광수는 이미 「자녀중심론」 등의 글에서 '어린사람'의 인권을 일찍이 강조했으며, '부조 중심사회'를 비판하는 글을 발표하여 성인중심사회에 대해 경종을 울렸다.

춘원이 『새별』에 발표한 「내 소와 개」는 생생한 묘사문장과 '-ㅆ다', '-ㄴ다' 위주의 말끔한 단문 문체로 이전에 보기 어려웠던 근대적인 변화를 보여주었다. 관조적 태도의 서술체에서 청년적 소년화자(少年話者)를 발견할 수 있는데, 서술자는 현재적 감각과 더불어 구체적인 시공간을 의식하면서 서사를 진전시키고 있다.

「내 소와 개」는 최초의 창작동화[65]라는 논의가 촉발되면서 최근 아

---

64 권영민, 「소설의 본질」, 『한국현대소설의 이해』, 태학사, 2006, 21~22쪽.
65 박숙경은 「한국 근대 창작동화 형성과정 연구」(인하대 석사논문, 1999, 33~34쪽)에

동문학의 기원을 따지는 문제에서 새롭게 거론되고 있다. 이 글은 수 필로 분류되어 『이광수 전집』(1962)에 실렸던 전력이 있는 만큼 체험담 을 빌려서 소설 형식으로 구성한 예가 될 것이다. 춘원의 오산학교 재 직시절 제자인 徐春 군에서 들었다는 이 이야기는 어른인 작가가 자신 의 체험을 기억하는 형식으로 시작하고 있다.

발서 十數年 前 일이라 내 나이 아직어리고 父母께서 生存하야 게실 때에 내 집은 시골 조고만 한 가람가에 잇엇다. 어떤 장마날 나는 내 情들인 소 — 난지 四五 日된 새끼를 가진 — 를 가람가에 내어다 매 글방에 갓앗엇다.[66]

이 작품을 소년소설의 범주에 묶을 수 있는 근거로 '소년' 주인공의 등장을 들 수 있다. 어른스러운 화법과 서술은 창작동화라기보다 근대 소설에 가까워 보인다. 소년문학에 포함시킬 수 있는 근거로 우선, 주 인공은 오산학교 학생 신분으로 추정되는 15~16세의 소년인 점이다. 그리고 『새별』이라는 아동 잡지에 발표한 것은 1차 독자로 소년(아동) 을 염두에 두었다는 뜻이다. 무엇보다 동물과 인간과의 신의, 특히 주 인을 지키기 위해 희생하는 동물의 모습은 아동문학에서 꾸준히 채택 되는 소재다. 화자가 소년시절의 추억을 서술하고 있다는 점, 집에서

서 이광수의 「내 소와 개」(1916)는 체험담의 형식을 빈 허구, 나아가 한 편의 온전한 창작동화(소년소설)임이 분명하다고 했다. 따라서 그동안 최초의 창작동화라고 인 식되어온 마해송의 「바위나리와 아기별」(1923)보다 8년 앞섰다는 주장으로 이광수 의 「내 소와 개」를 주목했다. 박숙경은 창작동화와 소년소설에 대한 뚜렷한 구분을 하지 않고, 어린아이들이 읽는 문예물의 총칭으로써 '동화'라는 용어를 선택한 것으 로 보인다. 본문에서 「내 소와 개」, 최초의 창작동화'라고 하면서 괄호 안에 '소년소 설'을 부기한 것으로 짐작할 수 있다.

66   이광수, 「'읽어리' : 내소와 개」, 『새ㅅ별』, 1915.1.

키우던 가축이 홍수의 재난 속에도 주인을 배신하지 않고 곁을 지키는 동물과 인간의 교류와 신뢰를 주제로 하고 있다는 점 등에서 소년문학으로 채택될 소지가 있을 듯도 하다. 그러나 작품 전체가 오직 서술자의 회고로 일관되어 있어서 소설로 채택하기에는 난점이 있다고 보는 것이다. 즉 소설이라 함은 플롯이라는 구성요건 등 적절한 소설적 기법이 동원되어야 하는 것은 당연한 일임에도 그러한 장치의 적용이 전무하다는 점, 그리고 주인공이 단지 '소년'이라는 이유만으로는 소년소설로 채택하기 어려운 면이 있다고 보는 것이다.

춘원의 또 다른 초기 소설 「소년의 비애」도 소년문학적 성격을 가지고 있다. 주인공 '문호(文浩)'와 그의 사촌누이동생 '난수(蘭秀)'의 나이가 각각 18세와 15세의 소년소녀인 점이 일차적 요건으로 고려될 수 있다.

蘭秀는 사랑스럽고 얌전하고 才操있는 處女라 그 從兄되는 文浩는 여러 從妹들을 다 사랑하는 中에도 特別히 蘭秀를 사랑한다. 文浩는 이제 十八 세되는 시골 어느 中等程度 學生인 靑年이나, 그는 아직 靑年이라고 부르기를 싫어하고 少年이라고 自稱한다. 그는 感情的이요, 多血質인 才操있는 少年으로 學校 成績도 매양 一, 二호를 다투었다 그는 아직 女子라는 것을 모르고, 그가 交際하는 女子는 오직 從妹들과 其他四, 五人되는 姉妹들이라.[67]

이 작품의 기본 줄거리는 '문호(文浩)'라는, 청년에 가까운 소년이 자신의 사촌누이 '란수'라는 총명한 소녀를 아끼고 사랑하였으나 그 소녀

67　이광수, 「少年의 悲哀」, 『청춘』, 1917.6; 『이광수 전집』 16, 삼중당, 1966, 11쪽.

가 부모의 결정에 따라 '바보천치'에게 시집가게 되고 문호는 거기서 비애를 느낀다는 내용이다. 춘원의 초기 작품에 해당되는 「소년의 비애」는 어느 나라 문학에서나 보편화되어 있는 소년기의 첫사랑에 대한 기억을 떠올리게 하는 줄거리이고, 춘원의 자전적 요소가 강하다.[68] 사춘기 소년 문호가 '異性에 대한 憧憬을 從妹 蘭秀를 통해 풀어 보려는 주제'로 춘원 초기 문학론인 정(情)과 미의 문학관을 잘 드러내 주고 있다. 이 작품은 이광수의 동경유학 시절의 단순한 향수를 달래려는 유약한 심정의 글도 아니고 사춘기 소년의 감상을 정리해 보여주려는 의도로 쓴 작품도 아니라는 견해에 비중이 쏠리고 있다. 즉 당시의 사회 인습과 제도를 비판하면서 후일 계몽주의로 대표되는 춘원의 문학세계를 드러내 주는 시금석이 되는 작품이라는 설명이다.[69]

여기서 작중인물의 연령을 두고 '소년문학'의 범주에 포함시킬 것인가에 대한 질문을 다시 제기해 볼 수 있다. 주인공의 연령에 의한 구분은 매우 주변적인 기준이 될 수 있다. 소년들의 세계 안에서 그들의 문제를 다루고, 그들의 정서에 만족을 줄 수 있는 주제가 소년문학을 판가름하는 근거가 될 것이다. 그러나 더 나아가 인간과의 교섭원리 안에서 인간 전체의 정서에 만족을 줄 수 있는 주제라야 결국 소년문학 안에도 포함될 것이다. 이는 진정한 문학의 요건을 만족시켜야 한다는 뜻인데, 소년소설을 결코 '소년' 안으로만 그 독자 대상을 국한시킬 수 없다는 말이기도 하다.

『새별』은 최남선이 『소년』의 뒤를 이어 발행한 어린이 잡지로 창간

---

68 「나ー소년편」, 『이광수전집』 11, 367~404쪽 참조.
69 김영민, 「이광수 초기소설 「소년의 비애」 연구」, 『문학한글』 21, 한글학회, 2000, 167쪽.

초기부터 문예물에 치중한다는 창간취지를 밝힌 전문적인 종합 문예지이다. 신문관 발행으로 1913년 9월 5일부터 1915년 1월 15일까지 통권 16호로 종간되었다. 신(新) 문장 건립 운동을 활발히 전개하였고, 『아이들보이』에서는 '글쓰느기'라는 난을 두어 독자들의 작품을 모집하고 평하였다면 『새별』에서는 '읽어리'라는 코너를 만들어 새로운 문장 보급에 앞섰다. 편집은 주로 이광수가 맡았고, 그는 『새별』을 통해서 소년들의 문학성 고취에 힘쓰고 있었다.[70]

2) 『어린이』

방정환은 '잔물'이라는 필명[71]으로 『어린이』에서 처음 '소년소설'(「졸업의 날」, 2-4, 1924.4)이라는 갈래 명을 사용한다. 「졸업의 날」은 방정환이 1919년 12월 『신청년』에 「卒業의 日」로 처음 발표했고, 이후 3~4년 정도의 시차를 두고 소년소설이라는 표제로 재발표하게 된다. 방정환은 동화 창작으로 어린이를 찬미함과 동시에 자신의 계몽사상을 이행했으나, '동화'와 다른, 보다 사실적인 서사를 담아낼 양식의 필요를 인식하게 되었고, 그것이 소년소설이었다.

소년소설의 시작은 '동화'의 시작과는 다른 양상인데[72] 용어와 내용에

---

70 이재철, 『세계아동문학사전』, 계몽사, 1989, 160쪽 참조.
71 '잔물'은 잔물결, 즉 小波라는 뜻이다. 방정환의 필명 중 하나(윤석중, 「『어린이』 잡지 풀이」, 『어린이』(영인본) 발간사), 『어린이』(영인본), 1976).
72 방정환은 「새로 개척되는 '童話'에 관하야」라는 글로 새로운 문학양식인 '동화'의 장르적 특성을 천명함과 동시에 '동화' 갈래를 이론화하고, 부형들에게도 이런 변화를 알리려고 노력하였던 것을 알 수 있다. "近世에 니르러 「童話는 兒童性을 닐치 아니한 藝術家

있어서 혼용현상을 보이는 것은 아동문학 장르의 내적인 필요성에 의해서이다. 즉 '이야기를 통해서 새로운 장르를 실험'하고 있는 과도기적 상태이기 때문이다. 「졸업의 날」과 비슷한 시기에 발표된 '소녀소품(少女小品)'이라는 표제의 「순희의 설음」[73]은 작자를 분명히 밝히지 않고 있다.

①느른비가 소리도 잔잔하게 부슬부슬 나리고 잇습니다.

순희의 집은 넘우도 쓸쓸하게 조용합니다.

삼월 스므여들엣날 이날이 순희 아버지의 생신날이건마는 삼 년 전에 나아가신 아버지게서는 어느 곳에 엇더케 계신지 소식도 모르고…… 쓸쓸스럽게 조용한 날을 구슯흐게 봄비만 작고 오시고 잇습니다.

순희가 열 살 되던 삼 년 전 해의 느진 봄에 아버지는 집에서 나아가셨슴니 무슨 일로 어데로 가섯는지 그것조차 순희는 알지 못하엿습니다.[74]

②봄이 왔습니다. …… 외로운 사람의 가슴을 더욱 쓸쓸스럽고 슯흐겠슴닛가 기나긴 봄날이 오늘도 한심스런 영길이의 몸을 빗추고 잇슴니다.

"네에 할머니!"

그는 누구인지 알 싸닭도 업스나 자기를 길러주는 로파를 할머니라고 부릅니다. 쓰더온 나물을 다듬고 안젓는 로파는 부르는 소리를 듯고 여전히

가 다시 兒童의 마음에 돌아와서 어떤 感激 ― 惑은 現實生活의 反省에서 생긴 理想 ― 을 童話의 獨特한 表現方式을 빌어 讀者에게 呼訴하는 것이라」고 생각하게까지 進步되어 왓다"(小波, 「새로 개척되는 '동화'에 관하야」, 『개벽』 31, 1923.1, 20쪽 참조)라고 하며 '동화' 갈래를 이론화하고 변화를 알리려고 노력하였던 것에 비한다면 '소년소설'은 다양한 명칭과 이야기의 구조를 실험하면서 시작하는 양상을 보여주었다고 할 수 있다.

73 소년소설의 형식을 온전하게 갖추지는 못하였지만, 소년 독자를 의식하고 있다는 인상이 강한 작품이다. 따라서 이런 작품을 의사 소년소설로 구분할 수 있다고 본다.

74 「아버지 생각 ― 순희의 설음」, 『어린이』 1-2, 1923.4, 5쪽.

나물을 다듬으면서 천천히 대답하엿습니다.

"왜그러니"

"정말 나는 누구의아들임닛가"

"쏘 그런 소리를 하는구나 (누구의 아들은 알어 무얼하니) 옷잘닙 밥잘 먹으면 그만이지"

영길이는 쏘 속으로 "아…… 아" 하고 탄식을 하엿습니다.[75]

③ (七) 경찰서에 붓들려 간 영호는 어린 마음에 얼마나 놀내엿겟슴닛가 경찰서에서는 "종로 ××려관(旅館)에서 구두 한 켜레를 닐허바렷다는데 그날 저녁에는 네가 쩍을 팔리 들어왔다간 이외에는 한 사람도 온 사람이 업섯다 하니 네가 집어가지 안엇느냐" 하고 몹시 엄중하게 뭇슴니다.

(八) 마음 곱고 착한 영호가 엇더켓 굼엔들 그런 낫븐 짓을 할 리가 잇 슴닛가 그러나 아모리 안 그갯노라고 대답하여도 변명은 되지 못하고 그날 밤은 류치장에서 갓처잇게 되엇습니다 밤은 깁허가는데 잠 한 잠 못 자고 "돈이 업서서 쩍장사를 하닛가 이런 일을 당하는 고나" 하고 울엇슴니 다.[76]

④ 영호는 긔운 업시 니러스더니 팔짱을 끼고 우두머니 서서 점으러가는 붉은 하날을 보고 잇슴니다. 째는 쌋듯한 봄 삼월의 하순이오 곳은 ○○고

---

75 夢見草, 「영길이의 슬음」(불상한 이약이), 『어린이』 1-3, 1923.4, 8쪽.
  1923년 3월 20일 개벽사에서 창간호를 낸 『어린이』는 처음 타블로이드 판 14쪽으로 신문의 體裁와 같았으나, 이내 4·6판(40쪽)으로 발전되었다. 월간(月刊)으로 알려져 있는데, 창간 다음 달인 1923년 4월에는 4월1일과 4월 23일 2회 발행되었다(윤석중, 「한국아동문학서지」, 『아동문학의 지도와 감상』, 대한교육연합회, 1962, 174쪽 참조).
76 사진소설, 「영호의 사정」, 『어린이』 1-9, 1923.10, 10~14쪽. 「영호의 사정」은 1923년 10~12월까지 4회 연재 완결. 1회 분은 낙질.

등보통학교 마당의 한 곳이니 래일은 이 학교의 졸업식 일이요 영호는 금회의 첫지 졸업생입니다. 여러 해 두고 바라고 기다리던 졸업! 더구나 우등졸업! 그의 마음은 얼마나 깃겁겟슴닛가

졸업생이나 진급생이나 다가치 깃거워 색국긔를 다느니 솔문을 세우느니 하느라고 분주하것만은 영호는 다만 홀노 적적한 곳에서 눈물을 흘니고 잇슴니다. 참말 영호는 아니 울 수 업난 가련한 경우에 잇는[77]

인용문 ① 「아버지 생각ㅡ순희의 설음」은 집을 떠나 어디론가 가버린 아버지를 기다리는 순희의 사연이 주된 줄거리다. 집을 나간 아버지를 기다리는 소녀 '순희의 슬픔'은 대화 글 한 줄 없이 서술자의 내레이션으로만 일관되어 있다. '소녀소품'이라는 표제도 갈래구분에 아무런 정보를 제공해 주지 못하고 있으며, 작자마저도 밝히지 않고 있다. 이런 불분명한 태도는 작품의 구성내용의 문제라기보다는 새롭게 실험하는 갈래에 대한 확신이 아직 확립되지 않았기 때문일 것으로 보인다. 허구적 서사인지, 경험적 서사인지도 분명하지 않은 이런 서사의 실험은 당분간 계속되는데, 「영길이의 슬음」이 한 예다.

②는 방정환의 또 다른 필명인 몽견초로 발표된 「영길이의 슬음」이다. '불상한 이약이'라는 표제를 붙였다. 같은 책에서 「영길이의 슬음」보다 몇 페이지 앞에 실린 '자미잇는 이약이'라는 표제의 「눈어둔 포수」는 '동화'로 갈래 표시를 했고, '소파(小波)'라는 방정환의 잘 알려진 필명을 사용하고 있는 점과 비교해볼 때 '불상한 이약이'에서는 매우 소극적인 태도를

---

77 잔물, 「卒業의 날」, 『어린이』 2-4, 개벽사, 1924.4, 18~19쪽.

보이고 있다. '자미있는 이약이'는 '동화'로 확실하게 구분되어 있는 반면 '불상한 이약이'는 어떠한 갈래도 명시하지 못하고 있기 때문이다.

다종다양한 서사를 '이약이'로 구현해보려는 작가의 의도가 짐작되는 부분이다. 이 '이약이'가 소년소설에 접근했다고 볼 수 있는 요건은 주인공 영길이가 자신의 정체성에 대해 질문하고 있는 화소 때문이다.[78] 현대소설의 주인공은 일상의 세계 안에서 자신의 존재에 대해 끊임없이 질문하면서 자기 주체를 발견하려 하고 그 정체성을 확인해 나간다. 그러나 「영길이의 슬음」에서 영길이는 자신의 존재에 대한 의문을 '출생의 비밀'을 알아내려는 데서 벗어나지 못하고 있다. 그러나 또 주인공의 의식 변화를 보여 주는 질문을 지나치게 감상적, 애상적으로 처리해 성장의 진정한 변화를 모색하는 데까지 나아가지 못하고 있다. 자기 자신의 정체를 확인하게 되면, 바깥세계를 일정한 각도에서 바라볼 수 있는 전망을 갖게 되고, 또 사물을 보는 각도와 거리가 인식되는 단계까지 나아가야 할 것이다. 그런데 영길이의 질문으로 끝나고 만 것은 한계로 지적될 수밖에 없다.

③은 1923년 9월부터 4회에 걸쳐 발표된 「영호의 사정」이고, 사진소설이라는 표제가 있다. 사진소설이라는 표제에 걸맞게 한 단락마다 한 컷의 사진을 배치했다. 당시로서는 문명의 첨단이라 할 수 있는 사진을 삽화 대신 사용하는 기획력을 보여주었다.

비록 1회분 원고의 낙질이라는 결함이 있다고 해도, 서사 줄거리 전체

---

78 소년들이 어떠한 (충격적) 사건에 직면해 새로운 세계에 대해 의식의 눈뜨는 과정을 담은 소설을 성장소설이라고 할 때, 의식의 변화과정을 보여주는 주된 내용으로는 자아 정체성에 대한 발견, 죽음 혹은 인생의 제반 문제에 대한 발견을 말하는 것이다(최현주, 「한국 현대 성장소설의 서사시학」, 전남대 박사논문, 1999, 9~16쪽 참조).

를 파악하기에 그다지 어려움은 없다. 소년 영호는 떡을 팔아 공부를 하는 고학생인데, 구두를 훔쳤다는 의심을 받는다. 오해는 곧 풀리지만, 대신 일자리를 잃게 된다. 어렵사리 새로 들어간 어떤 회사에서 급사로 일하며 회사에 온 손님의 지갑을 찾아주면서 사장으로부터 신임을 얻게 되고 더 열심히 공부한다. 영호는 보통학교 학업을 무사히 마치고, 사장의 수양아들이 되어 고보(高普)까지 진학할 수 있게 된다는 줄거리다. 여기에서 소년문학에 '소설' 갈래가 등장했다는데 유의할 필요가 있다.

④ 인용문은 '잔물'이라는 방정환의 또 다른 필명으로 발표된 「졸업의 날」이다. 여기에서 비로소 '소년소설'이라는 갈래가 공식적으로 나타났다. '소녀소품'이 발표된 이후 '소년소설'이라는 갈래가 나타나기까지 약 1여 년의 시간이 경과되었는데,[79] 少女소품 「순희의 설음」 → '불상한이약이' 「영길의 슬음」 → 사진소설 「영호의 사정」 → 소년소설 「졸업의 날」 영호로 변화하는 과정에서 인물과 플롯의 미미한 진화를 보여준다.[80] 부분적 대화 글의 사용과 구성에서의 사소한 변화가 있다. 「순희의 설음」과 「영길의 슬음」에서는 방정환이 자주 사용했던 슬픈 이야기 즉 '애화(哀話)'라는 내용의 교집합을 추출해 낼 수 있고, 「영호의 사정」과 「졸업의 날」에서는 '영호'라는 주인공의 이름에서 공통분모가 만들어진다.

---

79 少女소품, 「(아버지 생각) 순희의 설음」(1923.4.1), 불상한이약이, 「영길의 슬음」(1923.4.23), 사진소설, 「영호의 사정」(1923.10.15), 소년소설, 「졸업의 날」(1924.4.18).

80 '童話', '불상한 이약이', '소년소품', '실화' 등의 이름으로 작품들이 발표된 것은 동화와 소년소설이 서서히 구별되고 있던 시기이고 애화나 실화류는 후일 카프 주도의 계급주의 소년소설로 그 맥이 이어지기 때문에 우리 아동문학사에서 동화와 소년소설이 갈라지는 분기점이 된다고 보는 것이다(김화선, 「韓國 近代兒童文學의 形成過程研究」, 충남대 박사논문, 2002, 128쪽 참조).

줄거리 상에서 볼 때 「영호의 사정」에서 영호는 회사 사장의 도움과 자신의 성실성으로 보통학교를 무사히 졸업하게 된다는 내용이고, 「졸업의 날」에서의 '영호'는 고보(高普)를 우수한 성적으로 졸업하게 된다는 결말이다. 「졸업의 날」은 「영호의 사정」의 후속편으로 놓을 수 있을 듯하다. 결국 '소녀소품', '불상한이약이', '사진소설'을 거치는 과정에서 「졸업의 날」은 소년소설로서의 형식을 갖추게 되었고, 그런 점에서 한국 소년소설의 시작을 알려주는 작품으로 자리하게 된 것이다.

'소녀소품'이 발표된 이후 '소년소설'에 도달하기까지의 과정 중에 발표된 한 편의 글에 주목하게 되는데 「落葉지는 날」이다. 이 글은 「순희의 설음」과 「졸업의 날」 사이에 몽견초(夢見草)라는 필명으로 발표되었다. 「落葉지는 날」에는 어떤 표제나 갈래구분이 없어서 편집자의 의도를 분명히 파악할 수는 없다. '애화', '불상한이약이', '사진소설' 또는 '소년소설' 등으로 명시되어 온 여타의 다른 작품과 비교해 볼 때 드문 예라고 할 수 있다. 그러나 「落葉지는 날」은 그간 발표된 어떤 '애화'나 '소설'보다는 소설적인 구조를 갖추고 있다는 점에서 주목할 만하다.

⑤ "단 한 번만이라도 파ー란 하늘을 보게 되엿스면 조켓서요 나는 넘어 오래 두고 눈이 멀어서 어렷슬 째에 본 파ー란 하늘도 니저버려진 것 가타요- 단 한 번이라도 조흐니 한 번만 더 파ー란 하늘을 보고 십허요 언니- 그 문을 죽음만 열어주구려 문을 열어도 파ー란 하늘이 내 눈에 보일 리 업겟지만……"

명희는 아모 말 업시 조용하게 미닫이를 조금 열엇습니다.

"자아 열러노앗다 명자야"

"네ㅡ. 에그 바람이 쌔 산산하구려ㅡ 어렷슬 적에 눈이 씌엿슬 쌔에 졈 더 하늘을 자세보아 두엇드럼 조앗슬걸ㅡ 그랫드면 지금도 이럿케 니저버리지 안엇슬 것을ㅡ" (…중략…)

"글세요 그랫스면 죳치만…… 암만해도 안될 것 갓해요 병이 이럿케 들어서 아마 눈이 다시 낫기 전에 죽을 것 가태요" (…중략…) 먼 데서 나팔부는 소리가 가늘게 들녀왓슴니다. 그리고 쏘다시 나무닙 써러지는 소리가 부스럭부스럭 쓸쓸하게 들넛슴니다.[81]

인용문은 ⑤ 「落葉지는 날」에서 주요 인물들의 대사와 결말부분이다. 오래 병을 앓다가 눈까지 멀게 된 소녀 명자(明子)와 그의 언니 명희(明姬), 어머니 세 사람의 인물 간의 대화로 서사가 진행되고 있는 점에서 장면제시 기법을 적절히 사용했다고 할 수 있겠다.

죽음을 목전에 둔 병약한 소녀 명자를 주요인물로 내세워 소설을 극적으로 설정했는데, 긴 병고를 겪은 명자는 눈이 멀어 앞이 보이지 않는 이중의 고난을 겪는 인물로 설정되어 있어서 긴장감을 더해 준다. 또 서사의 진행은 서술자의 설명보다는 대화를 중심으로 진행되고 있다. 마지막 장면에서의 "먼데서 나팔부는 소리"와 "나무닙써러지는소리"는 생명을 재촉하고 있는 소리로 환기되어 극적으로 치달아간다. "먼데서 나팔부는 소리"는 하늘로부터 들려오는 부름의 소리로 인식될 수 있고, 이어지는 "나무닙써러지는소리"는 생명의 명멸을 암시하는

---

81 몽견초(夢見草), 「落葉지는 날」, 『어린이』 1-10, 개벽사, 1923.11, 29~33쪽.

중요한 화소로 의미전환 된다. 극적 긴장과 암시의 기법을 성공적으로 활용해서 소설적 긴장감을 마련하였고, 죽음을 직접적으로 드러내지 않으면서 문학적으로도 잘 형상화하여 작품의 완성도를 높였다.

무엇보다 명희의 죽음을 "먼데서 나팔부는소리가 가늘게들녀왓"다는 것과 "나무닙써러지는소리가부스럭 부스럭 쓸쓸하게들녓"다는 것으로 암시하고 있는데, 이는 소년문학(혹은 아동문학)에서 매우 중요한 장치라 할 수 있다. 소년문학의 특수성을 감안하여, 주된 독자인 아동을 적극적으로 배려한 성공적 결말이라고 설명할 수 있는 것이다.[82]

그러나 「落葉지는 날」은 갈래가 분명하게 규정되지 않았기 때문인지 '사진소설'이나 '소년소설' 혹은 '애화' 등의 글에 비해 주목을 받지 못했고, 연구자들의 눈길에서도 소외되어 있었다.

살펴본 바대로 『어린이』 초기의 소년소설과 소년소설의 전사에 해당되는 '불상한 이약이'는 『소년』에서 강조되었던 '쾌소년(快少年)', '용소년(勇少年)'의 의미가 상당히 퇴색되고, 또 소년들의 기상도 일시 퇴행하는 측면을 드러냈다. 지나치게 애상적이고 감상적으로 흘러가서 감상의 위험수위에 도달하는 듯하다.[83] 『어린이』에서의 초기 소년소

82　어린이 문학의 결말에서 죽음을 직접적으로 다루거나, 전면에 드러내는 것은 금기사항 중의 하나로 여기는 시기가 있었다. 주요인물의 죽음은 어린 독자들에게 폐쇄적이고 닫힌 사고를 갖게 하는 위험소지가 있다는 주장이었다. 어린이들의 의식을 열어주는 데 반(反)한다는 의미가 있었고 독자에게 안정감을 주지 못한다는 이유였다. 정채봉의 『오세암』에서 '길손'이의 죽음 또한 종교적으로 승화시킨 것으로도 해석되지만, 주요인물의 죽음의 장면을 전면에 드러내지 않으려는 작가의 의도가 담겨있다고 보는 것 또한 같은 맥락이다.

83　「동생을 차즈러」 혹은 「칠칠단의 비밀」과 같은 탐험, 모험소설이 발표되어 이런 애상적, 감상적 성격을 다소 보완해주고 극복해내는 듯하지만, 애상적 성격은 1920년대 초기 소년소설의 특수한 경향으로 볼 수 있다. 이런 점은 제4장에서 상술하기로 한다.

설은 동화에서의 시적 환상을 배제하고, 철저하게 리얼리티를 강조하려는 시도는 드러났지만, 몇 편의 소년소설 외는 소설적인 구조와 긴장, 갈등 등은 보여주지 못하고 있는 것으로 보인다.

『어린이』는 알려진 대로 1923년 3월 20일 개벽사에서 창간하고 방정환을 중심으로 1934년 7월까지 월간으로 계속 발행되었다. 국한문 혼용이었지만, 한글전용이라는 편집 취지를 고수하였고, 어린이 독자를 고려한 신중한 서술방식을 취하는 선진적인 태도를 가졌다. 본격적인 어린이 대상의 순수 아동잡지로는 최초의 것이라는데 이견은 없는 듯 하고 동요, 동화, 동극 등으로 게재하여 갈래 구분의 의지를 분명히 하였다. 역대 주간으로는 이정호, 신형철, 최영주, 윤석중, 고한승 등이 맡았고, 방정환은 물론, 김기전 마해송, 손진태, 윤석중, 서덕출, 이원수 등이 『어린이』를 통해 활발하게 글을 발표하였다. 무엇보다 창작동화, 창작동요를 발표가 이어져 한국 아동문학의 지평을 여는데 크게 기여하였고 동요 황금시대를 불러 오는 계기를 만들었다.[84]

3) 『신소년』

『신소년』에서 '소년소설'이라는 갈래 명을 처음 사용한 것은 현상모집 작품에서다. 현상모집 글 「붉은 감紅柿」과 「夢中의 父親」이 두 작품

---

84 『어린이』는 1923년부터 1934년까지 통권 122호를 발행하고 일단 정간되었으나, 1948년 5월 복간하여 1949년 12월 통권 137호로 폐간하게 된다. 창간 당시에는 보름에 1회 정도로 3회까지 타블로이드 12쪽의 신문 형식이었으나, 8호부터 국판(4 · 6판) 형태의 책으로 엮어졌다(이재철, 『세계 아동문학사전』, 계몽사, 1989, 227~228쪽 참조).

이 처음으로 소년소설이라는 갈래 명을 사용했다. 새로운 갈래발생을
예고하는 신호탄이 될 만하지만, 현상모집 응모작이라는 이유 때문이었
던지, 아마추어리즘적 요소 때문인지 시정거리 밖에 놓여 있는 듯하다.

①방 알에묵에는 얇은 이불이 부산하게 펴잇스며 그 속에는 七八 歲쯤
되는 어린 兒해가 方今 잠이 들은 듯하여 보인다. 저녁 해빗이 서쪽 窓을 화
-ㄴ하게 빗춰고 뜯어진 구멍으로 밝은 光線이 돈짝처럼 방바닥에 떨어진
다. 이 잠든 兒해는 順吉이 동생 應吉이. 順吉에게는 둘도 업는 귀여운 동생
이로다. 그러나 應吉은 본래 몸이 健康치 못하여 싸싹하면[85]

②조고마한 行商人英植을 태운 배는 엇던 南ㅅ쪽 地方의 寂寞한 村巷에
倒着하얏습니다. "아~이애야 港口에 다-왓다"는 사공의 소리에 한참 잠
자던 英植은 깨어서 배 옆흐로 머리를 내밀고 四方을 두루두루 살폇습니
다. 발서 날은 새이고 고요한 물결은 졸졸 배창을 치고 잇섯습니다. (…중
략…) "이즌 것은 업느냐 자-ㄹ 살펴 보아라" 하고 同乘하얏던 할머니가 말
하 얏습니다. (…중략…)
"지갑이 업다 돈이 …… 돈이 업다"고 英植은 정신업시 부르지젓습니다.
상 자속까지 살펴보고 (…중략…) 지갑은 꼴도 그림자도 볼 수 업어다니다.
(…중략…) 砂上에 안저서 하날의 無數한 星座를 처다보면서 지금은 別世
하신 父主님 생각에 沒頭하야 於焉間 英植은 夢中의 사람되어 (…중략…)
現非現別有天地 非人間인 幻美의 都에 英植은 到着하얏습니다.[86]

85 김종국, 「붉은 감(紅柿)」, 『신소년』 2-1, 1924. 1, 61~61쪽.
86 康雲谷, 「夢中의 父親」, 『신소년』 2-1, 1924. 1, 62~64쪽.

①과 ②는 「붉은 감紅柿」과 「夢中의 父親」의 서두인데, 두 편 모두 공모에 응모한 학생글로 짐작된다. ①은 순길이가 앓고 있는 동생 응길이에게 감을 따주기 위해 옆집 김첨지 집의 감나무에 감을 따러 올라갔다가 가지를 잘못 밟아 땅으로 떨어진다는 줄거리다. 결말부에서 '김첨지 압헤꿀어안저서흐르는눈물로容想하여주기만바라고잇는' 순길이 머리 위로 밤하늘의 '銀河가소리도업시울고잇다'고 하여 주인공의 심리를 감정이입의 기법으로 나타내 겨우 소설적 장치 한 줄을 마련하였다. ②는 행상인 영식이가 '村港'에 행상을 하러 갔다가 지갑 잃은 것을 알게 되는 것으로 이야기가 전개된다. 영식이가 선박에서 내릴 때 "『이즌것은업는냐 자-ㄹ살펴보아라.』" 하고 "同乘하얏던할머니가 말하"는 장면은 내용 전개를 암시하는 복선으로 작용했다. 아마추어 작품이지만, 대화 글로 무난하게 복선을 깔았다. 그러나 "하날의무심한星座를 바라보다가" 돌아가신 아버지를 생각하며 그대로 잠이 들어 "現非現別有天地非人間인 幻美의都에 英植은到着하"는 꿈 장면은 고전소설의 재현이다. 그리고 꿈으로 문제를 극복하는 결말부는 문제해결방식이 선(先)규정되어 있는 신소설이나 고전소설[87]을 추종하는 형태로 볼 수 있다.

제2권 1호 부록에 나란히 실린 ①과 ② 글에서 저자 인적기록은 없다. 같은 책의 다른 현상모집 당선자 대부분이 고보(高普) 학생이거나 혹은 보통학교(普通學校) 학생인 점을 감안할 때, 학생신분일 것으로 짐작된다. 같은 책 다음 장에 이어서 실린 현상모집 글 「貧寒, 孤獨에우는母女」[88]는 '短篇小說'로 구분되어 있는 것을 감안해 볼 때, ①과 ②가

---

87   김석봉, 「신소설의 대중적 성격연구」, 서울대 박사논문, 2003, 89~90쪽.
88   金相回, 「貧寒, 孤獨에우는母女」, 『신소년』 2-1, 1924.1, 64~65쪽.

'소년소설'로 명시된 것은 주인공의 연령이 소년인 것, 글쓴이 역시 소년일 것이라는 점을 유추해 볼 수 있다.

카프 대표작가 권환(權煥)이 본명 권경완으로 발표한 「아버지」[89]는 『신소년』에 게재된 본격적인 소년소설이다. 「아버지」는 3회에 걸쳐 연재되는 중편 분량으로, 일제치하의 곤궁한 삶을 여실하게 드러냈다. 이 작품은 액자형 소설인데, '나'는 소설의 주인공인 김영수의 사연을 듣고 영수의 말을 그대로 옮기게 되었다고 회상의 말로 시작된다. 『신소년』에서 소년소설의 출발은 권경완에 의해서 시작되었고, 이어 「언밥」, 「마지막웃음」 등을 발표함으로써 짜임새 있는 소년소설 세계를 열어 나갔다.[90]

사방은 아득하며 물과 하늘밧게 아니보이는데 맛침 어두운 안개가 싹 찌이기 시작하엿습니다. (…중략…) 이런 일을 생전 처음 보는 아버지와 일가 아저씨는 물론이요 여러 번 격거본 다른 선원들도 "오늘은 유달히도 안개가 끼여서 어데 방향을 분간할 수 잇서야지" 하고 서로 걱정하는 빗츨 둘레 둘레 하며 몃 해 전에 이 회사ㅅ배 한 척이 어데서 안개 속으로 나가다가 破

---

89 權景完, 「아버지」, 『신소년』 3-8, 1925.8, 36~41쪽. 이 소설은 3회에 걸쳐 연재된 장편 소년소설이다. 주인공 영수는 가난한 살림이지만, 간신히 보통학교를 졸업하게 되지만, 억울한 이유로 지주에게 소작을 떼이면서 영수 가정은 생계의 위협을 받을 정도로 어려워진다. 교육열이 대단했던 아버지는 영수만 데리고 일본으로 건너가 영수의 학업을 계속하게 하는데, 어려운 중에서도 아버지가 영수를 공부시키려고 하는 이유는 자신의 가난은 배우지 못한 데서 기인한 것이라고 생각하고, 영수만은 꼭 공부를 시켜서 가난의 굴레에서 벗어나게 해 주려고 한다.

90 비슷한 시기에 발표된 권경완의 작품으로 「언밥」, 「마지막 웃음」 외 「세상구경」(『신소년』 3-11, 1925.11, 32~36쪽)이 있다. 「세상구경」은 "옥황상제(玉皇上帝)의 어린짜님한분이 상제에게 세상구경 식혀주달라고 어리광을 하면서 청하는" 내용으로 전래동화에 가깝다.

船을 당햇다는 이야기들을 번갈아 하엿습니다. (…중략…)

"설마 그런 일이야 잇슬나구" 하고 잇는 판에 어대서 우레갓흔 소리가 쾅쾅하더니 "파선이야" 하고 고함소리가 낫습니다.

"무엇이야" 하면서 불이낫케 일어나서 보니 과연 그 배가 바다에 섯는 암초에 대이서 (…중략…) 큰 바위 밋헤 시체 하나 이 무서운 입을 벌이고 써 잇기로 드러다 본즉 그것이야말로 틀림업 우리 아버엿습니다. 물론 그째에 발서 명이 끈어진 지가 오래 되엿는대 왼몸에는 붉은 피가 여기저기 뭇쳐잇고 손과 발에는 손톱발톱이 하나도 남지 안코 다 모지라져 업섯습니다. 그것은 다름이 아니라 아버지가 그 바위를 잡고 육지에 오르랴고 애를쓰신 째 문인 듯하다 하여요. 아마도 그런 게지요 죽을 힘을 다하야 헤염을 치고 나오다가 그 바위를 만나 타고 오르랴고 바락을 썻스나 벌서 힘이 다하여 그만 못 오르고 말엇습니다. 아버지는 그만 영영히 돌아가셨습니다.[91]

인용한 부분은 '일출한'이라는 선박이 풍랑을 만나 좌초되고, 이 배에서 선원으로 일하던 아버지와 친척 아저씨가 목숨을 잃는 부분이다. 조난당한 아버지가 "죽을힘을 다해 헤염을 치는" 장면이나 바위섬을 만나 "손톱발톱이 모지라지도록" 사투를 벌이는 장면이 매우 사실적으로 묘사되었다. 특히 아버지의 시신(屍身) 묘사는 매우 적나라해서 초기의 소년소설에서 보기 어려운 장면이다.

이상에서 살펴본 것처럼 '소년소설'은 실험과 변전을 거듭하며 거기에 기반하여 뿌리를 내렸다. 새로운 갈래명이 사용된 것만으로 장르가

---

91 權景完, 「아버지(3)」, 『신소년』 3-9, 1925.9, 32~34쪽.

정착되었다고 말하기는 어렵지만, 「졸업의 날」에 '소년소설'이라는 새로운 표제어가 사용된 이후 '소녀 哀話', '학교소설', '立志소설', '탐정小說', '連作小說', '合作小說' 등 작품의 분량이나 내용에 따라 다른 명칭이 부단히 사용되었던 것은 독자들의 흥미와 관심을 집중[92]시켰을 뿐만 아니라 '소년소설'이라는 독자적 용어 사용을 위한 일종의 유예의 시간이 된 것으로 이해할 수 있다. 「졸업의 날」은 초기의 여타 실험적이었던 소년소설류의 비해 내용에서나 구성에서 소년소설 요소를 갖추었다고 할 수 있고, 최초 소년소설이라는 점에 무리가 없을 것으로 본다.

『신소년』은 신명균의 주재로 발행된 소년 잡지다. 1923년 10월부터 1934년 5월까지 국판으로 월간으로 발행되었고, 판형은 국판이었다. 방정환과 색동회가 아동문화운동을 시작하자 이에 자극을 받아 간행된 것으로 보이며, 신명균과 김갑제, 이주홍이 편집을 맡았다. 특히 이주홍은 처음에는 표지 삽화를 그리기 시작하면서 『신소년』에 참여하였고, 이후로 「돼지 코쑤멍」 등의 주요 작품을 『신소년』에 주로 발표하였고, 권환도 초기 소년소설을 『신소년』에 실었다. 초기에 이 잡지의 이념적 성향은 좌·우 어느 쪽으로도 치우치지 않으려는 태도를 보였으나, 말기에 『별나라』와 더불어 적극적으로 계급주의를 표방해 나갔다. 이호성, 맹주천, 연성흠, 고장환 등이 필진으로 참여했고, 마해송, 정지용 등도 이 잡지에 글을 실었던 것으로 알려져 있다.[93]

---

92 이정석, 「『어린이』誌에 나타난 兒童文學 樣相 硏究」, 전남대 석사논문, 1993, 50쪽.
93 이재철, 『세계아동문학사전』, 계몽사, 1989, 199쪽 참조.

제4장

한국 소년소설의 전개과정

 이 장에서 논의의 범위로 잡은 1920년대 초기부터 1940년대 초기는 한국 소년소설이 발생되고, 하나의 갈래로 지위를 확립해 가는 매우 역동적인 시기였다. 1920년대, 소년소설을 포함한 아동문학의 담론들은 이론적 깊이와 정밀함을 지닌 것은 아니었으나, 지금까지 유효한 아동문학의 여러 문제들에 대한 담론들이 출현했던 시기이다. 계몽주의, 감상주의, 심지어 식민주의 문제성 등이 중층적으로 얽혀 아동문학을 지배하는 개념들을 구성해 내었다고 할 수 있다.

 이 시기 소년소설이 단계별로 서사특성이 구분되는 것도 시대적 담론과 무관하지 않을 것이다. 먼저, 발생 초기에는 근대적인 담론을 적극적으로 수용하면서 새로운 정서를 강하게 드러내는 소년소설들이 출현한다. 이때의 소년소설은 그 이전 시기에 이미 융성했던 '교육'이나 '위생'과 같은 근대적 담론을 적극적으로 받아들이면서 신교육에 대한 열망을 강하게 표출하고 있다. 특히 '위생'의 문제는 상무(尚武)정신

함양 문제로 이어져 근대 스포츠로 표상되었다. 지·덕·체로 요약되었던 근대 교육 목표에서 체육이 강조되었고, 이와 함께 학교 공적 공간 안에서 이루어지는 신문명의 제도는 소년들을 통제하는 규율기제로 작동될 소지가 충분했다. 이와 함께 문학의 요소로 '정(情)'의 윤리가 더해져 소년소설 안에서 새로운 인물상을 구현해 내게 된다. 즉, 이중적인 근대기획과 정의 윤리가 길항적으로 작용되어 새로운 소년상을 형상화해 낸다.

다음으로, 1920년대 후반에 들어서면 카프 작가들의 강력한 영향력이 아동문학을 지배하며 그들의 이념을 강조하는 치열한 시기를 맞게 된다. 프롤레타리아 이념으로 무장된 작가들의 강력한 의식이 소년소설의 서사 전면에 드러나게 되는데, 문학적 형상화에 대한 의문은 남아 있는 상태다. 프롤레타리아 소년소설은 지나친 이념의 강조로 인해 '동심의 상실'이라는 결과를 가져왔다. 그러나 당시 한국을 억압하고 있던 일제에 대한 '저항'은 평가되어야 할 내용이다. 지배계급에 대해 다각적 방법으로 저항하던 소년들의 모습도 같은 맥락에서 평가되어야 할 부분이다.

그리고 카프(KAPF)가 공식적 해산을 맞게 되면서 프롤레타리아 문학 작품과는 확연히 다른 양상의 소년소설이 전개된다. 탈이념화를 시도하는 작품들이 1935년을 전후해서 나타나게 되는데, 자아와 세계와의 갈등을 내면화하는 현대적 서사를 구현해 나간다. (내포)작가를 대리하는 서술자[1]를 통해 서사를 이끌어가면서 소년의 심리를 대변하기도 하

---

1   서사학자들은 서사 소통을 명료하게 하기 위해 내포작가와 내포독자의 관계로 전환한다. 실제작가는 독자의 능동적인 책읽기에 의해서 얻게 되는 실질적 차원의 생명성

고, 작가의 생각을 담아내기도 하는 현대적인 면모를 보여준다. 작가
들은 비로소 소년들의 문제에 천착하게 되었고, 소년들의 내면세계를
들여다보게 되었다. 여기서 성장기 소년들에게 가장 중요하다 할 수
있는'성장'의 화소를 밝혀 낼 수 있게 되고, 문학성을 성취하려는 작가
의 의도를 읽어낼 수 있다.

이런 점에 착안하여 아동문학 운동이 본격적으로 일어나기 이전 시
기[2]의 소년소설 전체를 살펴보면서 초기 소년소설의 전개양상을 통찰
하고자 한다.

을 극도로 제약 할 수 있기 때문이다. 내포작가는 독자의 책읽기에 상응하는 반응을
되풀이 하지 않고 독자들에 따라 달라지는 책읽기, 한 독자의 반복되는 책읽기에 상
이하게 반응한다. 내포작가와 실제작가는 일치하는 하나의 인격체로 볼 수 없기 때문
에 하나의 텍스트가 작가의 의도와 무관하게 읽혀질 수도 있는 것이다(김구중, 「목
격자로서의 서술자 '나'의 담론 상황연구」, 『한국언어문학』 36, 한국언어문학회, 1996,
82쪽 참조). 서사이론을 엄격하게 적용하면, 내포작가는 서사체 내부에서 작가를 대
신하고, 서술자는 내포작가의 목소리를 대변하는 것이다. 서술자를 통해 말하게 하
는 구조다(J. 주네트, 권택영 역, 『서사담론』, 교보문고, 1992).

2　이재철은 한국아동문학사를 크게 '아동문화운동시대'(1908~1945)와 '아동문학운동
시대'로 구분하고, '아동문화운동시대'를 태동창조기(1908~1923), 발흥성장기(1923
~1940), 암흑수난기(1940~1945)로 세분화한다. '아동문학운동시대'는 광복혼미기
(1945~1950), 통속팽창기(1950~1960), 정리형성기(1960~)로 구분하였다. 1950년도
이후 통속팽창기(1950~1960)를 거치면서 본격문학 생성기반이 조성되고 4·19 이후
문학적으로 整理形成期에 돌입하는 것으로 보고 있다(이재철, 『韓國現代兒童文學
史』, 일지사, 1978).

1. 근대 문화운동과 '새 소년'

소년소설이 처음 등장하는 1920년대 초반은 '문화'라는 용어를 통해 새로운 변화가 나타난 시기였다. 각종 사회단체의 부흥, 교육열, 신문 잡지 매체 등의 진보가 대두된 시기였는데 '문명'은 물질적인 측면, '문화'는 정신적 측면을 강조하는 용어로 통용되었다.[3]

일찍이 『독립신문』이나 『대한매일신보』와 같은 언론매체에서 사설과 논설을 통해 '교육'과 '위생'으로 대표되는 근대 담론은 이미 강조되어 오던 터였는데[4] 3·1운동을 기점으로 근대적 신교육에 대한 일반 민중의 인식이 달라지 게 되면서 1920년대 들어 신식의 제도권 교육에 대한 열망이 불꽃처럼 일어나게 된 것이다. 제도화된 학교 현장에서 이루어지는 '교육'이나 '위생'의 문제는 학습자들에게 새로운 규율의 기제로 작동하게 된다는 것은 명백한 사실이지만, '부형(父兄)'이나 '소년'들은 경제적 문제와 그 외 다른 희생을 감수하고라도 제도권 교육에 편입되기를 열망하였다. 이와 함께 인간의 심리적 문제를 충족시킨다는 점에서 지·정·의 중에서 '정(情)'이 부각되어 소년들의 예술교육에 작용되었다.

1920년대 초기에 발생된 소년소설은 이와 같은 사회적 담론을 서사 내부에 충실히 담아냈는데, 이런 시대적 담론을 소년소설에서 어떻게

---

3 이돈화, 「혼돈으로부터 통일에」, 『개벽』 13, 1921.7.
4 「논설」(『독립신문』, 1896.6.30)에서 "죠선 사룸들이 지금 힘 쓸거시 무슴 일이든지 공사 간에 문 열어 놋코 ᄆᆞᆷ 열어 놋코 (…중략…) 히 빗 잇난더셔 말도 ᄒᆞ고 일도 ᄒᆞ는 거시 나라에 즁흥ᄒᆞᄂᆞᆫ 근본인줄노 누리는 싱각ᄒᆞ노라" 하였고, 『대한매일신보』, 「향響로老방訪문問의醫싱生이라」(1906.1.14)에서는 의생과 노인 두 화자를 통해 신교육의 중요성을 강조하였다.

수용하고 있는가 하는 문제가 먼저 해결되어야만 1920년대 소년소설을 제대로 이해하고 분석할 수 있게 되는 것이다. 그렇지 않다면, 고대소설의 영웅일대기에서 이어지는 '설화적 구성방식'이 답습되고 있다는 과거 지향적 분석을 뛰어 넘지 못하게 되는 것이다. 시대적 담론을 충분히 이해하지 못한다면 초기 소년소설에서 구현된 인물도 고전 소설의 연속선상에서 '영웅적 인물'이라거나, 혹은 식민 시대의 패배의식에 젖은 '감상적 인물'로 설명할 수밖에 없는 것이다.

그래서 근대 담론이 초기 소년소설에 어떻게 작용되고 있는가를 고려해야 하는 것이고 그렇게 되면 그동안 '의도적이고 부자연스러운 인물'이라는 평가를 받아 온 초기 소년소설의 주인공들을 온전히 해석해낼 수 있게 된다.

이와 같은 인물들을 형상화한 것은 결국, 소년문학이 교훈성과 계몽성을 벗어나지 못했다는 것의 반증이기도 하다. 그래서 아동문학은 어른들이 아동에 대한 관심과 애정이 문학의식과 결부되어 이룩된 특수문학[5]인 것을 부정할 수 없다. 그래서 아동문학은 교육과 관련된 문제를 적극 수용할 수밖에 없었고 '계몽'의 문제가 언제나 중요하게 다루어 질 수밖에 없었다.

이런 논의 위에, 지·덕·체로 요약된 교육담론과 소년들의 예술교육의 요소로 더하여진 '정(情)'의 기능과 윤리를 파악하여 근대담론이 초기 소년소설에 어떻게 작용되었으며, 초기 소년소설은 어떻게 형상화되었는지 궁구(窮究)하고자 한다. 이렇게 함으로써 선행연구의 한계

---

5   구인환 외, 『아동문학』, 한국방송통신대학, 1973, 10쪽.

를 보완하고 넓은 시각에서 소년소설을 해석하려고 한다.

1) 초기 소년소설과 근대담론

(1) 교육담론과 지·덕·체

근대의 제도권 교육에 대한 인식 변화는 3 · 1운동이 기점이 되었다. '배워야 산다'는 이념은 당대의 공리가 되었고, 빈부를 가리지 않고 교육에 몰입하는 형국이었으며, 서당이 아닌, 보통학교를 지향하게 되어 입학난이 상시화 될 정도였다. 자녀를 보통학교에 취학시키는 것은 물론이고 주민들이 힘을 모아 보통학교를 설립하는 등의 교육활동도 전개되었다.[6]

근대의 학교 교육은 지(智) · 덕(德) · 체(體)로 요약되었다.[7] 이는 1895

---

6 1920년대 이후 한국인은 보통학교 입학 경쟁을 사회문제화하고 스스로 거주 부락에 보통학교를 설립하기 위한 운동을 전개하였다. 이 운동은 보통학교 설립에 필요한 기금을 마을 면민들이 자발적으로 조성하여 조선총독부에 학교 설립인가를 신청하고, 도지방비의 보조를 받아 학교를 설립하는 방식으로 전개하였다. 이 같은 보통학교 설립운동은 조선총독부가 실시한 일련의 초등학교 확대 정책과 연관되어 진행되었다. 양적인 면에서 한국의 지배적 초등교육 기관은 전통적인 서당이나 민족적인 사립 각종학교가 아닌 보통학교였다. 당시 보통학교가 수업료를 지불하는 유상교육 기관이었으며, 취학이 강제된 것이 아니었음을 고려할 때, 한국인의 교육행위에 대한 뚜렷한 변화가 일어났음을 알 수 있다(오성철, 「식민지기 초등교육 팽창의 사회사」, 『초등교육연구』 13-1, 1999, 7~11쪽 참조).

7 교육입국 칙어가 발표된 이래, 지덕체론은 한국에서는 체육을 강조하는 사상으로 받아들여졌다(김성학, 「서구교육학 도입과정 연구」, 연세대 박사논문, 1995, 62~63쪽 참조). 후쿠자와 유키치[福澤諭吉]의 「학문의 권유」는 '개인의 입신양명에 도움이 되'는 교육에서 '仁義忠孝'의 유교적 윤리관을 중심으로 한 국가를 위한 국민교육으로 변화되어 갔는데, '敎育勅語'는 국가를 위한 국민교육의 이념을 나타내고 있는데, 부국강병책에 기초한 교육관이었다(大竹聖美『韓日兒童文學關係史序說』, 靑雲, 2006, 38~39쪽 참조).

년 「교육조칙」이 반포되면서 부상된 것이다. 이 조칙은, 교육은 국가보전의 근본이라는 것, 신교육은 과학적 지식과 학문과 실용을 추구하는 것이며, 지육(智育)·덕육(德育)·체육(體育)이 교육의 3대 강령이며, 학교를 광설하고 인재를 교육하는 것이 곧 민족중흥과 국가보전에 직결되는 일[8]이라는 것을 밝혔다.

신학문과 신교육의 중요성을 강조하는 사설과 논설이 이어졌고, 배우는 문제는 '자강'이나 '부국' 혹은 '국가중흥'의 문제로 직결되었다. 현실 사회의 문제가 모두 교육의 부족에서 오는 무지와 몽매의 소치라는 지적은 사회적 담론에서도 빈번하게 발견된다. 개항이후 개화기부터 교육 담론은 비단 문학 텍스트에서뿐만 아니라 여론형성과정에 크게 기여했던 논설에서도 주로 강조되는 내용이었다. 자손에게 돈 대신 책을 주며, 고량진미보다는 공부를 시킬 것을 권장하였고, 자식에게 유산을 남겨주기보다는 학교를 창설하라는 강권이 자연스럽게 어어졌다. 『독립신문』에서 "죠선 사롬들이 지금 힘 쓸거시 무슴 일이든지 공사 간에 문 열어 놋코 무움 열어 놋코 (…중략…) 희 빗 잇난더셔 말도 ᄒ고 일도 ᄒᄂ거시 나라에 즁흥ᄒᄂ 근본인줄노 누리는 싱각ᄒ노라"[9]라고 하여 교육은 나라가 거듭 일어날 수 있는 근본이라고 했고, 국가가 교육 문제에서 제 역할을 다하지 못할 경우에 뜻있는 백성이 담당하는 것이 백성의 도리라는 생각이 팽배해 있었다. 「서호문답」에서도 두 화자의 의견이 자연스럽게 신학문을 배우는 것으로 모아졌는데, 모든 물질적인 것에 앞서 "학문을 가라치며 지식을 기유ᄒ"라는 내용이었다.[10]

8　『구한국관보』(조연순, 『한국초등교육의 기원』, 학지사, 1995, 104쪽에서 재인용).
9　「논설」, 『독립신문』, 1896.6.30.

특히 '소년'들이 배워야 하는 것은, 이미 나라의 미래를 책임져야 할 세대로 구분된 만큼 시의 적절한 교육의 필요성은 두말할 필요가 없었다. 「少年時言」에서도 "밀ㅅ가루나 쌀ㅅ가루에 물을 타서 뭉틴 반듁째에는 다갓흔 반듁이니 아모 분별도 업난것"이지만 "只今에 몽굴녀 맨드난대로 아모것이라도 될 수 잇슬쑨더러"[11]라고 하여 교육의 시의(時宜)성을 강조하였다. 누구든 "맨드난대로 아모것이 될 수" 있는 것이라는 데서 외부로 부터의 다듬기와 유효적절한 시기의 중요함을 거론한 것이다. 모든 사람이 배워서 다듬어 지는 과정을 "썩반듁"에 비유하여 적절한 시기에 배우면 무엇이든지 될 수 있지만 잘못하면 변질되어 아무 쓸모없이 된다는 사실을 '밀가루'나 '쌀가루'를 예로 들어 설명하고 있다.

교육의 중요성을 강조한 것은 민족의 운명과 임무를 떠안은 소년들이라 할지라도 배우지 않은 상태에서는 무용할 수밖에 없고, 그 무용함은 스스로 채우는 것이 아니라 외부로부터의 교도(敎道)로 가능하다는 사회적 인식이 팽배해져 학교 교육은 더 중시되었다.

지육(智育)·덕육(德育)·체육(體育)의 3대 강령 중 '체육'에서 대두되는, 육체를 건강하게 하는 문제는 새로운 문제였다. 체육은 사회진화론의 영향으로 그 중요성이 대두되었는데, 전통적 지식체계 내에는 포함되어 있지 않았던 낯설고 새로운 학과였지만, 당대 사회에서는 가장 시급하고 긴요한 분야로 인식하게 된 것이다. 지(智)·덕(德)·체(體) 중에서 특히 체육(體育)의 문제는 상무(尙武)정신과 잇닿아 부국자강의 담론으로 확대되어 갔다.

---

10 「향響로老방訪문問의醫싱生이라」, 『대한매일신보』, 1906.1.14.
11 「少年時言」, 『少年』1-1, 1908.11.

此에 運動이라 홈은 體操遊戲로 始ᄒ야 精神을 快樂케 ᄒ며 身體를 敏捷케 홈을 謂홈이라 此의 效果ᄂ 血液의 循環을 良敏케 ᄒ며 身體의 發育과 榮養을 啓進ᄒ야 或은 筋骨을 堅强케 ᄒ며 或은 腦部를 擴張ᄒ며 或은 關節을 柔順케 ᄒ며 或은 習慣及職業을 因ᄒ야 起源된 疾病을 豫防ᄒ나니 其方法은 兵式體操, 器械體操, 擊劍, 柔術, 弓術, 馬術, 自轉車 (…중략…) 個人의 體質과 年齡及男女와 職業의 區別을 因ᄒ야 運動의 種類及方法을 擇定홈이 可ᄒ니라[12]

위 인용문에서도 알 수 있듯이 운동은 정신을 맑게 해 주고 몸을 가볍게 해주기 위함이며, 혈액의 순환을 빠르게 하고, 발육을 좋게 하고, 뼈를 튼튼하게 해주는 것으로 설명했다. 그러면서 운동을 하는 이유, 방법, 효과와 운동의 종류까지 나열하여 몸을 움직여서 건강을 지키는 것을 강조하였다. 그러면서 연령과 직업에 따라서 종목을 선정하고 개인별로 체질을 고려하여 운동할 것을 권유하고 있다.

존·로크의 교육론도 "건전ᄒᆫ 신체에 건전ᄒᆫ 心意가 존재ᄒᆫ다 홈"[13] 이라는 요지로 소개되었고, 민간의 슬기를 계발하는 것이나 지력의 양성 강조와 교육에 대한 체계적 인식의 필요 등, 지·덕·체가 등장할 때 조명되는 쪽은 대개 체육이었다.

체격적인 문제에서 있어서도 외형으로 동양인과 서양인을 비교하면서 서양인을 경이롭게 보고 있었다. 동양인에 비해 서양인은 그 행동이 활달하고 안색이 밝고 원기 왕성한데, 동양인은 안색에서부터 병적

---

12 「衛生說 : 運動 및 睡眠」, 『少年韓半島』 5, 1907.3.
13 「대영국학자 록씨의 교육의견」, 『대한매일신보』(잡보), 1906.1.5~1.6.

이고 관절도 무기력하다면서 신랄하게 비교하였다. 여기에서 주목할 것은 서양인을 '興國民'으로 동양인을 '쇠국민(衰國民)'으로 단정적하였지만, 서양인이 '興國民'인 것은 오랜 기간의 수련의 결과라고 보았다.[14] 이런 체격적 열세는 '운동'으로 극복해 낼 수 있다는 인식을 보이는 것인데 "조선인은 구미인에 비해 비상하게 손색 됨이 잇는 것이고 (…중략…) 만약 幼時로부터 운동을 시켯스면 우리 조선인의 체격은 부지중 개량될 것"[15]이라고 하여 운동의 중요성은 꾸준히 강조되었다.

정해진 원칙과 각 육체의 부위들, 근육들을 움직이는 방법이 정해진 근대의 스포츠는 규칙에 순응하면서 효과적인 활동을 행할 수 있는 규율화된 육체를 만들어 주는 것으로 인식되었다. 체육이라는 것은 신체를 단련하고 연마하는 일이기도 하지만, 경기과정이라는 경기규칙과 규율에 속박이 되는 예속화의 또 다른 모습이기도 하다.

학교는 근대규율 체계가 가장 정확하게 시행되는 공간이었고, '소년'들은 그 공간 안에서 근대적 제도에 적응하려고 했다. 근대적 제도는 소년들에게 또 다른 규율기제가 되었지만, 제도권에 편입되어 규율을 습득하는 일은 근대와 등치관계를 형성하는 것으로 인식되었기에 소년들은 제도권 교육을 열망했다. 그리고 규율에 잘 적응하는 것이 긍정적으로 평가되었다. 그러나 당시의 상황을 고려해볼 때 근대 규율은 식민체제를 공고히 하는 방편이라는 사실은 분명했다. 그럼에도 근대 교육이 민족중흥을 가져올 수 있다는 사실 또한 당시 지식인들은 부정하지 않았다.

---

14 「少年時言」, 『少年』 3-3, 1910, 16~17쪽.
15 金源泰, 「산아이거든 풋뿔을 차라」, 『개벽』 5, 1920.11, 105~106쪽.

(2) 문화운동과 정(情)

1920년 초반은 아동문학에서 새로운 문화운동이 촉발된다. 이는 3·1운동 이후 종래의 무단식민통치에서 문화통치로 바뀌면서 우리 민족의 독립운동의 방향이 변화되었던 시대적 분위기와도 연관이 될 것이다.[16] 세계 평화회의 개최 등으로 개조주의가 강력한 영향을 행사하게 되었고, '문화'란 교화 혹은 계몽이거나 더 나아가서는 인격완성을 의미하는 것으로 이해되었고, 예술과 종교, 도덕 등은 인격완성을 위한 도구로 인식되기에 이르렀다. 즉 1920년대 초기 문화운동은 물질적 측면보다 정신적 측면에서 현대문화의 건설을 중시하는 성향이 매우 짙은 것은 알려진 사실이다.

1920년대 초반은 무엇보다 『어린이』가 창간됨으로 해서 방정환의 동심사상이 소년문화운동 전면에 대두되었다. 『어린이』의 창간은 '소년'들을 바라보는 시각을 달리하게 되는데, 기존의 『소년』에서 제창되었던 강직하고 활달하고 진취적인 '소년'에서 돌봄과 육성이 필요한 소년의 이미지로 전이된다. 이 시기는 이미 알려진 대로 '어린이'라는 용어를 사용하여 참신하면서 새로운 이미지로 명명했고, 이전 시대와는 확실한 정서의 차이가 있었다. 성장기에 놓인 어린사람들은 보호받고 육성되어야 할 대상임을 강하게 시사하고 있는 것이라고 볼 수 있는데, 즉 "새와가티 곳과 가티 앵도가튼 어린입술로, 텬진란만하게"[17]라거나 "곳과가티아름다웁고 꾀꼬리가티 어엿브고 옥토기 가티 보드럽고 깨끗한"[18] 등으로 소년기의 사람들을 구분하면서 작고 부드럽고 연약하

---

16 박찬승, 『한국 근대정치사상사 연구』, 역사비평사, 1992, 165~177쪽.
17 「처음에」, 『어린이』 1-1, 1923. 3.

게 이미지화하여 이전시대와는 달라지고 있음을 드러냈다.

여기서 짚어볼 것은 '어린이'라는 용어를 사용함으로써 이전 시대 '소년'과의 결별이나 단절을 시도하고 있다는 식의 단정은 섣부른 판단일 수 있다. 그런 이유 중 하나가 『어린이』마지막 페이지에 매번 "씩씩하고 참된 소년이 됩시다"라는 광고 문안을 꽤 긴 기간 동안 싣고 있다는 것이다. "씩씩하고 참된 어린이가 됩시다"라는 문구가 하등 어색하지 않음에 불구하고 필요에 따라서는 '어린이'와 '소년'을 적극적으로 교차사용하고 있는 점에서도 어린이와 소년을 등치시키고 있는 것으로 볼 수 있다. '어린이'라는 용어를 사용하여 새로운 정서의 스밈을 강력하게 드러내고 있는 것이라 볼 수 있다.

방정환의 이런 사상적 배경은 당시에 일고 있었던 '개조주의'[19]에 영향을 받은 것은 이미 알려진 사실이다. 방정환이 중심이 된 당시 소년문화운동가들은 기존의 계몽담론에서 배제되었던 자질들을 수용하게 되는데, "꼿과 가티 아름다웁고 꾀꼬리 가티 어엿브고 옥톡기 가티 보드럽고 깨끗한 소년남녀동모들"[20]을 불러내게 되는 것이다.

1900년대 이래 부상된 '소년'이라는 어휘에서 떠오르는 소년상은 '장

---

18 이병두, 「자연의 대학교」, 『어린이』 1-8, 1923. 9.
19 파리 강화회의와 국제연맹 결성은 세계 사상계에 영향력을 미쳐 사회개조운동 확산 되었는데, 일본의 '다이쇼데모크라시'에 운동의 배경이 되었고, 『어린이』 편집에 핵심적인 역할을 맡았던 방정환, 이돈화는 천도교 청년회의 중심인물이었고, 또 이들은 『개벽』의 주체였다. 이돈화는 최제우의 '후천개벽사상'을 '3대 개벽사상'으로 현실화 했고 이 사상은 당대의 시대정신이었던 '개조론'과 결합된다. '다이쇼데모크라시'의 자유교육은 예술성을 표방하는 『赤の鳥』 중심의 예술동요동화 붐을 일으켰다(박찬 승, 『한국 근대정치사상연구』, 역사비평사, 1997, 179~181쪽 참조; 河原和枝, 양미화 역, 『어린이관의 근대』, 소명출판, 2007, 73~77쪽 참조).
20 이병두, 「자연의 대학교」, 『어린이』 1-8, 1923. 9.

창 대검'을 무기로 삼고 '긔션과 화차'와 같은 진취적인 기상으로 구세
대를 능가하는 추진력을 보이는 세대였다. 비록 의도적으로 기획된 발
언이라 할지라도 "소년이라홈은 그 팔힘이 이믜쇠혼쟈ㅣ면 이를 쇼년
이라ㅎ지못홀거시며 그 졍신이 이믜 모손혼쟈ㅣ면 이롤쇼년이라 닐큿
지 못홀지니"[21]라고 하였다. 어떠한 어려움에도 강인한 정신력을 굴하
지 말 것을 요청하였고 기력은 성대하고 정신은 강하여서 어떤 험한 것
앞에서도 피해가지 않는다는 강력한 의지로 표현된 소년들에게 새로
운 정서가 스며들게 된 것이다.

기존의 '소년'이라는 말에서 자동적으로 떠오르는 강인하고 활달한
자질들 대신 꽃, 나비, 새, 토끼처럼 자연물 중에서도 부드럽고 작고 연
약한 이미지들과 어린 사람들을 상관시키고 있다.

1920년대 민족주의적 아동문학가들은 문화운동의 요건으로 새로운
정서를 수용한 것이다. 지·정·의에서 '정(情)'을 적극 수용한 것이고,
'정(情)'이 "사람다운 모범"[22]을 구성한다는 요소 받아들인 것이다. 용맹
함과 건장한 풍모와 활달하고 진취적인 기상을 지닌 소년의 정의(定義)
에 '愛와 美로 너를 改造하라'라는 정육(情育)의 요청이 더해졌다. 지·
덕·체로 요약되었던 근대 계몽의 기획에 아동교육의 지향점도 새롭
게 조정되고 있었다는 것을 시사하고 있다.[23]

이광수는 문학을 정의함에 있어 정(情)과 미(美)를 바탕으로 하는 예
술의 형상화를 설명하고자 했는데, 「문학의 가치」(1910)에서 "정(情)의

---

21 「소년동지회에고ㅎ는말」, 『대한매일신보』, 1908.8.7.
22 이돈화, 「신조선의 건설과 아동문제」, 『개벽』 18호, 1921.12, 23쪽.
23 조은숙, 「한국아동문학형성연구」, 고려대 박사논문, 2005, 72쪽.

분자를 포함하는 문장"을 문학이라고 했고, 지육·덕육·체육을 주안
점으로 하는 근대교육에서 '同情'이 더해져야함을 말하면서 동정이 확
산될 때의 파급효과는 이웃사랑과 나라 사랑은 물론이거니와 인류를
껴안는 사상으로 확산될 수 있음을 말했다.

　여기서 '정'의 작용을 아동의 예술교육으로 연결시키는 것에 주목할
필요가 있는데, "아동교육에서부터 자연미를 감상하는 '정'을 길러야 하
나니 여기 중심되는 것은 예술교육"[24]이라고 했다. 인성(人性)의 진정한
개조는 예술로 부터이고 개인의 내면을 움직일 수 있는 것은 '정'의 기
능이라고 말하게 되었다. 결국, '정'을 담아내는 것은 문학이고, 문학,
미술, 음악을 포괄하는 예술은 인성을 개조한다는 논지로 이어졌다.

　최두선(崔斗善)도 비슷한 시기에 "문학은 글 가운데 情意를 늣는 것"[25]
이라고 하여 문학이 정(情)을 충족시킴으로써 미를 추구하는 활동이라
는 논리를 폈다.

　결국 지·덕·체로는 간파하기 힘든 인간 내면의 활동을 발굴하고
채취(採取)해 낼 수 있는 정(情)의 위력을 가늠하게 된 것이라 할 수 있을
텐데, 사람은 정적(情的)인 동물이며 문학은 사람의 정(情)을 만족시켜
주는 요인이라는 데 이견이 없어 보였다. 정(情)은 유용하기는 하나, 양
면성을 지닌 것으로 인식되었음에도 1920년대 문화주의 운동에서 정
(情)은 적절한 역할을 했다. 20년대 이러한 움직임은 방정환이 말하는
'조흔사람' 사상으로 더 발전해 나가는 것을 알 수 있다.

24　이광수(西京學人), 「藝術과 人生(未定稿), 新世界와 朝鮮民族의 使命」, 『開闢』, 1922. 1, 8쪽.
25　최두선, 「文學의 의의에 관하여」, 『학지광』 3, 1914. 12, 28쪽.

우리에게 유익한 지식이라하야 수신(修身)과 산술(算術)만 쑤역쑤역 먹고 조흔 사람이 될 수 잇느냐 하면 그것만 가지고는 조흔 사람=쌔진 구석 업시 완전한 조흔 사람=이 될 수 업는 것이요 예술(藝術)이라 하는 조흔 반찬을 부즈런히 잘 구(求)해 먹어야 비로소 쌔진 구석 업시 완전한 조흔 사람(全的 生活을 잘 把持해 갈 수 잇는 人物)이 되는 것입니다 (…중략…) 조흔 동화나 동화극을 생각한다던지 그런 것들이 모다 '예술'이라는 세상의 ㅅ것입니다.[26]

위의 인용문은 전인교육을 위해 예술교육이 절실하다는 사실을 밝히고 있다. 방정환이 생각하는 전인격적 인격체는 '조흔 사람'으로 표상된다. 인격의 완성된 모습은 '조흔 사람'인데 좋은 동화를 읽고, 좋은 동극을 감상하고 그래서 예술로 승화된 사람은 인격적으로 완성되는 것으로 보고 있다. 방정환은 이런 사람을 "쌔진구석업시 완전한 조흔 사람"으로 보았는데, 방정환이 생각했던 '조흔사람'도 예술로 다듬어지고 완성된 인격체인 것을 말하고 있는 것이다. 방정환이 생각한 '조흔 사람'의 모습은 그의 소년소설에서 이상적인 모습으로 그려져 있다.

전영택도 소년문학이 교육에 미치는 영향을 역시 강조하면서 미적 감정을 길러줄 것을 당부하였다. 그 내용은 미적감정을 길러줄 것을 요청하고 있는데, 이것은 아이들의 취미를 넓혀서 덕성과 지력과 상상력을 길러주게 되는 것으로 정리하고 있다.[27]

이 시기 아동문화운동가들이나 문인들은 '정'을 강조함으로써 소년들의 인성과 덕성의 완성을 꾀하고자 하고 있다. 이것은 암담한 정치

---

26 방정환, 「世界兒童藝術展을 열면서」, 『어린이』, 1928.10, 2쪽.
27 전영택, 「소년문제의 일반적 고찰」, 『개벽』, 1924.5.

상황과 어두운 현실 전망에 대처할 수 있는 하나의 방법으로 선택된 것이라 할 수 있다.

2) 담론의 수용과 제도권 교육

(1) 제도권 교육에 대한 지향

현실적으로 국가의 전망이 어두운 상황에서 태동된 소년소설은 그때까지 없었으나 있어야 할 사회적 담론을 구성해내는 담론의 장이라고 할 수 있었다. 그중에서 신교육에 대한 열망이 강하게 대두되었고, 근대적인 기표들을 수용하려는데 적극성을 보였다. 앞에서 살펴보았듯이 1920년대 초를 기점으로 한국인에게는 교육에 대한 중대한 의식의 변화가 일어난다. 서당이 아닌, 보통학교를 지향하게 되었고, '소년'들은 근대 제도로 재편되는 사회에 무사히 편입하기 위해서라도 신(新)교육 과정을 반드시 이수해야 한다는 부담을 안게 되었다. 민족의 부활을 담당해야 한다는 임무가 계몽적 담론을 통해서 소년들에게 이미 강조되어 있던 터라 소년들은 근대적 교육에 순응하려는 모습을 보였다.

'영호야, 너는 왜 그런 생각을 하니. 어떻게 하든지 고등학교까지는 졸업을 하여야 한다. 내가 좀 고생이 되드래도 네 손에 고등학교 졸업장을 쥐여주고야 말 터이다. 울지마라, 영호야. 네가 고등학교를 졸업하여서 한 사람 몫이 되는 것만 보면 나는 그날 죽어도 원한이 없다'고 울음 반으로 말을 마치고는 소매로 눈물을 씻었습니다.[28]

최초의 소년소설이라는 문학사적 지위를 부여받은 「졸업의 날」에서 '품바느질'로 아들 영호의 고등보통학교 학업을 뒷바라지 하는 어머니의 담화다. 영호의 홀어머니는 병고와 가난에 시달리면서도 아들이 고등보통학교 졸업을 하여야만 '한사람 몫'이 된다고 아들을 설득한다.

학업을 완료해야 사회에서 한 사람의 몫을 해 낼 수 있는 것으로 인식하고 있다. 학업을 방해하는 '가난'에 대한 경제적 인식은 차치하고 학업 이수 만이 목표가 되었다. 그런 예는 「졸업의 날」보다 먼저 발표된 사진소설 「영호의 사정」도 마찬가지이고, 이태준, 권환 등 당시 대표 작가의 작품에서 그대로 나타난다. 학업 자체가 삶의 목표가 되어있는 것이다.

① 귀남이는 이제 열네 살빡에 안 된 자기 알몸뎅이 하나밖에는 아모것도 없는 외로운 소년이었습니다. 삼촌 집에 있으면서 소학교는 졸업하였으나 더 공부할 길이 막히어 고학이라고 해보려는 결심으로 도회지를 찾아 나온 것이 어찌어찌하여 원산까지 오게 되었고 서울까지 가는 차비만 생기면 원산도 떠나려하였으나 (…중략…) "벌써 삼월 초순인데 …… 남들은 모두 상급학교로 가는데 나는 또 일 년을 이렇게 보내야 하나……" 하고 귀남이의 눈에는 따라오는 학생들도 모르게 눈물이 방울방울 떨어졌습니다.[29]

② 아버지는 그러케 잘 자시든 술도 금하시고 밥을 참엇지 한 시도 못참는 담배도 씃어 한 푼 두 푼 모이는 쪽쪽 우편국에 저금하엿습니다. (…중략…)

---

28 잔물, 「졸업의 날」, 『어린이』 2-4, 1924.4.
29 이태준, 「눈물의 입학」(입지소설), 『어린이』, 1930.1.

"여보게 저달부터는 영수긔애를 학교에 들어보낼나네 다맛 돈 몃 푼이라
도 잇슬 적에 하로 밧비 공부를 식혀야지 내가 이러케 고생을 하는 것도 다
그 애 째문이야!"[30]

③ 형은 나날이 걱정이 심하여 갓습니다.
"아부지 학교 안 보내주실 납닛가. 고등보통학교 가야지요 가지 못하
는 사람은 못 산답니다. 나도 못 살겟습니다."[31]

①은 이태준의 자전적 성격이 강한 「눈물의 입학」도, 상급학교 진학
을 위해 귀남이는 원산에서 서울까지 열하루를 걸어서 상경하여 ×고
보(高普)에 당당히 합격한다. 그러나 평소에 귀남이를 괴롭히고, 폭력
을 행사하던 주인집 아들은 같은 학교 시험에서 낙방한다. "×고등보
통학교 넓은 앞마당에 나붙은 합격 방"은 그간에 귀남이가 받았던 고
통과 설움을 한꺼번에 씻어주기에 충분했고, 합격자 발표를 보고 이내
'신문배달' 하기 위해 교문을 나서지만 그 발걸음은 "서울 덩어리를 짓
밟는 것처럼" 힘차고 장엄했다. 고보에 적을 두는 것이나, 상급 진학하
게 된 사실 그 자체가 삶의 목적으로 보일만큼 제도권 학교에 대한 열
망은 강하게 나타났다. ②의 「아버지」에서 영수 아버지가 일본까지 가
서 탄광의 광부, 화물선박의 막일과 같은 최하의 노동일을 하는 목적도
아들 영수의 학업을 마치도록 하기 위해서다. 이때 어떤 공부를 어떻
게 하느냐는 내용은 전혀 문제가 되지 않는다. 오직 상급학교에 적을

---

30 권경완, 「아버지」, 『신소년』 3-9, 1925.9, 31쪽.
31 흰새, 「형제」, 『신소년』 5-3, 1927.3, 38쪽.

두고 상급학교를 다니는 것에 맹목적일 정도로 집착하고 있었으며, 학업을 하기 위해 가족들의 희생은 어쩌면 당연한 것이었다. 무엇보다 경제적인 궁핍으로 인해 보통학교 수업료를 체납하거나, 점심 도시락을 지참하지 못해 점심을 굶는 정도의 경제력에도 보통학교 취학하는 숫자가 줄지 않았다는 것은 특이 현상이라고 할 수 있을 것이다. 이것은 보통학교 취학이 경제적 여유가 있는 일부 계층에게만 한정된 것은 아니라는 것을 증명해주는 자료가 되었다.[32]

④ 석준은 가슴이 덜컥 하엿다. 이달 월사금을 못 준 것이 인제야 생각난다. "그러나 설마 엇자리 시험이야 모치게 할가" 하고 잇스니 수백 명 학생들은 차례차례 교실로 다 들어가고 칠팔 명이 교장 선생 압헤 열을 지엇다. (…중략…) "학교규측(學校規則)에 월사금 안 낸 사람은 학교에 다니지 못한다 한 달에 오륙십 전 되는 돈을 못 낼 사람은 학교에 안 다니는 것 올타."[33]

위 인용문에서 보는 것처럼 소년소설 속 인물들의 가정환경은 하나같이 열악했고, 교육여건 또한 열악하기 그지없었지만, 학업을 이수하는 것은 당연한 과정이었다. 「언밥」의 '석준'처럼 월사금 미납의 문제는 부지기수였다. 「아버지의 미소」[34]에서 양첨지는 비록 "밭한마지기

---

32 "1932년 3월 현재 보통학교 147교, 재학생 32,303명, 체납자는 7,373명으로 전체 22.8%를 차지하고 있다. 그리고 1932년 6월 조사에 의하면 보통학교 149개교 학생수 31,551명 중 점심을 싸가지고 오지 않은 자 7,992명으로 전체 학생의 25.3%에 달한다. 단편적이지만, 수업료를 체납하고 심지어 점심을 굶으면서까지 보통학교에 취학하는 한국인의 수가 적지 않았다"는 것이다(오성철, 「한국 초등교육 연구」, 서울대 박사논문, 1996, 10~11쪽).

33 권경완, 「언밥」, 『신소년』 3-12, 1925. 12, 26~27쪽.

34 양가빈(梁佳彬), 「아버지의 미소」(소년소설), 『어린이』, 1932. 5, 61쪽.

도 부치지 못하"는 곤궁한 가정환경이지만, "기여이 아들의 공부를 마처야 학대받은 것에 대한 복수를 할 수 있을" 것으로 인식하고 있다. 이처럼 배움이 가난을 해결해주고 권력을 안겨주는 도구가 될 수 있다는 생각은 지배적이었던 것으로 보이는데, 과잉된 교육열은 전통적인 '인문숭상'과는 다른 동기가 작용되어 있는 것으로 보인다.

배움을 받는 곳이라면 제도권의 정규학교이거나 사립, 사설의 야학 등 규모를 따지지 않았다. 야학과 같은 제도권 밖의 교육시설은 가난한 소년들이 배울 수 있는 유일한 기관이어서 「등피알事件」에서처럼 "동리에 새로 야학이섯다!"는 전갈은 가난한 소년들에게 최고의 희소식이 되었다. 야학 교실에서 등피알이 깨지는 사건이 일어나고 계층간의 갈등으로 야학이 해체되는 위기를 맞게 되지만, "야학에 섰다"는 소식에 하나에 소년들은 열렬하게 환호하였다. 「사람은 공부를 하여야 한다. 그래야 나중에 훌륭한 인물이 된다」 이것만은 알기 때문에 다 같은 동무 사이라도 학교에 다니는 아이들을 보면 원통한 생각이 앞섭니다"[35]와 같은 언술은 지극히 당연하였고, 연작소설 오인동무, 「결의 남매」[36]의 창렬(昌烈)처럼 '완고한부형압헤서는 중학교도완전히단이지못할것"을 알고 공부를 하기 위해 가출을 결행하기도 한다. 학업을 위한 가출은 비단 국내에 국한되는 것이 아니라 "고생이되드래도 동경(東京)까지가서 용긔를내여공부를하야 반드시 큰사람이되겟다"[37]는 결의를 다지고 있다.

「입학시험」[38]에서 종득과 재룡 두 소년이 상경하여 고보(高普) 입학

---

35 송영, 「어떤 나무꾼 아이의 일생」, 『어린이』 6-2, 1928.3.
36 馬海松 「결의 남매」는 연작소설 「五人동무」의 제1회 분(『어린이』 5-3, 1927.3, 46~50쪽) 연작소설 「五人동무」는 고한승, 진장섭, 손진태, 정인섭이 맡아 연재하는 형식.
37 고한승, 「순희는 어듸로?」, 「五人동무」 2回(연작소설), 『어린이』, 1927.4, 55쪽.

시험에 응시한다. 재룡은 합격하고 종득은 낙방하여 "환히(歡喜)와 락망(落望)의 두길로 갈라지"게 되었다는 단순한 줄거리다. 합격한 재룡은 입학을 위해 서울에 남고, 종득은 다음을 기약하며 귀향한다는 짧은 내용만으로도 한편의 서사가 되는 것은 소년들의 관심사가 어떠했던가를 방증하는 예라 할 수 있을 것이다.

김우철의 「상호의 꿈」[39]에서 '상호'는 "6년간 다닌 학교에 운동장"에 서서 벅찬 감동에 휩싸였지만 정작 "6학년때 자기 반을 담임하여 가르쳐준 수염이 많이 난 선생"은 비웃는 듯한 표정으로 "너 지금 뭘하니?"라고 묻는다. 상호는 "공장에 다닌"다고 말할 수밖에 없는 자신의 처지를 부끄러워한다. "우등생"이었으나 학업을 계속하지 못하는 자신의 가난한 형편을 부끄러워할 수밖에 없는 것이다.

> 학교는 商店이다. 엇던 일이든지 모다 商店化하이가는 판에 學校도 어느 새 상점으로 되야버렷다. 普通商店은 물품을 주고 돈을 밧고 학교라는 상점은 글을 가르치고 돈을 밧는 것만 달으다. (…중략…) 入學金 授業料를 不納하면 아무 容赦업시 停學이니 黜學하지 아니 하는가. 게다가 요새 京城 內 學校에서는 數三個月 先金을 밧고야 가르친다고 한다.[40]

이처럼 학교제도에 대한 비판적인 견해가 제기되었다고 해도 보통교육에 대한 열화와 같은 관심은 좀체 누그러지지 않았다. 그러기에

---

38 崔秉和, 「入學試驗」, 『어린이』, 1929.5, 38~39쪽.
39 김우철, 「상호의꿈」, 『신소년』 10-2, 1932.2.
40 李鳳洙, 「학교와 사회, 入學生及卒業生諸君에게」, 『개벽』 66, 1926.3.

학교생활은 하나의 이상이 되어 갔고, 학교생활에 대한 담론은 식지 않았다. 학교생활 상을 보여주는 『엔리코의 日記』가 연재된 것도 그런 차원에서 이해된다.

> 사랑하는 엔리코여-엄어님이 말씀하신 것터럼 공부란 것은 그러케 쉽은 것이 안입니다. 나는 아직 내가 재미잇서 하는 깁븐 낫으로 학교에 가는 것을 못 보앗습니다. 자! 그런데 내말을 들어보아요, 만일 학교에 가지 안는다 하면 네의 매일 디내는 생활이란 것이 얼마나 지루하고 갑 업는 것이 되고 말겟습니싸[41]

『엔리코의 日記』에서 화자가 소년 주인공에게 학교생활의 중요성을 역설하고 있다. 여기서 성인화자는 '배워야 한다'는 것을 강조하면서 "멧천만의소몰을만은 아희들이 다한가지로 책보를씨고 가튼 것을 배호려고한모양으로 다학교에가는 것" 강조하되 학교라는 제도가 크게 중시되어있다.

허구적 서사 내부에 교과과정의 내용을 구체적으로 다루고 있는 예는 소년소설이 소년문학인 것을 방증하고 있는 것으로 보인다. 개화기 신소설(新小說)에서 주인공들이 흔히 신교육을 받거나 외국유학을 떠나는 것으로 설정되어 있음에도 이들이 경험하는 교육의 실상에 대한 서술이 거의 없다는 사실과 비교해볼 때 상당한 차이라고 볼 수 있다. 최초의 신소설인 『혈(血)의 누(淚)』에서 옥련이 미국으로 가 다섯 해 동

---

41 洪鍾仁 역, 『엔리코의 日記』, 『어린이』 3-4, 1929. 5. 4, 10~14쪽.

안 받은 교육은 "흐로도 학교에 아니가는 날이 업시 다니며 공부를 흐는디 지조 잇고 부지런한 사름으로 그 학교 녀학싱 중에는 제일 칭찬을 듯는지라"라는 한 문장으로 요약된다. 이 사정은 『은세계』의 옥순과 옥남, 『빈상설(鬢上雪)』의 정길, 『치악산』의 정식 등에 있어 모두 비슷하다. 이들이 신교육을 받는다는 사실은 "학도모자에 쓰메에리 양복" 정도로 표상될 뿐이다. 1917년 발표된 『무정』에 이르러서도 체육 사상의 흔적은 희미하게나마 남아 있는 것으로 보인다.[42]

방정환이 몽견초라는 필명으로 발표한 「1+1=?」은 이채로운 소설이다.

"1에 1을 가하면 어째 2가돼?"

하고 다시 물었습니다. 학생들은 모두 웃었습니다. 선생님은 웃지도 않고 가장 점잖은 태도로 학생들을 두루두루 살피는 바람에 학생들은 얼른 웃음을 그치고 (…중략…)

"1에서 1을 가하면 왜 2가 되는지 아는 사람은 손을들어봐!"[43]

단순한 연산식으로 수학의 공리를 설명하고 있는데, 소년층 독자를 고려한 것으로 보인다. 방정환은 「1+1=?」을 '학교소설'로 구분했다. 방정환은 소설의 내용을 규정할 수 있는 많은 표제를 사용하였는데 「1+1=?」은 '학교소설'이라고 규정하면서 교과와 관련된 문제를 허구적 서사 안에 담으려는 노력을 보였다. 권환의 「언밥」도 이와 유사한 사례다.

---

42 권보드래, 『한국근대소설의 기원』, 소명출판, 2000, 44~45쪽.
43 몽견초, 「1+1=?」(학생소설), 『어린이』, 1927.4.

오늘 산술시험은 아마 제등수명통법(諸等數命法通法)에서 만히 날 듯하
다. 한 번 외아보자.

"六尺이一間 六十間이一町 三十六町이一里 一年은 三百六十五日 閏 年三
百六十六日……"

리과(理科)는 아마 인체(人體)에서 날 듯하다.

"소화기(消化器)는 胃, 大腸, 小腸, 盲腸, 신경계(神經系)는 腦神經, 脊神
經……"

이러케 입을 곰작곰작 하면서 외우고 가는 동안에 어느듯 발이 학교 문
안에 들어잇다. 상학종이 댕댕치고 나니 전례(前例)와 갓치 교장선생과 다
른 선생들이 조례식에 나와서 여러 가지 주의를 쏘 특별히 시험에 대한 주
의를 식히고[44]

마치 생물노트의 한 부분을 그대로 옮겨놓은 듯하다. 허구적 서사가
때에 따라서는 교과 과목의 노트와 같은 역할을 하고 있다. 방정환은
『어린이』가 학교에서 다할 수 없는 역할을 맡아 할 것이라는 말을 자주
공표한 바 있는데, 「1+1=?」나 「언밥」과 같은 작품은 작가들의 기획 의
도가 그대로 반영된 경우로 보인다.

「언밥」의 '석준'이나 「영호의 사정」에서 '영호'처럼 공부를 열심히 하
는 소년들이 긍정적인 모습으로 그려지는 것으로도 이상화된 모습이
다. 가난하고 외로운 처지의 '영호'가 다른 사람들로부터 이해받고 호
감을 얻게 되는 것은 "길을 가면서까지 理科책을 읽고, 밤잠을 자지 않

---

44 권경완, 「언밥」, 『신소년』 3-12, 1925.12, 26쪽.

고 공부에 몰두하는 소년'이기 때문이다. 소년소설의 인물들이 학업에 매진하는 내용은 반복되고 학업을 계속할 수 없게 될 때는 심한 좌절을 느끼며 실의에 빠져 낙담하는 내용은 거듭 반복된다. 이들은 학생신분을 좀 더 유지하기 위해 삶의 다른 조건들을 희생시킨다. 장래 훌륭한 사람이 되기 위해서는 학교 교육을 이수하여야 하기 때문에 공부에 방해되는 것은 무시되었다.

신교육 과정을 이수하는 것은 문명인이 되기 위한 필수과정으로 이해되었고, 이를 위해서는 '효'를 비롯한 봉건적 가치는 지연되어도 용인 될 수 있었다.

학교라는 공적인 공간은 집이라는 사적인 공간에서 소년들을 분리해내 규율을 체득하도록 독려하는 제도였다. 새롭게 제도화된 신식교육과정에 적을 두고 규율[45]을 익히며 하루를 시간단위로 분절시키는 규율 또한 계몽의 규율이었다.

시간을 잘라 나누고, 그에 따라 생활해야 하는 것은 학교에서도 마찬가지였다. 이는 공간 배치와 함께 규율을 내면화하는 방법 중의 하나로 근대 규율에 소년들이 순응하는 하나의 방법이었다.[46] '상학종이

---

45 학교는 학생들의 행동을 통제하려는 요소들이 점차 체계적으로 도입되어 학교라는 공간에서 할 수 없는 행위와 해야 할 행위의 체계가 학생들의 삶의 방식 전반을 규정하게 된다. 선생과 학생 간의 관계에도 변화가 야기되는데, 예전에 현명한 동료였거나 선배였던, 선생은 학생들에 대한 감독과 규제, 처벌을 행하는 존재로 변해있다. 학급도 학생들의 능력이나 과목 난이도에 따라 분할되는데, 학생들을 효율적으로 감독하고 훈육, 통제하기 위한 것이었다. 이로써 학교라는 공간 기계의 내부적 동질성, 즉 행위의 양식화된 통일성을 비약적으로 강화할 수 있었다(이진경, 『근대적 시공간의 탄생』, 그린비, 2010, 241~246쪽).

46 규율(discipline)은 "신체의 활동에 대한 면밀한 통제를 가능케 하고 체력의 지속적인 복종을 확보하며, 체력에 순종-효용의 관계를 강제하는 방법"으로 "규율은 복종되고 훈련된 신체, '순종하는 신체'를 만들어 낸다." 또한 규율은 "신체를 '소질', '능력'으로

댕댕치'는 소리와 '하학종 소리' 혹은 '휴식시간' 등은 새로운 제도적 규율이었다.

「1+1=?」에서처럼 소년들은 학교가 배부한 시간표에 따라 정확하게 30분 동안은 체조를 하고, 그 다음 시간에는 산술을 배운다는 시간표상의 순서를 보게 된다. 교사의 수업도 일정한 시간이 지나 종이 울리면 정확하게 끝이 난다. 이러한 근대의 시간 체계에 적응하는 것은 근대인이 되는 첫 단계를 밟는 것이다. 또한 이들의 역할은 시간과 장소에 따라 달라지는데, 일과가 시작되기 전 운동장에서 저희들끼리 수군거리던 소년들은 수업이 시작된 교실에서는 조용해지고, 수업이 끝나면 다시 운동장에 밀려나가는 모습이다. 이러한 시간 체계는 학교를 중심으로 소년들의 하루 일과를 획일화하였다.

이 시대 '소년'들은 새롭게 만들어지는 제도에 편입되기 위해 매우 적극적이었으며 거기에 몸담기 위해 강렬하게 열망하는 것으로 나타나있다. 또 제도권 안에서 별 저항 없이 규율을 받아들여 체득하고 있었으며, 규율에 잘 적응하는 학생은 우등생으로 미화되기도 한다. 당시 상황을 고려해 볼 때 제도권 교육은 일제가 한국인들을 규율화해서 식민지 정치를 더욱 공고히 하려는 의도로 행해졌다고 할 수 있다. 신식 교육은 이런 식민 교육 관점이 잘 반영된 것이라는 사실은 이미 아는바 인데, 그렇다면 제도권의 근대 규율 권력에 적응하려고 애쓰는 소년소설의 인물에 대한 설명이 필요해진다.

만들고 그 힘을 증대시키려 하는 반면, 다른 한편으로는 '에너지'와 그것으로부터 생기수 있는 '위력'을 역전시켜 그것들을 엄한 복종관계"로 만든다. 이러한 규율의 특징은 지배와 통제의 방법으로 사용되기 시작하고, 학교는 규율의 내면화가 이루어질 수 있었던 공간이다(미셸 푸코, 오생근 역, 『감시와 처벌』, 나남, 1994, 216~217쪽 참조).

소년소설에서 이처럼 제도권 교육을 지향하는 것은 제도화된 신식 교육 과정이 '문화인', '문명인'이 되기 위한 필수 훈련이라는 근대 계몽 기획이 강하게 작동된 것이라고 말할 수 있다. 외부의 것을 받아들이고 시대를 받아들이려는 것은 시대의 조류에 부응하고 거기에 적응하려는 훈련으로 이해된다.

소년소설은 문학이기도 했지만, 계몽의 교재로 다양하게 기능하고 있는 것이다. 실제로 방정환도 소년을 잘 교육하기 위해서는 학교만으로는 부족하다고 생각했으며, 그 빈자리를 『어린이』가 채워줄 수 있을 것이라고 주장한 바 있다. 존폐의 위난에 처해있던 국가적 위기 상황을 고려해볼 때 소년들은 새로운 시대 흐름에 적응하지 않으면 안 되었고, 신교육으로 무장하지 않으면 안 되었다. 무엇보다 소년소설에서 나타난 신교육에 대한 열망은 미취학 소년들과의 이질화가 아니라 교육을 독려하는 것이라고 해야 할 것이다. 「1+1=?」이나 「언밥」처럼 교과 내용에 대한 의문을 서사에 그대로 옮겨보려는 노력은 그런 사실을 방증한다고 할 수 있겠다.

1920년대의 상황에서는 민족과 민족의 이상에 대한 이해의 증진이라는 목표와 문학을 통해 생각과 이상을 표현하고자하는 목표가 이 시기 작가들에게 중요한 이념이 된 것이다

(2) '체육'과 근대규율

경기규칙에 의거하여 경기를 진행하고, 양편이 점수라는 결과에 의해 승패가 나누어지는 새로운 방식은 근대화의 또 다른 모습일 수밖에 없었고, 운동을 주요 소재로 다루는 작품이 등장하는 것은 근대적 문화

기획 하에서는 매우 자연스러운 일이었다. 운동복이 마련되지 않아 바지저고리를 걷고 공을 차는 일이나, 짚신에 감발을 치고 흙먼지를 일으키며 운동장을 달리는 광경은 근대의 진솔한 풍경일 수밖에 없었다. 앞서서 살펴본 대로 지·덕·체 중에서도 체육은 상무정신과 잇닿아 있어 소년들이 규범을 체득하면서 경기를 즐기고 은연중에 무예를 익히는 방편으로 인식되었다.

운동경기를 통해서 소년들은 서로 갈등하면서 또 우정을 다지고 스포츠 정신을 익혀나갔다. 운동경기의 유쾌함을 직·간접적으로 다룬 작품들로는 문인암의 「야구빵 장수」, 이정호의 「정의의 승리」, 현덕의 「권구시합」, 「월사금과 스케이트」 등이다. 이들 작품에서 다루고 있는 종목이 '씨름'이나 혹은 '격구'와 같은 전통적 운동이 아니라, 그 자체로 근대의 표상인 '야구'와 '스케이트' 와 같은 근대 스포츠라는 것은 유의할 점이다.

그는 성남이와 같은 5학년인데 학교에서 제일 가는 야구선수였다. (…중략…) 첫 시간은 수신(修身)이었다. 담임선생님은 특별히 운동경기에 대하야 설명하였다. 운동의 필요, 운동의 효과, 운동의 정신이라는 조목을 들어 일일이 잘 알아듣게 설명하고 특별히 다른 학교와 시합을 할 때에는 이기기만 위하야 욕심 사납게 굴지 말고 정정당당한 태도를 잃지 말아야 한다고 힘을 들여 말씀하였다. 그것은 마침 이튿날 옆 동리에서 있는 △(삼각) 고등학교와 야구시합을 하게 된 까닭이었다. (…중략…) 제1선수가 "빳"을 처서 힛트로서 세컨까지 달아나고, 다음 사람이 또한 힛트로서 퍼스트까지 살아가고 먼저 선수는 써드까지 갔다. (…중략…) 세 번째 "빳"을 포볼로 보냈는데 네 번째가 들어서자 홈런을 갈겼다. 그럼으로 지금은 △△학교가 도리어 1점을 더 이기게 되었다.[47]

신식 운동 경기는 그 자체로 문명화였고, 근대의 표상이었다. 야구 경기규칙과 운영방식을 서사 텍스트 본문에 직접 다룬 의도는 독서를 통한 간접경험으로나마 문명생활 향유와 신체 보건의 중요성에 대한 인식을 제고한 것으로 해석된다. 인용문 내용에서도 확인할 수 있듯이 수신(修身)과목 수업 시간에 선생님은 스포츠 정신에 대해 말하고 있다. 운동의 효과와 필요성, 스포츠맨십으로 일컬어지는 "운동의 정신을 조목조목" 말하고 있는 것이다. 이어서 야구 경기 과정이 자세히 서술된다. "1번 타자가 "뺏"을 잘 쳐서 세컨까지 달아나고" 다음 타자가 다시 1루로 진출하게 되자, 2루를 밟고 있던 선수는 "써드까지 갔다"는 경기 진행과정을 상세히 적었다. 점수를 얻는 과정도 자세히 서술했다. 그러나 이 작품의 주인공 성남이는 정작 팀 유니폼도 갖추지 못하고, 조선 바지와 저고리 차림으로 경기장에 나선다.

두루마기를 벗어 던지고 조선옷을 입은 채로 성남이는 창석이가 골을 내고 팽개치고 나간 글러브를 집어 손에 끼고 씩씩하게 나섰다.
"뉴호-무(야구복)는 없느냐? 뉴호-무는?" 하고 교장은 조급히 물었다.
"아니요, 관계찮습니다" 하고 저고리에 조끼 입은 채 조선바지를 입은 채로 부끄럼 없이 운동장 복판에 나서서 바다나 산같이 열 겹, 스므 겹으로 둘러

---

47 문인암, 「野球 쌍 장사」, 『어린이』 4-12, 1926.2.

섰는 응원단과 구경꾼을 한번 휙 돌아보았다. (…중략…) 8회때 폴배스를 시켜 놓고 홈런을 친 성남이의 덕으로 성적은 7대 4로 영광의 우승기를 높이 들고 의기가 양양하게 돌아왔다.

위의 인용문처럼 야구 경기 과정과 경기에서 이기는 장면은 야구 빵을 팔던 성남이의 얼굴과 오버 랩 되는 효과를 가져 오게 하고, 야구빵 장수로 놀림을 받던 성남이는 일시에 학교의 자랑스러운 인물로 등극하게 된다. 성남이가 경기에서 이기는 장면은 환호성으로 가득 찬 야구 경기장의 열기와 겹쳐서 역동적인 감동을 불러일으키기에 충분하다.

시대적인 억압과 궁핍한 현실을 잠시라도 잊게 해주는 통쾌한 경기 장면인데, 경기 과정을 상세히 묘사한 것은 새로운 경기종목의 규칙과 규정을 알려주는 의도로 해석된다. 특히 성남이는 그동안 빵을 팔아서 이웃의 한 가정을 남몰래 돌보는 선행을 베풀어 왔는데, 경기에서 승리하자 이 선행까지 세상에 알려진다. 이런 결말은 경기에서 승리한 것 만큼이나 통쾌하면서도 극적이다.

오늘 낮에 학교에서 도라오는 길로 김 변호사에게 놀라운 부탁을 바든 것임니다. 그것은 래일 야구시합에 뽈을 일부러 잘못 던져서 △△고등보 통학교를 닉이게 해주고 또 특별히 興福이가 '쌋타'에 나와 스거던 꼭 호무 런[安打]이 나도록 뽈을 맛초아 던져 달라는 것임니다. 그리고 만약에 이 말을 듯지 안켓스면 래일로 당장 내 집을 나가 버리라는 무서운 선고(宣告)엿슴니다.[48]

위 인용문 「정의의 승리」는 '야구미담'을 표제로 한 스포츠 소설이다. 야구 유망주인 순길이의 현실적 갈등과 자아 각성 과정을 그리고 있다. 고아인 순길이는 돌아가신 아버지의 친구 김 변호사 집에 얹혀 산다. 공부도 잘하고 운동도 잘해 ○○고등학교 야구투수다.

진로에 중요한 영향을 미치게 되는 경기가 열리기 전날, 자신을 돌봐주는 김 변호사로 부터 순길이는 모종의 압력을 받는다. 라이벌 학교 타자(打者)로 활동하는 김 변호사의 아들 홍복(興福)에게 일부러 져주라는 협박이다. 순길이는 고민을 거듭하다가 페어플레이 정신으로 경기에서 이긴다. 마지막에 김 변호사가 순길이의 '정직'을 칭찬해주고, 앞으로 더 열심히 야구연습을 할 수 있도록 배려해준다. 야구라는 근대적 운동을 소재로 해서 근대규율을 적극적으로 체득하고 있음을 볼 수 있다. 이후에 현덕도 운동경기를 소재로 소년소설을 발표하는데, 「권구시합」[49]과 같은 작품을 들 수 있다. 「권구시합」에서도 '파울'이냐 '세이브'냐를 놓고 소년다운 갈등이 일어나지만, 결국 '정직'으로 건전한 스포츠 정신이 이기는 것을 보여준다. 이처럼 몸을 움직임으로써 신체를 단련하고, 민첩하게 하는 운동으로서의 체육은 소년소설 곳곳

---

48 이정호, 「正義의 勝利」, 『어린이』, 1929.6, 65쪽.
49 '권구'의 경기규칙은 '야구'와 거의 유사한 것으로 이해된다. 글러브, 배트 등의 값비싼 야구용품을 갖추지 못하고, 주먹으로 야구공을 쳐내는 경기인 것으로 추측된다. 단 경기규칙은 야구경기 규칙을 그대로 차용한 듯하다. 당시 소년들에게 '권구'경기의 인기가 높았던 것으로 추정되는데, 『별나라』 6-6(1931.8, 18~19쪽)에 「拳球歌」가 실려있다. 노랫말은 "홈- 으런 친쌜은 대포알갓다 / 두주먹을 불근쥐고 쎄스를밥자 // 쑹쑹 보놈 쩔쩔메는 그꼴우습다 / 그여코 우리에겐 황복이구나. //" 제작의도를 보면 "여름이면 「쩜부」를 만히하게 되는데, 그쌔에여럿이 불느게만들어논 것이다. 大會歌로 해도조코 應援歌로 불너도조타 임이 이노래는 高陽拳球대회에서 한번불너본노래이다"라는 설명이 있다. 현덕의 「권구시합」이라는 작품은 다음 장에서 다루기로 한다.

에서 중요하게 다루어지면서 페어플레이 정신을 강조하였다.

근대 스포츠는 규율에 맞게 몸을 움직여 건전한 정신을 익히고 실천한다는 새로운 제도였다. 건전한 정신을 함양하는 것이기도 했지만, 경기 규칙을 습득하고 준수해야 하는 제도였다. 체육은 몸을 단련하는 것일 뿐만 아니라 경기규칙과 규정을 익혀서 경기를 진행하는 것으로 규율을 체화하는 기회였다. 운동이란 규칙에 의해 경기가 진행되고, 경기를 하는 동안은 경기를 즐기는 사람들은 경기규칙을 즐기는 것이지만, 한편으로는 규칙에 예속되는 시간이기도 하였다.

개화기 육체 담론은 자신의 건강을 위한 순수한 '위생'의 차원이거나, 국가나 사회의 부속품으로서의 역할을 다 하기 위한 '훈육'적 성격을 띠고 있었다. 이것은 푸코 식으로 말하자면 '해부정치학' 담론으로서 '규율화된 육체'를 통한 근대 국가와 사회, 제도의 성립을 도모하고 있는 것이다.[50]

앞에서도 밝혔듯이 근대 교육은 조선인들을 규율화하여 '복종관계'로 만들고자 하는 의도로 행해진 측면이 있을 것[51]이라는 지적은 일면 타당할 듯하나, 소년들이 페어플레이 정신을 스스로 앙양하고 있었으며, 전체 안에서 개인의 역할과 개인의 성숙된 모습을 보여주고 있다.

문학텍스트는 내적인 차원에서만 그 의미를 한정시킬 수 없고 텍스트 외부에서 형성되었던, 역사적으로 축적되어온 담론과 소년운동 선

---

50 시간에 따른 육체의 규율화를 통한 권력의 궁극적 목표는 전 국민을 이러한 규율에 자동적으로 익숙해지도록 하는 데 있다. 그리고 규율을 바탕으로 하는 권력은 사실상 사취나 강제 징수 대신 '훈육시키는 일'을 주 기능으로 삼는다. 이 규율이 근대화하는 과정에서 인간은 개체화되어 가고 거대한 매커니즘의 부속품처럼 되어간다(미셸 푸코, 앞의 책, 267쪽).
51 박성애, 「1920년대 소년소설 연구」, 서울시립대 석사논문, 2009, 56쪽.

각자들의 근대기획을 염두에 두지 않는다면, 텍스트를 뛰어넘는 해석을 하기 어려울 것이다.

문화운동은 신문명의 확립을 요구하는 운동이었으며 단체정신의 수립을 요구하는 운동이라 할 수 있는데, 소년들이 근대 스포츠를 통해서 보여주는 단체정신은 곧 문화운동 안에서 신문명의 확립을 보여준 것이라고 할 수 있을 것이다.

근대교육 기획으로 신식 교육과 위생담론에서 창출된 근대적이고 제도적 규율이 소년소설에 그대로 투영되는 것을 보았다. 그런데 이 지·덕·체로 요약되는 교육기획은 '형식'이라는 인상이 강하다. 그래서 근대의 계몽적 소년문화운동가들이 주창했던 전인격 완성을 위한 이념과 사상은 무엇인가 하는 의문이 남는 것이다.

'문화운동'을 충족시킬 '내용'에 대해 궁구할 필요가 있는 것이다. 전인격적인 인간기획이 완성되려면 지·덕·체라는 형식에서 간과된 내용을 찾아내야 하는 것이다. 인간의 심의를 변동 시키는 요소를 '내용'이라고 한다면 그 내용을 충족시키는 요소를 찾아내야 한다.

3) '정(情)'의 적용과 근대 규율의 대립

(1) '정(情)'의 윤리와 미적 적용

1920년대 소년소설을 살펴보면, 이전 시기에 강조되었던 담론과는 다른 자질들이 강조되고, 긍정적으로 선택되고, 수용되는 것을 발견하게 된다. 앞서 살펴본 것처럼 1920년 초반은 아동문학에서 새로운 문화

운동이 촉발된 시기다. '문화'를 통해서 인격완성을 꾀하고자 했으며 정
신적 측면에서 현대문화의 건설을 중시하는 성향이 매우 짙어졌다. 무
엇보다『어린이』창간으로 방정환의 동심사상이 소년문화운동 전면에
나타나게 되었고, '소년'은 '강직'하고 '활달'하고 '진취적'인 데서 '부드
러움'과 '연약함', '아름다움' 혹은 '육성(育成)'의 이미지로 전이된다.

泰山갓흔 놉흔 뫼, 딥태갓흔 바위ㅅ돌이나 / 요것이 무어야 요게 무어야
나의 큰힘, 아나냐, 모르나냐, 호통까지 하면서, / 싸린다, 부슨다, 문허버
린다. // (…중략…)
뎌 世上 뎌 사람 모다 미우나, / 그中에서 쪽한아 사랑하난 일이 잇스니
膽 크고 純情한 少年輩들이, / 才弄텨럼, 貴엽게 나의 품에 와서 안김이로
다, 오나라 少年輩 입맛텨듀마.[52]

위 인용문의 「海에게서 少年에게」에서 '파도'는 태산이나 집채 같은
바윗돌이나 혹은 육상(陸上)에서 그 어떤 힘과 권위를 가진 것, 때로는
위선과 가식, 심지어 영악한 것뿐만 아니라 억압과 부패마저 모두 '부
수고 무너뜨릴' 수 있는 위력을 가진 자연의 힘이다. 이런 자연의 위력
이 소년에게 '입맞춤'을 함으로 소년과 상관관계를 맺게 되고 자연의
힘은 소년에게 전이된다.

1900년대, 비록 외형적인 명명이라 하더라도『소년』에서 대한의 '소
년'들에게 세상의 '태산'이나 '바윗돌'이나 '위선'이나 '억압'에 맞설 수

---

52 최남선, 「海에게서 少年에게」, 『소년』 1-1, 1908.

있는 힘과 책임과 능력을 부여하고 있다. 이와 같은 내용은 당시 여러 매체의 사설이나 논설을 통해 강조되었고, 쉽게 확인된다.

소년의 손과 팔은 이 나라 디경을 방비 흐는 쟝창대검이며 쇼년의 거름
은 이험흐고 막힌 거슬 통흐게 흐는 긔션과 화차이며 소년의 직희는 거슨
이 즁류에 특립흔 돌기둥이며[53]

인용문에서 소년의 손과 팔은 '쟝창대검'으로 걸음걸이는 '긔션과 화
차'로 비유되었다. 이 시기 소년들의 외형은 '무쇠골격'과 '돌근육'으로
표상되었고, 기력이 성대하고 정신이 강하며, 무섭고 험한 고난을 만
날지라도 결코 피하지 않을 정도로 굳세고 강한 모습으로 재현되었으
며 "소년활동 시디다럿"[54]라고 말로 제창되었다.

그러나 1920년대 한국 초기 소년소설의 소년모습은 이와는 확연하
게 달라진다. "새와가티 꼿과 가티 앵도가튼 어린입술"[55] 등의 수사로
성장기의 사람들을 '새', '꽃', '앵두'처럼 작고 연약하며 아름답게 형상
화하고 있다.

앞서서 "大韓으로 하야곰 少年의 나라로 하라 그리하랴면 能히 이
責任을 堪當하도록 그를 教道하여라"[56]라고 하여 소년은 장차 나라의
주인이 될 자이고, 활동적인 모습으로 재현된 것과는 확연히 비교되는
언술이다.

---

53 「소년동지회에고흐는 말」, 『대한매일신보』, 1908.8.7.
54 「소년남즈가ー한인야구단동 창가」, 『대한매일신보』, 1907.7.24.
55 「처음에」, 『어린이』 1-1, 1923.3.
56 『소년』 1-1, 1908.

1920년대에 들어서 기존의 계몽담론에서 배제되었던 자질들을 수용하게 되는데,[57] "꼿과 가티 아름다웁고 쬐쏘리 가티 어엿브고 옥톡기 가티 보드럽고 깨끗한 소년남녀동모들"[58]을 불러내게 되는 것이다. 이런 사실은 소년소설에서 보다 명확해 지는데, 「海에게서 少年에게」 안에서 '태산'이나 '집채 같은 바윗돌'로 상관된 소년들과는 확연한 차이를 보인다.

1920년대 초반 「졸업의 날」에서처럼 '가련한 고학생 영호'나 「쓸쓸한 밤길」에서 '위로해줄 사람 하나 없는 永男'이와 조우하게 된다. 『少年』에서 제창되었던 "勇少年 快少年" 혹은 "돌근육 무쇠골격"의 강직과 용맹스러움이 소거되었고, 앞에서 강조되었던 '근대적 규율'과도 다른 정서가 강조된다.

① 아아 가련한 고학생 최영호는 장차 어데로 가겟슴닛가……? 적으나마 집이라고 잇든 것은 어머님이 도라가신 후 곳빗에 들러 빼앗기고 이때껏 학교안 기숙사 한 구석에 붓치어 잇든 몸이 이제 졸업 증서를 끼고 교문을 나스니 슯흠의 눈물은 샘솟듯 흐르는데 힘업시 거러가는 그는 어느듯 남대문 정거장 압을 지나 남묘 압흐로 지나 이태원 공동묘지에 니르럿슴니다.[59]

② 창남이의 소리는 우는 소리갓치 떨렷다. 그러고 그의 숙으린 얼골에서 눈물 방울이 쑥쑥 그의 집신코에 써러젓다.

57 조은숙, 「한국 아동문학의 형성과정 연구」, 고려대 박사논문, 2005, 61쪽.
58 이병두, 「자연의 대학교」, 『어린이』 1-8, 1923.9.
59 잔물, 「卒業의 날」, 『어린이』 2-4, 1924.4, 13~26쪽.

"저의 저의 어머니는 제가 여덜 살 되든 해에 눈이 멀으서서 보지를 못하고 사신담니다" 테조 선생의 얼골에도 굵다란 눈물이 흘럿다. 와글와글 하던 그만 흔학생들이 자는 것 갓치 고요하고 훌적훌적 훌적어리며 우는 소리만 여기서 저기서 조용히 들럿다.[60]

③ 어린 마음에 울고 십혼 생각도 아츰마다 치밀엇스나 이만 서름은 하로도 멧 차레식 격는 일이요 울지 안어 몸부림 하더래도 永男이의 하소연을 밧어줄고 위로해 줄 사람은 한 사람도 업섯습니다. 집집마다 잇는 아버지 아희마다 잇는 어머니가 永男이에게는 어느 한 분도 곗지 안엇습니다.[61]

① 예문은 「졸업의 날」 결말부분이다. 이 소설의 주인공 영호는 똑똑하고 성품이 순박하나 양친을 모두 잃고 고난 속에서 고보(高普)를 우수한 성적으로 졸업하고, 어머니 무덤 앞에 와서 흐느낀다. '영광스러운 졸업증서'를 받았지만 기쁨을 함께 해줄 혈육지친 한명 없는 천애고아다. 그래서 슬픔의 "눈물을 샘솟듯"이 흘리면서 어머니의 무덤이 있는 공동묘지로 발걸음을 향하고 있는 장면이다. 이 시기 소년소설의 주인공들은 품행이나 학업에서 모두 모범적이지만 가정환경이 매우 불우하여 고아가 되거나 이미 고아로 설정되어있다. 또 비슷한 시기에 창작된 다수의 소년소설 작품 전편에는 슬픔과 고독이 넘치며 눈물과 관련된 단어가 셀 수 없이 자주 등장한다.

② 는 「만년샤쓰」에서 창남이는 앞을 못 보는 어머니를 봉양하면서

---

60 夢見草, 「萬年샤쓰」, 『어린이』 5-3, 1927.3, 44쪽.
61 이태준, 「쓸쓸한밤길」, 『어린이』 7-5, 1929.6, 26쪽.

어렵게 학업을 이어간다. 교사의 질문을 유머로 받아 넘길 수 있는 기지를 보이는 낙천적인 성격인 창남이는 열악한 가정환경 속에서도 웃으며 지낼 수 있는 소년이다. 체육시간에 교복 저고리를 벗어야 할 때, "샤쓰도 적삼도 아무것도 없는 벌거숭이 맨몸"으로 운동장에 나가 맨살을 '만년샤쓰'라는 말로 급우들과 교사를 감동시킬 정도로 이상화된 인물이다. 그러다가 이웃에 화재가 나자 몇 개 남지 않은 옷가지 중에서 샤쓰 한 벌과 버선 한 켤레만 남기고 모두 이웃 사람들에게 나누어 준다. 그 나마 한 켤레 버선마저도 눈이 먼 어머니께 신겨드리고 자신은 맨발에 짚신차림으로 학교에 와서 앞을 못 보는 어머니께는 버선을 신었다고 거짓말 한 것 때문에 참회의 눈물을 흘리고 있다.

인물의 성격 설정이 개성적이고 활달하다는 점에서 당시의 여타 소년소설과는 차별화되고 있는 성공적 작품임에도 불구하고, 마지막 장면에는 여전히 눈물짓고 있다.

③의 「쓸쓸한 밤길」에서도 영남이의 가난과 설움을 진하게 표현하고 있다. 대근이네에게 집을 빼앗기고 온갖 고난을 받다가 끝내 다친 "발목을 절름거리며 울면서" 밤길을 떠나는 영남이의 마지막 모습으로 마무리된다.

소년소설이 처음 발표되고 점차 나름대로의 장(場)을 확장시켜 나갔지만, 주제의식은 '고독과 애상'의 정조를 벗어나지 못한다는 단정적 평가를 받을 수밖에 없는 부분이다.

바로 직전 시대에 힘차게 호출되고 칭송되었던 소년들이 1920년대에 들어 「졸업의 날」에서는 '눈물을 쭉쭉 흘니고 잇는'는 모습이고 「쓸쓸한 밤길」에서는 '한탄과 한숨을 내쉬는' 양상이다. 전체적으로 보면 신식 교육 제도 안에서 근대를 경험하고 있는 소년들이며, 근대 스포츠 등을 통해 신 문명화된 규율 체계를 터득하면서 문명화되어가던 소년들의 이중적인 모습이다. 당시의 극심한 시대변화를 감안한다고 해도 이 간극은 결코 작다고 할 수 없을 것이다. 여기서, 1920년대 소년소설이 '시대적인 절망과 좌절을 표현하고 있다'거나 '일반 문학의 영향으로 패배주의에 물들었다'는 식의 설명 또한 충분하지 않다.

인물이나 주제 형상화에 있어 '씩씩함'이나 '용맹스러움'의 자질 대신 '애상적' 요소가 선택된 것은 지·덕·체로 요약되던 근대 계몽의 인간 기획에 또 다른 국면이 더해졌음을 의미하는 것이다. 이는 소년을 비롯한 아동에 대한 교육의 지향점도 새롭게 조정되고 있었다는 것을 시사하고 있는 것인데, 이전 시대와 다른 정서가 스며들고 있음을 보여주는 것이다.

당시 사회적 담론의 중심주제가 교육론이었고, 교육의 문제는 대개 智·德·體라는 체계로 귀결되고 있었던 것은 분명한 사실이다. 그러나 智·德·體라는 가치만으로 충족되지 않는 부분이 있으니, 정(情)은 이를 충족시키고 智·德·體를 보완하기에 필요하다는 논지가 대두된다.

다시 말해 1920년대 문화운동에서 지·덕·체를 통한 인격수양이 강조되었는데 지·덕·체에는 없는 자질인 정(情)이 더해지는 것이다. 앞에서 살펴본 것처럼 정이 사람다운 모범을 구성하는 요소로서 아동교육을 하는데 주요한 요건으로 제기되었고, '정'이야말로 예술을 감상할 수 있는 실천적 힘으로 인식되었다. 예술을 통해 예술적으로 인성을 다듬는다는 실천이 일어나고 있었다.

거기에다 1920년대 '문화주의'는 처음에 무력주의와 대립하는 것으로, 세계 개조의 모든 이념적 기초[62]로서 이해되었지만, 점차 '인격주의'의 성격을 띠게 되어 방정환의 '조흔사람'은 소년소설 도처에서 나타나게 되었다.

문학의 생명은 곧 情을 지칭하는 것으로 근대 이전과는 다른, 변화된 문학의 개념을 접하게 되고 1920년대 문화운동이 '문화'영역에서의 계몽활동을 통해서 주체를 '사회'적 성원 단위로 개조하기 위한 비정치적 정치운동이었다고 한다면 방정환이 추구했던 '조흔사람'은 다른 사람을 배려하며 살아가는 공동체적 개체, 문화운동이 추구하는 소년상에 부합하는 주체라고 볼 수 있다.

지·덕·체라는 형식에서 간과된 '정(情)'이 더해져서 비로소 전인격적 인간기획이 완성될 수 있다는 데 생각이 확산되는 것이다. 그것이 '정(情)'에 대한 새로운 요청이다. 앞서 살펴보았듯이 1910년 말 이미 "情育을 基勉하라"[63]라는 요청으로 '정'이 새롭게 부각되었고, 1920년대 들어서자마자 아동문학교육에서도 '사람다운 모범을 구성한다'라는 요소로 주목을 받게 되었다. 1920년대 초반에 나타나기 발생된 소년소설에서는 이런 정서의 변화를 담아내고 있다는 사실을 작품 안에서 발견해낼 수 있다.

---

62 1918년 1차 세계대전 종전을 전후로 침략주의·군국주의에 대한 비판으로 '정의·인도'와 '자유·평등'을 내세운 개조주의가 일어나 파리강화회의가 열리게 되고 국제연맹이 결성되는 등 국제 정세변화와 세계사상계에 강력한 영향을 미쳤다. 이 시기 약소민족의 격렬한 민족운동이 일어나면서 제국주의 열강의 지배체제에 대한 비판으로 세계 개혁 주장이 광범위하게 일어났다(박찬승, 『한국 근대정치사상사연구』, 역사비평사, 1997, 179~181쪽).
63 이광수, 「금일 아한 청년과 정육」(1910), 『이광수 전집』1, 삼중당, 1963.

(2) 근대규율과 '정(情)'의 대립

근대적 가치를 가르치기 위해 전근대적(前近代的)인 교육방법을 사용할 수는 없었을 것이기에 '규율'과 '서열'로 대변되는 근대적 교육방법이 학교에 도입되어 실행된다. 학교는 수업이 진행되는 교실과 복도, 운동장 등으로 공간이 나누어지고, 효율적인 지식 전달과 감시를 위해 교단과 학생들의 좌석도 뚜렷이 구별된다. 또한 시간표에 따라 시간도 분할된다. 이와 함께 학생들에게는 각 장소에서 지켜야 하는 규율이 부과되며 이를 어기는 경우 처벌을 받게 된다. 처벌은 학교의 경우 학생들에게 "복종, 순종, 공부와 훈련 중의 주의 집중, 여러 과제와 모든 부분의 규율에 대한 철저한 실천 등을 강요하기 위하여 그들에게 항상 압박을 가할 수 있는 효과를 지닌다.[64]

학생들은 학교라는 공간 안에서 누군가의 명령에 의해서가 아니라 자발적으로 시간, 활동, 신체, 말투 등의 모든 부분을 통제해 나간다. 그나마 운동장이라는 공간에서는 "군데군데 모여 서서 무엇인지 저희끼리 수군수군"하는 행동이 가능하지만, 교실에 들어서면 이조차도 용납이 되지 않는다.

---

64 규율의 구조는 일종의 하위의 형벌제도를 확립해둔다. 즉, 법률에 의해서 공백인 채로 방치되어 있는 공간을 바둑판 모양으로 분할하여 대규모의 형벌제도가 무심히 지나쳐버린 모든 행위들을 평가하고 처벌하는 것이다. (…중략…) 작업장, 학교, 군대에서는 이러한 미시적 형벌제도가 만연되어 있었다. 그리하여 시간(지각, 결석, 일의 중단), 활동(부주의, 태만, 열의부족), 품행(버릇없음, 반항), 말투(잡담, 무례함), 신체(단정치 못한 자세, 부적절한 몸짓, 불결) 및 서의 표현 등의 처벌 사항이었다. (…중략…) 아주 사소한 행동의 부분들까지도 처벌할 수 있는 것으로 만드는 일이 중요"하다. 규율 중심적 권력은 경제성의 획득과 목적 달성을 위해 '감시'라는 수단을 사용한다. 감시를 통해 걸려든 사람들은 처벌을 받게 되는데, 벌하는 것은 훈련하는 것과 같은 일이다(미셸 푸코, 앞의 책, 279~287쪽 참조).

'시간'은 신체를 제도화하는 새로운 관념이 되었다. 교문에 들어서면 '상학종' 소리를 듣고 실내에 들어가 매 시간마다 10분씩의 휴식시간을 갖고 '개학 종'에 따라 수업을 받고 '폐학종'에 맞춰 학교 문을 나오는 것이다. 상학종부터 폐학종에 이르기까지 학교에서 울리는 종소리는 학생들의 움직임을 조절 통제하는 장치로 쓰이고 있다. 소년들이 '학교화'되어 간다는 것은 학교라는 제도를 통해 '규율 훈련'의 과정이 이들에게 침투되어 간다는 의미다. 학교는 교육내용을 따지기 전에 우선 그 자체가 대상을 교정하는 장치의 기능을 가지고 있다. 제각각의 가정환경과 사정을 고려하여 운용되는 시스템이 아니다. 학교는 어린이들에게 시간과 규칙을 지키게 하고 일사분란 한 집단행동을 가르친다. 또 산업사회의 예비인으로 훈련시키는 작용도 한다.

소년들에게 새로운 기회를 부여하고, 새로운 가치를 전수하는 기관으로서의 학교라는 제도는 소년들의 행위를 규율하는 기제이자 기관으로 작동하게 되는 낌새를 눈치 챌 수 있게 되었다.

근대 스포츠는 철저하게 규칙에 의해 경기가 진행되고, 경기를 하는 동안 내내 그 규칙을 준수해야 한다. 만일 경기규칙을 어기게 되면 그에 상응하는 처벌이 주어진다. 경기를 관람하는 사람들도 실은 경기규칙을 즐기는 것이기도 하다. 승점에 의해 승부가 판명되는 과정은 한편으로는 규칙에 예속되는 시간이기도 하다. 제도와 규율에 신체가 억압되는 사실에 직면하게 되는 것이다. 무엇보다 학교교육이 보통교육(普通教育)으로 대체됨에 따라 취학의 문제는 보편적인 사회 관심사인 것으로 인식되게 되었기 때문에 신체를 제재하는 수단인 규율의 문제 또한 보편화되어 갔다.

사람치고 누구나 完全한 사람이 되려면 智識이 豊富하고 情育이 發達되고 德義가 깁고 또 이 세가지를 간직하고 잘 쓰기 爲하야 그 身體가 튼튼하여야 합니다. 이 中에 하나만 不足하여도 그 사람을 完全하다고는 할 수 업는 것이니 智識만 만코 德이나 情이 업스면 못된 여호와 가틀 것이고 그렷타고 德이나 情만 잇고 智識이 업스면 한낫 어리석은 者에 지나지 못할 것이고 또 智, 情, 德만 잇고 身體가 약하야 病에 쓰러지게 되면 그 조흔 智, 情, 德을 능히 담어 쓰지 못할 것이요 그렷타고 身體만 쇠몽둥이가티 튼튼할 쑨이고 아모 智나 情이나 德이 업스면 그는 사나운 말[馬]이나 낫븐 말승량이[狼]가티 될 것이니 우리가 엇지 그럿케 낫브게 되기를 힘쓸 수 잇겟슴니가 智情德體이 여러 가지가 고고루 균일하게 공부를 싸어가도록 힘을 써야 할 것임니다[65]

따라서 위의 인용문에서도 지·덕·체를 구비하되, 근대 규율과 정육(情育)의 균형적인 수용을 권고하는 것이라 할 수 있을 것이다.

① 새와 가티 꼿과가티 앵도가튼 어린 입술로, 텬진란만하게 부르는 노래, 그것은 고대로 자연의 소리이며, 고대로 한울의 소리다.[66]

② 아! 그럿케 몹시 안탁갑게 바라고 기다리던 졸업의 날 갓가왓난데 영호와 함께 깃버할 어머니가 지금 어느 곳에 게심닛가. …… 덧업는 것은 사람이요 가련하기는 영호의 어머니엿슴니다.[67]

65　李浩聖, 「어린이들의運動」, 『어린이』 1-10, 1923. 11, 16~19쪽.
66　「처음에」, 『어린이』 1-1, 1923. 3.

이처럼 1920년대에 들어서면서부터 자연의 대리물이나 자연스러움으로 어린이 또는 소년을 표상화한다. 그것은 애상성을 예상하게 한다. 소년소설 안에서 어떠한 고난도 이겨내는 입지적 인물들은 '눈물'을 흘리고, '부끄러워'하고, '슬픔'에 젖어 있다.

영호는 홀어머니의 '품바느질'로 어렵게 고보(高普)과정을 이수하지만, 영예의 우등 졸업장을 안겨드릴 어머니는 이미 이 세상을 하직했다. "영광된 졸업식장에 어머니가 참석하지 못"하는 것 때문에 영수는 "굵은 눈물을 뿌린"다. 앞선 연구에서는 이런 모습을 '영웅적 인물이 보여주는 애상성'이라고 설명해 왔다. 그런데 초기 소년소설에서 표면적으로 드러난 '눈물', '애상' 등의 감상주의를 좀 더 세밀하게 들여다 볼 필요가 있다. 즉, 초기 소년소설의 정서를 일제식민시대와 결부시켜 "나라잃은 백성의 애상"으로 몰아버리거나 "현실을 돌이켜보고 미래를 내다보지 않은 채 한숨과 눈물로 진단"해버려서는 안 될 것이었다. 주인공 인물에 대해서도 막연하게 '이상주의나 영웅주의에 빠지기 쉬운 시대였다'라는 하나의 논리로 치부해버릴 수 없는 문제였다. 천도교 청년회를 중심으로 시작된 '소년운동'의 취지도 물론이거니와 『어린이』에서 꾸준히 제기되는 주장이 초기 소년소설의 정서를 설명하는데 도움이 된다.

조선의 소년소녀 여러분의게 특히 바라는 것은 이 패긔를 가지라는 말슴 이외다. 나는 잘낫다! 나는 굿센 사람이다! 네가 한 개를 짜리면 나는 두 개를 도로 째려주리라 하는 굿은 신념과 용긔를 가져주기를 바란다는 말슴입니다.[68]

---

67 잔물, 「卒業의 날」, 『어린이』 2-4, 1924.4, 21쪽.
68 金東煥, 「尙武的少年이되라」, 『어린이』 6-1, 1928.1, 29~30쪽.

'굳센사람', '용기', '패기' 등의 자질을 꾸준히 당부·요청하면서도 텍스트에 드러났던 '눈물'과 같은 정서는 액면 그대로의 '눈물'이라고 말하기는 어려운 점이 있다. 시대적 담론이 다르게 작용되어 있는 것을 간파해야 하는 것이다.

1920년대 초기 소년소설 중심인물들이 보여준 심리적 특질은 '동정(同情)'의 감정이 채택되고 있는 것이다. '패기있는 소년'이 될 것을 끊임없이 요청하는 위의 담론을 고려해 볼 때, 어떤 패배의식보다 더 우월하고 숭고한 예술적 정서를 상정해 보지 않을 수 없는데 그것은 '동정(同情)'이라는 정서로 설명할 수 있겠다.[69] 동정(同情)은 근대 사상의 유입과 함께 변형된 개념으로 당시 가장 도덕적이고 숭고한 개념으로 인식되며[70] 물질적 실천을 중요하게 여기는 방향으로 나아간다. 이는 타인의 고통을 내 것처럼 여길 수 있는 상상력, 타인의 세계와의 소통을 위한 과정으로 이해할 수 있다.[71] 즉, 전대(前代) 문학적 유산들을 수용한 막연한 '고독과 애상'이라기보다는 타인과 소통하려는 하나의 정서적 장치로 보는 것이 더 타당할 것이다.

이상과 같은 논의를 바탕으로 해서 초기 소년소설을 살펴보면 규율이라 할 수 있는 근대의 교육과 제도와 스포츠로 단련되고 연마된 소년

---

69 박성애, 「1920년대 소년소설 연구」, 서울시립대 석사논문, 2009, 59쪽.
70 김성연, 「한국근대문학과 동정의 계보」, 연세대 석사논문, 2002, 10~14쪽 참조.
71 동정은 'sympathy'의 역어로 사용되면서 단순한 '연민'이나 '안타까움' 등과 다른 '불쌍하다고 여기는 것'의 의미를 갖게 된다. 그러나 동정이라 함은 '어머니가 아들의 당하는 苦와 樂을 자기가 당하는 것 가티 녀김'이라는 의미를 지니는데 이는 "타인의 고통을 내 것으로 여길 수 있는 '상상력', 그러니까 일종의 환영을 통해서 작동"하고 타인, 그리고 세계와의 소통을 위한 과정으로 이해할 수 있다(섬메, 「무정한 사회와 유정한 사회」, 『동광』 2, 1926.6; 손유경, 「한국 근대소설에 나타난 동정의 윤리와 미학에 관한 연구」, 서울대 박사논문, 2006, 16쪽 참조).

들이 눈물을 뚝뚝 흘리고 있거나 슬픔에 젖어서 한탄을 내뱉고 있는 모습이다. 근대적 '규율'과 '동정'이 서로 길항적으로 작용하고 있어서 소설 구성에서나 인물의 성격에서 정체현상이 빚어지거나 매우 이상화되어 나타나고 있다. '용기'와 '패기' 등으로 소년인물을 형상화하거나, 온갖 고난과 어려움을 견뎌내는 주인공을 '씩씩하게', '힘차게' 등으로 고무 격려하다가 결말에서는 '눈물'을 뚝뚝 흘리고 있거나 '부끄러워'하면서 '슬픔'에 젖어있는 모습으로 마무리된다.

초기 소년소설의 이런 인물들을 '영웅주의'라거나 '눈물주의'로 양분화해서 단정할 수 없다. 두 가지의 상반된 정서가 복합적으로 나타나는 것은 당시에 활발하였던 담론이 대립하고 있어서 길항적으로 작용하고 있다고 봐야 하기 때문이다. 앞서 밝혔듯이 지육·덕육·체육 중에서도 '체육'이 상무정신과 잇닿아 가장 강조되었던 것은 사실이다. 여기에 소년의 예술교육으로 '정'의 중요성이 제기되었고, 개인의 내면을 움직일 수 있는 것이 '정'의 기능으로 이해되었던 것은 앞에서 이미 살펴본 바다. 이런 담론의 길항작용은 초기 소년소설에서 매우 이상화된 인물을 만들어내게 되었고 '영웅주의'나 혹은 '눈물주의'로 오인하게 하도록 했다고 볼 수 있다.

4) 규율과 '정(情)'의 투영–새 소년

초기 소년소설 주인공들은 대부분이 어려운 가정환경에서 편부모이거나 혹은 편조부모 슬하, 그렇지 않으면 고아[72]로 설정되어있고, 이들

주인공들은 불우한 자신의 처지를 극복해내려고 노력할 뿐만 아니라, 주변 사람들을 영향을 끼쳐 교화시키기기도 한다. 주인공들은 한결같이 품성이 바르고 어려움 속에서도 학업성적에서 일등을 놓치지 않으며, 자신보다 더 어려운 동무를 보면 선뜻 도와주는 모범생이고, 선도자(先導者)이기까지 하다.

초기 소년소설의 인물들은 이처럼 매우 이상화되어 나타나는데 이런 주인공으로는 대표적 인물은 「야구빵 장수」의 성남이 있고, 「만년샤쓰」의 창남이, 「귀여운 희생」의 영식이, 「창수의 지각」 창수, 「아우의 변도」에서 순길, 「아름다운 희생」에서 임순 등이 그들이다. 이런 현상은 특히 『어린이』에 실린 소년소설 주인공에서 두드러지게 나타나고 있다.

① 성남이는 조금도 붓그러운 빗이 업시 四방을 휘돌아 보더니 쏘 공쮠 손을 놉히 들고 생긋 우섯다. "간다!!" 하고 소리치자 활살갓흔 쏠은 어느듯- "스트라익 원!" "스트라익 투!" "스트라익 아웃!!" 세 개를 던지쟈, 쏘 아웃이엿다. 각 첨을 직히는 수비와 쎄트는 그냥 장승갓치 서서 할 일이 업섯다.

"아- 장하다! 너의 위대한 침묵(沈默)- 숨겨두엇든 기술! 덕택으로 우리 학교의 명예는 회복되엿다!" 교장은 성남이의 손을 잡고 엇더케 감사해야 조흘지 몰라하엿다.[73]

72 1932년 7월호 『어린이』에 의하면 이때 전국 고아가 2만여 명인 것으로 추산되었다. 이 글에 의하면 "지난 五월달 신문에 난 것을 보면 전 조선에 고아(孤兒)가 二만여 명 이상이 된다고 하엿습니다. 조선의 인구 二천만 가운데 어린이가 六백만이요 이 六백만의 어린이 가운데 고아가 二만이 넘는다 하니 얼마나 놀라운 일이겟습니까?"라고 했다(馬達, 「全朝鮮에 孤兒 二萬餘名」, 『어린이』 10-7, 1932.7, 5~6쪽 참조).
73 문인암, 「野球 빵 장사」, 『어린이』 4-12, 1926.2, 68쪽.

② 보통 때 가트면 쒸여나릴 넘의도 못 할만치 빠르게 닷는 차에서 갑자기 쒸여나린 것이라 영식이는 그만 눈구뎅이에 가 나둥그러젓슴니다. (…중략…) 영식이는 어린 군밤장사를 등에다 업고 그 우에 다만 쪼를 두른 후 의사에게 감사치하를 하고 병원문 밧글 나섯슴니다. (…중략…) 영식이 이마에서는 구슬가튼 쌈이 비오듯 흐르고 발바닥은 쓰거운 불을 드듸고 가는 가티 홧홧거렷슴니다.[74]

③ 順吉이는 ××고등보통학교 삼년생이엿슴니다. 공부도 뛰여나게 잘 하엿지만 야구에 잇서서도 재조가 귀신캇해서 일약 명선수(名選手)가 된 것임니다.

"할긔(活氣)와 순정(純情)을 긋까지 직히려는 소년들이 쌔긋한 정신- 쌔긋한 혼(魂)을 위하야 가장 의(義)롭게 싸워야 할 신성한 싸홈이다. …… 그렷타면 이 거륵한 싸홈- 이 신성한 싸홈에 엇더케 내 자신을 위하고 내누의를 위하야 그 싸위 불의(不義)의 짓을 할 수가 잇스랴"[75]

④ ○○고등보통학교 一년 급의 을조(乙組) 창남이는 반중에 뎨일 인긔(人氣) 조흔 쾌활한 소년이엿다. 일홈이 창남이요 성이 한(韓)가 인고로 안창 남 씨와 갓다고 학생들은 모두 그를 보고 비행가 비행가 하고 불르는데 사실상 그는 비행가갓치 싀원스럽고 유쾌한 성질을 가진 조흔 소년이엿다.[76]

---

74 이정호, 「貴운여 犧牲」, 『어린이』 7-2, 1929.2, 65~67쪽.
75 이정호, 「正義의 勝利」, 『어린이』 7-5, 1929.6.
76 몽견초, 「萬年샤쓰」, 『어린이』 5-3, 1927.3, 39쪽.

인용문 ① 「야구빵장수」에서 성남이는 방과 후에 빵장수를 하는 것이 친구들에게 알려져 '빵장수'라고 놀림을 받는다. 그런 중에 학교대표 야구선수로 선발되어 유니폼도 입지 못하고 마운드에 섰는데, 바지저고리를 입었다는 이유로 조소를 받지만 경기를 승리로 이끈다. 교장선생님이 성남이를 치하하자 "상대학교 선수들의 실수가 많았을 뿐"이라는 겸양도 갖추었다. 게다가 빵장수를 하게 된 이유가 이웃의 어린학생을 돕기 위함이었다는 사실까지 알려져 학교의 자랑이 된다.

② 인용문에서도 영식은 자신도 어려운 처지이지만, 자신보다 더 어려워 보이는 어린 군밤장수 소년을 돕는 의로운 소년이다.

③에서 순길이는 김변호사로부터 압력을 받고 경기 중에도 고민하지만 결정적 순간에 결연하게 결심을 한다. 순길이는 '깨끗한정신- 깨끗한혼(魂)을 위하'는 운동인 것을 알았고 순정한 마음을 끝까지 지켜내야 한다는 다짐을 한다. 이 싸움이 거룩한 싸움이라고 생각하고 있으며 그래서 자신을 위해서, 또 자기를 위해서 희생하고 있는 누이를 위해서라도 불의를 거절하겠다고 결의를 다지면서 결연한 자세로 경기를 마치고 선전을 한다. 그러자 김 변호사는 순길의 진실한 마음에 오히려 감동했다면 자신의 어리석음을 뉘우친다.

④의 「만년샤쓰」 주인공 한창남은 우리나라 최초의 비행사 안창남과 이름이 비슷해서 별명이 '비행가'가 되었고, 성격 또한 시원해서 급우들 사이에서 인기가 높다. 어려움에 좌절하고 주저앉기보다 이웃을 도우며 씩씩하게 살아가는 창남이 모습이 당시의 눈물주의나 감상주의의 주류와는 전혀 다른 캐릭터로 부각되고 있다. 어려운 현실을 여유롭게 그리고 정면으로 받아들이고 있다. 그래서 오히려 작가가 의도

적으로 설정 했다는 인상이 강하게 드는 인물이다. 교복 윗저고리 안에 입을 '샤쓰' 한 벌이 없는 가난한 환경에서 어머니마저 눈이 멀어 앞을 못 보는 곤궁한 소년이다. 교복 상의 양복저고리를 벗어야 하는 체육시간에 맨몸을 드러내면서 '만년샤쓰'라고 말할 정도로 유머와 여유와 기지를 갖춘 인물이 '창남'이다.

낙천적이고 유쾌하고 심지어 장난기까지 갖춘 주인공 창남이는 근대적 규율과 '情'의 윤리가 결합되어 탄생된 대표적인 인물이라 할 수 있다.

그동안의 '창남'이에 대한 대체적인 평가는 창남이의 낙천적 성격에 집중해서 1920년대의 애상성과 한숨의 정조를 극복했다는 정도의 긍정적 평가가 있었지만, '창남'이가 보여주고 있는 '특이하다' 할 정도의 성격 때문에 어색하게 만들어진 인물, 정상적인 인간의 모습에서 벗어난 과장된 아이, 감정이 생략된 기계적인 아이라는 비판[77]이 따라다녔다.

'창남이'를 긍정적으로 평가하는 글에서도 인물의 성격이 특이하게 형성되는 타당한 근거와 배경을 제시하지는 못하였다. 게다가 전대(前代)소설과의 연속선상에 의거해 소년소설의 인물들을 '고전 소설의 영웅적 인물'로 귀결시키기도 했다. 이렇게 텍스트를 평면에서 해석하면 소년소설 인물의 의미가 협소해진다. 초기 소년소설에서 인물은 전대 소설에서 연장된 영웅 형 인물이라기보다는 문화기획에 의한 근대적 소년상으로 보는 것이 타당할 것이다.

적어도 방정환의 소년소설 인물분석에서 과거지향적 평가는 온당하지 않다고 본다. 방정환, 이돈화, 김기전[78] 등은 『개벽』의 창간(1920) 동

77　이재복, 「밥대신 꽃을 선택한 낭만주의자」, 『우리 동화 바로읽기』, 한길사, 1995, 19쪽.
78　김기전은 1920년 6월부터 『개벽』의 주필을 맡으면서 어린이 운동에도 관심을 가지기

인으로 대표적인 천도교 청년회원들이었고 개혁주의자들이었다. 이들 문화주의자들이 이끌었던 초기 『개벽』에 나타났던 지식담론의 표어가 '전통으로부터의 단절'과 '개조', '세계주의'였던 것은 당연한 일이었다.[79] 계몽담론에서 당시에 자주 사용되었던 뇌수(腦髓)에 관주(灌注)한다[80]는 표현처럼 신지식, 신문명, 신사상의 세례를 무한히 받은 소년들의 근대화된 새로운 행동양식이라고 볼 수 있다.

방정환은 소년문예운동 초기에 소년들을 향해서 꿈과 이상을 가질 것을 누구보다 절실히 염원했다. "꽃과가티 어여쁘기"를 바랐고, "눈물과 한숨을 거두기를 바랐던" 방정환 초기 소년소설의 '눈물주의'는 '情'의 활발한 적용이며, 예술적 감수성의 투영으로 설명할 수 있을 것이다.

그리고 방정환은 「어린이 노래, 불켜는 이」[81] 번역에서 이미 이타적(利他的)인 소년상을 구체적으로 언표화 했다. '아버지는 은행가로 돈을 모으고, 언니는 대신(大臣)이 되고 누나는 문학가가 된다면 나는 무엇이 될까? 거리를 돌아다니며 장명등(長明燈)에 불을 켜서 구차한 집도 어려운 집도 훤하게 밝혀 행복하게 해주리라'라며 '조흔 사람'의 모습을 극적으로 나타내보였다. 그런 점에서 창남이는 방정환이 강조했던 '조

시작했고 「長幼有序의 末弊」(『개벽』, 1920.7), 「개벽운동과 합치되는 조선의 소년운동」(『개벽』, 1923.5) 등의 논설을 발표하면서 어린이 해방을 주장한다. 김기전은 '어린 사람도 역시 사람'이라는 해방론으로 '조혼 금지', '어린이에게 경어사용' 등을 주장했다.

79 천도교는 근대화의 과제를 절실히 안고 있었는데, 천도교 자체 내의 근대화 작업은 일제의 문화정치가 시작되면서 본격적으로 모습을 드러냈다는 점에서 그렇게 볼 수 있는 것이다(김건우, 「『개벽』과 1920년대 초반 문화담론의 형성」, 『한국현대문학연구』 19, 한국현대문학회, 2006, 171~172쪽 참조).

80 "今日形便이 敎育時代라 稱하야 靑年子弟의 腦髓를 劈破호고 新學問을 灌注홀 思想이 懇切한 時代이라"(「敎育上大注意」, 『만세보』, 1906.10.10).

81 잔물, 「어린이 노래, 불켜는 이」, 『개벽』, 1920.8.

혼 사람'의 표상이다.

'창남이'를 비롯한 초기 소년소설의 인물들은 이 시대적 담론을 충실히 담아내고 있는 인물의 한 유형이다. 신식교육과 신식문물로 무장된 새로운 소년의 모습인 것이다. '신기할 정도'의 야구실력을 발휘하는 소년, 온순하고 성실하지만 남을 위해서 전차에서 뛰어내릴 수 있는 소년, 몸 하나 부칠 곳이 없는 가난한 환경에서도 우등 졸업을 하는 학생, 간곤한 고아 소년이 원산에서 걸어서 서울에 입성하고, 고보 입학시험에 당당히 합격하는 소년들이다.

이 소년들은 근대의 기획에 의해서 제작되고 정(情)에 의해 개조된 신 인간형, 새소년인 것이다. 그래서 신문화의 세례를 받은 신인(新人)으로서의 '새소년'으로 보는 것이 더 타당할 것이다.

2. 프롤레타리아 이데올로기 지향과 '투쟁 소년'

1920년대 중반 이래 소설의 주조(主潮)를 이야기함에 있어서 결코 간과할 수 없는 사실은 프롤레타리아 문학운동일 것이다. 사회주의적 사실주의 예술창작방법은 민중성과 계급성, 해방성 세 가지 필수 요건에 입각해 창작된다는 것은 주지하는 바다.

계급주의 아동문학 또한 이와 같은 프롤레타리아 문예미학에 의거해 반제(反帝), 반봉건(半封建)의 모순극복[82]을 강조하면서 궁극적으로는 민족해방투쟁목적을 분명히 하였다. 그런 점에서 계급주의 아동문학은 제국주의 파시즘적 전횡에 맞선 민족해방투쟁이자 민족독립운동의 일환으로 평가해야 하는 것이 보다 민족문학사적 맥락에 적합하고 온당한 시각[83]이라는 입론이 가능해지는 것이다. 그러면서 문학의 독자성보다는 계급이념을 강조하고 있기 때문에 문학적으로는 분명히 한계가 있다는 주장과 양립하게 되었다.

프롤레타리아 아동문학에 대한 그간의 연구에서는 계급이념의 강조로 인한 문학성 상실과 도식적인 결말 그리고 섣부른 낙관적 전망에 대한 문제는 계속 지적되어온 터였다. 또 문학적 여과장치를 통과하지 않은 현실을 소설에 그대로 반영한 결과 '아동을 수염난 총각'으로 만들어 버렸다는 지적을 꾸준히 받게 되었다.

그러나 프롤레타리아 소년소설이 차지하는 비중은 결코 작지 않다. 무엇보다 카프가 결성되고 해체되기까지 10여 년간 리얼리즘문학을 적극적으로 실천하여 아동문학 문단을 뜨겁게 달구었고, 프롤레타리아 이념으로 편향되기는 하였지만 '아동문학'의 개념에 대한 논쟁이 치열하게 일어났기 때문이다.

프롤레타리아 문학운동의 특징으로 첫째는 가난, 빈곤의 문제가 서사의 핵심이 된다. 그런데 이 가난의 문제는 이원론적인 계급으로 인해서 발생되는 구조적인 문제라는 것을 확인해야 할 필요가 있다.

소년소설에서도 가난과 이원론적 계급구조는 민족이 흩어져 유랑하

82　졸고, 「카프 童話硏究」, 경상대 석사논문, 2004, 17쪽.
83　임성규, 「1920년대 중후반 계급주의 아동문학 비평연구」, 『아동청소년문학연구』 3, 한국아동청소년문학학회, 2008.

도록 만드는 원인이 되었고, 가난과 빈곤, 불합리하면서도 억압적인 지배구조에 대한 분노는 폭력성 노출의 원인으로 서사 전개과정에서 여실히 드러났다. 또 하나, 서사의 무대가 한반도의 지형을 훌쩍 뛰어넘어 광활하게 펼쳐져있다. 이는 민족의 유민화(流民化)라는 매우 간곤한 이유가 바탕이 되어있지만, 1920~30년대가 아니면 이루어 낼 수 없는 서사적 공간이다. 프롤레타리아 문학운동의 또 다른 특징은 단계별 전개과정[84]이 그 어떤 문학의 갈래보다 분명한 연대기적 기록을 보유한다는 것이다. 생성과 소멸, 부흥과 쇠퇴의 과정이 단계적 절차를 가지고 있다. 소년소설의 전개과정 또한 카프 문예운동의 발전과 쇠락의 궤적을 거의 밟았다고 할 수 있을 것이다. 프로문학의 등장이 1920년대 문학 장의 질서를 재편하는데 기여한 것은 분명하다. 이 글에서는 특정 이데올로기의 관점에 입각해서 접근하는 것이 아니라, 실제로 발화된 담론과 서사적 특성을 분석함으로써 문학 장이 그러한 대립 구조로 재배치되는 과정을 고찰 하는 일에 우선순위를 두고자 한다. 그런 점에서 카프 소년문학의 서사적 특성을 개별 작품 안에서 살펴보고자 하는 것이다.

---

84 프롤레타리아 문예운동은 2단계 혹은 3단계로 구분하여 설명하고 있는데 안재좌의 3단계는 프롤레타리아 문학운동의 역사적 흐름을 이해하기에 용이하다. "朝鮮프롤레타리아 예술운동은 三朝로 分하야 볼 수 있나니, 그 제1기는 自然發生的으로 由한 조선문단에의 新傾向派的 대두이니 이는 곧 1920년대 일이다. (…중략…) 1925년에이르러 '朝鮮 프롤레타리아 藝術聯盟'이라는 형태로 신등장하게 되는 것이다. 곧 그들은 제2기적 目的意識으로 들어오게된다. (…중략…) 小市民性과 인텔리겐챠적 발달을 거쳐오던 조선프롤레타리아 운동은 1927년대 제3기로 入 하게되었으며"(안재좌, 「삼일년의 조선프로예술운동」, 『동광』 28, 1931.12, 18~19쪽).

1) 프로 아동문학의 시작과 방향

프로아동문학은 카프 문학운동의 흐름과 함께 시작되었다. 카프 1차 방향전환과 때를 같이하여 소년문예운동의 방향전환론이 나오고, 1927년 9월에 조직을 개편하면서 카프 산하에 문학·영화·미술·음악·연극분과를 두게 된다. 그리고 문학 분과 아래에 아동문학 분과를 설치한다. 아동문학의 산문분야는 송영이 담당했고 운문분야는 박세영이 담당하였으며 이동규, 정청산, 홍구와 같은 신인들이 작품토론회를 열어 활성화되어갔다.[85]

프롤레타리아 아동문학은 카프의 기관지 격인 『별나라』[86]를 중심으로 펼쳐지는데 카프에 소속된 회원들이 중심이 되었지만, 계급주의 이념의 영향권에 있는 아동문학가들이 적지는 않았다.

『별나라』는 '가난한 동무를 위하야 갑싼잡지로 나오자'라는 슬로건을 내걸었고 '무산계급 소년들을 위한다는 목표'를 철저히 했다. 이러한 편집방향은 해가 더해질수록 극심해져 프로이념은 더 맹렬해졌다. 그래서 이념에서 중립적 편집방향을 보였던 『신소년』이나 1931년 방정환 사후 (死後) 『어린이』도 프롤레타리아 이념으로 경도되는 현상을 보였다. 『별나라』는 송영(宋影), 박세영, 권환을 비롯하여 카프의 기성문인들이 대거 참여해 계급주의 아동문학을 적극적으로 표방해 나갔다. 특히 권환(권경

---

85 송영이 1956년 북한에서 발표한 『해방 전의 조선 아동문학』(교육도서출판사, 1956.7) (심명숙, 「한국 근대아동문학론 연구」, 인하대 석사논문, 2002, 35쪽에서 재인용).

86 통권 80호로 종간(1926.6~1935.2). 주간 안준식과 박세영이 창간. 창간초기부터 無産 아동을 위한다는 취지로 사회주의적 계급의식을 철저하게 나타낸 잡지. 안준식·박세영·이기영·송영·이주홍·임화·엄흥섭·이동규 등 프로문인들이 활동했다 (이재철, 『세계아동문학사전』, 계몽사, 1989, 144쪽 참조).

완)은 비교적 빠른 시기에 「아버지」(『신소년』, 1925.11), 「언밥」(『신소년』, 1925.12), 「마지막 웃음」(『신소년』, 1926.4) 등의 일련의 소년소설을 발표하면서 프로 소년문예운동을 개척해 나간다. 이들 작품들은 『별나라』의 초기 잡지를 구하지 못하고 있는 현재의 상황에서는 프롤레타리아 소년소설로는 가장 빠른 시기에 발표된 작품으로 볼 수 있다.

프로 아동문학의 방향은 "소년문학도 역시 문학인 이상 기본적인 조건을 써나서는 안된다"는 전제를 확실히 하고 있었다. 이는 문학의 보편성을 말하고자 하는 것으로 받아들여질 수 있지만, 실상은 노동 소년이나 가난한 집의 소년·아이들을 가르치겠다는 한정을 되풀이 한 것이고 "「소년문학」이 이들의 문학인 것"[87]이라고 밝혀 대상의 구분을 확실히 하였다. 이런 소년문예운동 전반을 추동하는 미학적 이념은 '당파성'으로 압축된다. 당파성이란 당대의 역사적 현실을 바탕으로 한 삶의 구체적 문제와 경향에 대한 구체적 태도 결정이라고 정리할 수 있다.[88] 프롤레타리아 소년문학이 무산계급소년의 편에서 '빈곤' 혹은 '가난'의 문제를 핵심으로 다룰 수밖에 없는 것은 이런 이념을 배경으로 하고 있기 때문이다. 그래서 서사적 사건의 모든 인과관계가 가난을 축으로 해서 빚어지게 되는 것이고, 사회 전체적인 문제를 무산계급의 소년들에게 부여하고 있다.

프로 소년문예운동이 '나라 잃은' 소년들의 현실에 좀 더 다가가려고 노력했던 것에서는 분명한 의의를 찾을 수 있다. 식민지 조선이 갖는

---

87 박승극, 「少年文學에對하야 二」, 『별나라』 9-1, 1934.1, 29쪽. 박승극의 이 글은 카프 창작방법 논쟁이 시작된 이후의 글이라서 좀더 주목하게 되는데, 목적의식에서는 한 발 물러나고 '문학의 본질'을 거론했다는 점에 유의할 필요가 있겠다.
88 김재용, 「프로문학론의 전개양상」, 『카프문학운동 연구』, 역사비평사, 1989, 27쪽.

정치, 경제적 억압과 빈곤이라는 문제를 객관적 전체성과 연관 지어 표현하려 했고, 그에 따라 전체 아동을 무산소년계급으로 환치시켜 작품을 쓰는 것으로 문학적 과제를 해결하려 했던 것이다. 소년들이 그들의 저항정신을 투쟁과 같은 행동으로 직접 옮기지는 못하였지만, 자신들을 억압하고 있는 계층구조에 대한 자각이 있었고 '민족해방투쟁'이라는 목적의식은 분명했다.

프롤레타리아 아동문예운동도 카프 제1차 방향전환과 때를 같이하여 이론은 투쟁적이 되었고 월평, 연간평 등을 발표하여 1920년대에는 보기 드물게 아동문학 비평이 발표되어 아동문학 장을 뜨겁게 달구었다.

프롤레타리아 아동문학에서는 동화보다 소년소설의 발표량이 월등히 많았는데,[89] 낭만주의적 산물인 동화보다는 사회 현실이 짙게 반영된 소년소설이 사회성을 드러내기에는 더 적합했을 것이라는 이유와 때마침 일어나기 시작한 아동문학비평론의 영향[90]도 크게 작용되었을 것으로 해석된다.

---

89 당시의 소년소설과 동화의 발표량의 비교한 내용. 二十篇의 少年小說, 童話를 分類하여 보면 貧窮의 悲哀를 쓴 것이 八篇, 有産階級을 咀呪한 것이 四篇, 階級意識을 鼓吹한 것이 二篇, 排他思想을 發露케 한 것이 二篇, 自己意識을 覺醒케 한 것이 二篇, 自立의 情神을 讚揚한 것이 三篇, 寬容의 美德을 賞讚한 것이 一篇이었다(紫霞生, 「輓近의 소년소설 급 동화의 경향」, 『조선』, 1930.7.11).

90 계급주의 아동문학시기는 그 어느 때보다 비평이 활발하게 전개된 시기이다. (…중략…) 그 어느 시기보다 많은 문제 의식을 가지고 아동문학 비평을 전개하였다. 1920년대 중반의 소년운동과 소년문예 운동의 방향전환론에서 시작한 계급주의 아동문학론은 20년대 초의 낭만적 동심주의 아동문학을 비판하면서 아이들 현실을 아동문학에 담아내려했으나 나중에는 지나치게 어린이들의 계급성만을 강조하는 방향으로 흘러서 동심을 잃는 결과를 가져왔다(심명숙, 「한국 근대아동문학론 연구」, 인하대 석사논문, 2002, 60쪽).

在來 一節의 少年文藝作品은 어린이들이 얻을 이익은 하나도 없다. 있다면 虛構한 空想고 封建的奴隷觀念과 충군적 제국의 관념밖에 없다. (…중략…) 童話 한 가지를 써도 제일 출발점은 나라의 高城이요, 요술 할멈의 집이요 (…중략…) 임금님, 왕자, 왕녀 列擧하면 不知其數이고 (…중략…) 虛無孟浪한 글을 그렇지 않아도 好奇心 많고 純眞한 어린이들을 보이며 읽혀오지 않았는가? (…중략…) 이후부터는 이 모든 一體의 空想的 觀念을 버리고 오로지 現實과 排斥되지 않는 作品을 써야하며 읽혀야 할 것이다.[91]

당시의 대표적인 비평가 송완순은 왕자, 왕녀, 임금님, 高城, 요술할멈 등의 동화적인 요소들은 '허무맹랑'한 것으로, '현실에서 배척'해야 할 것이라고 했고 '在來 一節의 少年文藝作品은 어린이들이 얻을 이익은 하나도 없'다는 말로 낭만주의의 산물이라 할 수 있는 동화의 환상성이나 공상성을 겨냥하는 발언을 했다. 이는 계급주의 아동문학가들과 비평가들이 이전 시대와는 다른 이데올로기를 아동들에게 주입하기 위한 토대 마련으로 볼 수 있다. 즉 계급주의 아동문학가들은, '어린이는 천사가 아니라 어른과 같이 사회 현실 속에서 고통 받고 살아가는 존재이기에 이들 아동들도 계급의 영향을 받을 수밖에 없으므로 동심에도 계급성이 있다'는 아동관을 꾸준히 강조하고 있었다.

兒童을 社會 文化에서 隔離케 하여 一種의 現實的 無用之物로 造成하는 것이요, 現代에 對한 倍增的 考察을 忘却한 것이다. 이제 우리는 '童心은 現

---

91 송완순, 「공상적 이론의 극복」, 『중외일보』, 1928.1.29~2.1.

實的 社會 情勢의 反映'이란 것을 銘心하자. (…중략…) 거기 따라 童心의 階級性이란 것이 容認될 것은 너무나 쉬운일이 아닌가.[92]

카프 작가들은 아동문학에서 공상 요소를 부정하기에 바빴다. 소년 소설 발표가 많아질 수밖에 없는 이런 주장은 '동심'이라는 것도 현실의 사회정세를 반영하는 것이라고 분명히 밝힘으로써 프로아동문학의 성격을 더 강조하였다.

계급주의 아동문학시기에는 현실의 문제를 드러내기에 적합한 소설이 채택되어 소년소설의 창작비중이 더 높아지게 된 것이다. 실천과 분리된 이론은 한갓 관념적이고 공상적이 된다는 이유로 공상적 요소는 현실에서 무용지물로 비판이 되었다.

이 글에서 다루고자하는 프롤레타리아 소년소설의 기준은 『별나라』와 『신소년』 및 동시대의 일간지 등에 수록된 카프계열 작가들의 작품을 우선으로 하고, 1930년대 이후 『어린이』에 실렸던 계급주의 성향을 나타낸 작품을 거론하기로 한다.

2) 계급각성과 이념지향

프롤레타리아 문예창작방법상의 특징이라면 계급간의 이원적 갈등을 예각화시키고 있는 것이라 할 수 있다. 사회의 빈부 혹은 지배와 피

---

92   신고송, 「동심의 계급성」, 『중외일보』, 1930.3.7~9.

지배의 대립적인 양극의 관계를 드러내거나, 그러한 지배 체제가 현존하고 있다는 사실을 독자들에게 알리려고 무던히 노력하는 점일 것이다. 이는 소년소설에서도 예외가 아니어서 현실생활 테두리 안에서 부당한 지배체계가 일정 정도 존재한다는 사실을 부단히 경고하였고, 아동문학도 계급의 현실을 반영해야 한다는 요구가 계속되었다.

아동문학에서 계급성의 문제는 동시 · 동요의 내용 형식 논쟁[93]에서 촉발되었다고 할 수 있다. 계급성의 내용은 '過擧에 解釋해 온 實로 曖昧한 童心觀을 破碎'하는 것이고, 童心의 現實性과 單純性을 말하여 동심의 階級性에 傳導하는 手段'이라는 내용으로 강조되었다. 즉 과거의 부르주아적인 동심관은 애매하다는 비판이 따랐고, 절대다수의 무산계급 소년들의 이익을 표방하는 내용이라야 진정한 소년문학으로 평가하겠다는 강경한 주장도 이어졌다.[94] 창작방법에서 "프롤레타리아 이데올로기를 파악했느냐 안했느냐"의 문제가 평가의 주된 기준이 된 것인데 프로 이념을 제대로 수용하지 못하였을 경우 호된 비판[95]이 따랐다.

93　1930년대 초반 동요와 동시가 내용과 형식에 있어서 같은가 다른가 하는 문제로 논쟁이 이어졌다. 신고송의 「새해의 동요 운동─동심 순화와 작가 유도」(『조선일보』, 1930.1.1~3)에서 '정형률과 자유율'로 동시와 동요의 차이를 제기하자 李秉岐는 「동요, 동시의 분리는 착오」(『조선일보』, 1930.1.24)에서 "定型律 自由律의 사용은 作家如何에서 표현을 달리하는 것"이라는 반박을 시작으로 윤복진, 송완순 등이 합세하였다. 이 논쟁은 동요 · 동시가 정형률을 넘어 자유시로 나아가야 한다는 동의를 이끌어냈고, 20년대 감상주의 동요를 비판하고 동심의 계급성을 강조하면서 자유율 동시를 인정하는 성과는 있었지만, 논쟁이 치열해질수록 논의의 중심이 '동심의 계급성' 강조로 치닫게 되었다.

94　장선명, 「신춘동화개평」, 『동아일보』, 1930.2.7. 신춘문예 당선작품을 평하는 이 글의 서두에도 "동화를 평하여 가치를 결정함에 있어서 절대다수인 무산계급 소년의 이익을 대표하고 그들의 이지와 정신을 성장케할 사회적 요소를 포함한" 글을 평가하겠다는 의도를 밝혔다.

95　유재형, 「조선 · 동아 양지의 신춘당선동요만평」, 『조선일보』, 1931.2.8. 신춘당선 동요를 평하는 지면에서도 "프롤레타리아 이데올로기를 파악했느냐 안했느냐가 나의

카프 작품 대부분이 이원론적인 계급구조를, 인물 간의 갈등을 통해 드러내는데 있었고 이 계급적 모순을 깨닫게 하는 것이 일차적인 목적이었다. 소년인물들이 각성에 도달하는 과정도 외부의 교도에 의해서이거나, 개인적 자각에 의해 사실에 근접하는 두 가지 방향으로 나누어진다. 다음에서는 각성의 과정을 통해 프로 소년소설의 구조를 살펴보고자 한다.

(1) 외부로부터의 각성

대부분의 프롤레타리아 소년소설에서 작가의 강력한 이념이 드러나는 문제는 누차 지적되어왔다. 작가들은 논평이나 담화의 방식으로 서사 안에 직접적으로 자신의 생각을 나타냈고, 당시의 카프 지도 이념을 설파하는 것을 주저하지 않았다.

「무쪽 영감」[96]에서도 그런 양상이 전면에 드러난다. 산 밑 오막살이에서 혼자 사는 '무쪽 영감'은 마을 어른들이 싫어하지만, 아이들에게는 둘도 없는 친구며 선생님으로 소개된다. "젊엇슬써 쏩혀단기든 장정이었고 의병대장으로 못된놈들과 싸호기도 하엿"다는 전력을 가지고 있지만 지금은 마을에서 밥을 얻어먹으면서도 야학을 열어 "남의 노력을 가마니안자서 먹고자 애쓰난자는 저하나를 위하야 다른사람을 못살게 할 것이다 차라리 그러거든 죽어라"라고 하거나 "바름과 무리를 위하여서는 제 한 몸을 아끼지 말라"는 교훈을 설파 하는데, 작가의 이념을 그대로 드러낸 담화이다. '봉수'와 '길동'이 그리고 '나'와 같은 친

기대하는 비평의 대상"이라고 했다.

96　具直會, 「무쪽영감」, 『별나라』 6-6, 1931.7 · 8(합호), 9~12쪽.

구들을 이렇게 감동시킨 '무쪽 영감'은 "봄에 그만 굶어서 배기다 못해 돌아가셧"고 소년들은 무쪽 영감이 남겨준 설교를 되풀이하면서 "할아버지가 우리 만흔 동무를 깨닷게 하여주었다"고 회상한다. 계급의식에 무지했던 소년들의 각성과정을 보여주는 전형적인 구조다.

「무쪽 영감」에서 '할아버지'를 "얻어먹는 사람으로 설정"하였는데, '無産階級' 인물을 강조하기 위한 의도가 너무 분명하게 나타나 있다. 계층적 모순을 고발하기 위해 "굶어 죽었다"로 결말을 내리고 있는데, 그 '무쪽 영감'이 소년들에게 설교하고 있는 장면은 계급성을 드러내기 위한 도식성의 반복이다. '무쪽 영감'은 관념에 의해 형상화된 인물의 전형으로 보인다.

「이쪽저쪽」[97]은 이원화된 계급구조를 인물간의 대비를 통해 매우 직접적으로 나타내보였다. 부르주아 계급에 속한 '부남이'와 무산계급 소년 '수동이'로 이원화되어있는 그들의 생활상을 대비시켜 그 차이를 극명하게 드러냄으로써 효과를 기대하고 있는 것으로 보인다.

예컨대 부남이는 아침에 자리에서 일어나 등교하기까지 삼월이나 오월이의 도움이 없으면 옷도 제대로 입지 못하는 의타(依他)적인 아이다. 부남이 엄마의 신경질, 게으름뱅이 주인 나리의 생활태도는 '부르주아적'인 것으로 배척되어야 할 대상으로 그려져 있다.

이어 카메라 앵글이 급선회하듯 "시간을 알니는 요란한 싸이랜 소리"가 들리는 공장으로 장면이 전환되어 '수동'이에게 포커스가 고정된다. "도라가는 긔게소리에 석겨 수백명의 직공의 귀를 울리"는 사이렌

---

97   李東珪, 「이쪽저쪽」,『신소년』 9-10, 1931. 10, 40~48쪽.

소리에 일을 마친 수동이와 공장의 소년들은 "닭의장 속에서 쏘다져 나오는 닭의 무리가치" 묘사되어 있다.

한 편의 소설 속에서 인과적 연관성 없이 두 이야기를 병치해 인물이 처해있는 이원화된 세계를 직접 보여줌으로써 계급간의 차이를 극명하게 대비시키고 있다. 여기서는 수동이는 부남이와 달리 "검은 얼굴과 씩씩한 태도"를 가진 소년이다. "지금의 빈궁한 생활은 빗나는 그들의 미래를 낫케하는 근본"이라는 편집자적 논평으로 수동이는 긍정적 인물로 그려져 있다.

부남이가 열 가지가 넘는 반찬에도 불구하고 반찬투정을 하고 있는 이기적이고 게으른 부르주아 소년이라면, 수동이는 아침 출근 때 들고 나온 빈 도시락을 소리를 내며 달리는 '씩씩한' 소년이다. 이 도시락은 아침 집을 나설 때부터 빈 도시락이었다. 게다가 같은 공장에서 일하는 '천길'이는 "공전이 또 적어진다"고 걱정을 하면서도 "그의 전 재산인 돈 칠전(七錢)을 내여 수동의손에 꼭 쥐여주며" 편찮은 어머니를 위해 사용하라고 말한다. 무산계급 소년들을 이상적으로 형상화시킨 장면이다.

「이쪽저쪽」은 '부남'이와 '수동'이 사이의 관련성이 소설 안에서 전혀 제시되지 않은 상태에서 두 인물의 비교를 강제적으로 시도했다. 이 강제적인 시도의 효과는 무산(無産) 노동 소년 수동이를 통해서 독자들이 각성할 것을 요구하고 있다.

「물대기[灌水]」[98]는 가뭄으로 타들어가는 논에 물을 대려는 소작농과 자영농 사이의 갈등이다. 1930년대 활발해지기 시작한 농민, 농촌소설

---

[98] 안평원, 「물대기(灌水)」, 『신소년』 10-9, 1932. 10, 45~49쪽.

은 사회교화적, 이념선동적 요소 등의 복합적 성격을 가지고 출발했는데, 프롤레타리아 작가들이 소년문예 작품에도 이런 경향을 반영했다.

가뭄으로 타들어가는 논에 서로 물을 대려는 팽팽한 긴장이 한 소년의 웅변적 발언으로 일시에 해소 국면을 맞는 허탈한 결말도 문제이지만, 사족처럼 달려있는 주인공 소년의 독백은 '소년운동 조직 주도권' 획득을 위한 작가의 목적의식을 그대로 드러내고 말았다.

> "물 잘 대주고 아저씨 한 분엇고" 나는 혼자말을 중얼대며 집에 왔다. 아
> 침을 먹고 우리들이 집에 가닛가 뜻박게 일이 잇섯다.
> "여덜 사람의 새로운 아저씨"
> "소년부에도 네 사람"
> 이러케 말하야준 동무들의 얼골은 언제보다도 깃븐 비치 가쓱하엿다.[99]

1920년대 초부터 각 지역에서 활발하게 일어난 소년운동은 1923년 이후에는 전국 조직인 소년운동협회를 결성하여 활동하고 있었는데, 오월회가 생기면서 소년운동은 분열되기 시작한다. 오월회는, 애초 반도 소년회를 조직했던 이원규(李元珪), 고장환(高長煥), 정홍교, 김형배(金炯培) 등이 1925년 5월에 다른 소년단체들과 연합하여 전국적 조직으로 결성한 소년운동단체다. 소년운동협회와 오월회가 분열된 뚜렷한 이유는 알려진 바가 없는데, 당시 소년운동의 분열을 "어린이를 제쳐놓은 어른들의 세력다툼이었고 부질없는 법통(法統) 따지기로 기억

---

99 위의 글, 49쪽.

한다"[100]고 술회하고 있는 것으로 봐서 무산 아동문학을 표방하면서 실제로는 소년운동 조직의 주도권을 잡으려 했던 것으로 보인다.

「무쪽 영감」에서 소년들을 깨닫게 해준 할아버지의 설교나 「이쪽저쪽」에서 부남이와 수동이의 강제적 비교 그리고 「물대기」에서 소년의 웅변은 작중 인물들이 계급적 각성을 하는데 그치지 않고 독자들을 그 각성에 동참하도록 요청하고 있다. 이 같은 웅변식의 담화는 여러 곳에서 발견된다. 「무지개」(『별나라』 41, 1930.6), 「임간학교」(『별나라』 41, 1930.6), 「처음 學校가든 날」(『별나라』, 1930.6), 「소년직공」(『별나라』 51, 1931.6) 등은 소년소설이라는 표제를 달고 있지만, 화자가 일방적으로 이념을 설파하고 있는 유형인데 작가의 목소리가 전면에 드러나면서 소년인물과 독자들의 '각성'을 강청(强請)하고 있다.

「이쪽저쪽」에서 '수동'이, 「무쪽 영감」에서 '나'를 비롯한 봉수, 길동이, 돌쇠 등의 동무들과 「영길이」에서 '영길'이는 모두 이원화된 계급·계층의 현실구도 속에 자신을 그대로 내던져놓고 살아가는 소년들이다. 이 시기는 "指導的情神과 進取的情神을 鼓吹하지 안흐면 안될 것"[101]이라는 요구가 지속적이었기 때문에 카프 소년 문예 운동가들은 이런 요청에 부응하기 위해서 오로지 현실과 배치되지 않는 작품 창작에 몰입하여 이념성을 발현하는데 주력하는 태도를 보여주었다.

이렇게 볼 때 소년다운 현실인식의 반영은 카프 소년소설 안에서는 요원했던 것으로 보인다. 소년다운 혹은 아동다운 현실인식의 첫째 동인(動因)이라면 '순진성'을 들 수 있을 것인데, 어른들의 몰이해와 가난

---

100 윤석중, 『어린이와 한 평생』, 범양사 출판부, 1985, 110~111쪽.
101 홍은성, 「소년문예정리운동(3)」, 『중외일보』, 1929.4.15.

이란 현실적 조건이 있음에도 불구하고 어린이들이 하나의 건전한 인격체로 성장할 수 있는 것은 그들만이 가질 수 있는 순진성 있기 때문이며 그것이야말로 세계 인식의 총체성으로 작동되는 것이라 할 수 있겠다. 프롤레타리아 아동문학에서 보여준 도식적이며 관념적 결말은 결국 카프 아동문학을 함몰시켰으며, 카프 작가들이 극복하지 못한 할 최대의 과제로 남고 말았다.

(2) 자각(自覺)에 의한 계급인식

「영길이」에서는 부모들 사이의 계급·계층이 아이들 사이에서도 무관하지 않다는 것을 잘 드러냈다. '영길이네'가 만주서 '이 곳'으로 돌아왔을 때, 경식이 아버지의 도움으로 영길이 아버지는 '부내의 고등보통학교 청지기' 일을 하게 된다. 이것이 빌미가 되어 영길이 아버지는 김영감과 지배구조의 사슬에 묶이게 되고 "오후 네 시에 학교 문을 나서면 영길 아버지는 곧 경식이 집에 가서 하인이 되지 아니하면 안 되는" 관계다. 뿐만 아니라 경식이도 영길이네 문 앞에 와서는 "제 세상같이 떠든"다. 영길이는 그런 지배구조를 "가슴이 뜨끈하도록 아프게" 느끼고 아버지에게 힘이 되고 싶지만 "이제 겨우 보통학교 6학년 일" 뿐인 자신의 처지를 생각하고 쓸쓸해한다. "소사노릇을 집어치우겠다"고 떠들어 대는 아버지의 말을 들을 때 영길이는 "눈이 뜨거워 지는 것을 느끼지"만 묵묵히 받아들고 있는데서 계급·계층현실을 분명하게 인식하고 있는 것을 보여준다. 그러나 결말에서, 어두운 마음으로 아버지 심부름을 다녀오던 영길이는 집안에서 흘러나오는 어머니의 웃음소리를 듣는다.

영길이가 자긔 집 압헤 다달으자 방 안에서부터 평화한 어머니의 우슴 소리가 흘러나왓다. 웬일인지 영길이는 이 우슴 소리에 우울한 마음이 갑자기 밝어지는 것을 확실이 늣길 수가 잇섯다. 영길이는 잠간 눈물을 닥근 후 문을 힘잇게 열고[102]

영길이는 어머니의 '우슴소리'로 하나로 우울한 마음을 일순간 털어버릴 수 있다. 집 밖으로 흘러나오는 어머니의 웃음소리는 가정과 가족의 평화로움으로 환기되고 영길이는 눈물을 닦아 낼 수 있게 된다. 「영길이」의 결말부분은 프롤레타리아 계열 소년소설에서 반복되는 도식적인 마무리를 어느 정도 극복하고 있다. 가정이라는 울타리와 그 중에서 가족들의 '평화스러운 웃음'이 각박한 현실을 견뎌내는 '힘'이 될 수 있다는 전망을 보여주었다. 카프 소년소설에서 보여주었던 '낙관적 전망'과 비교해 볼 때 성공적인 마무리라고 할 수 있다.

「쫏겨가신 先生님」의 경우도 계층 간의 각성이 선생님을 통해 이루어지는 양상을 볼 수 있다. 「쫏겨가신 先生님」에서는 언어적 아이러니를 동원함으로써 아이러니한 현실을 성공적으로 나타냈다. '어느 소년의 수기'라는 부제에서 화자가 '어떤 소년'임을 분명히 명시하였고 '수기(手記)'라는 데서 '사실'임을 강조하는 장치를 만들었다. 화자 '나'라는 일인칭 서술의 구조가 가질 수 있는 내면의 심리 서술의 장점을 피하고, 철저하게 관찰자의 시각을 유지하는 방식으로 일관하고 있는데, 그 선생님의 행동이나 말을 전혀 이해할 수 없다는 태도를 나타내고 있다.

---

102 강노향, 「영길이」, 『어린이』, 1931. 12, 79쪽.

화자는 "우리들로부터 「이상스런 先生님」이라는 칭호를 듯고 게시엿다"라는 것과 "그조흔 큰학교를내버리시고 쪽그맛코 가난한 우리학교로 건너오신" 이유에 대해서도 전혀 모르겠다는 태도를 보인다.

> '교실 안에는 언제든지 개나리꼿이 만개하고 잇다. 이것이 대톄 무슨 뜻에서 나온 소리이냐? 아는 대로 간단하게 말해 보아라' (…중략…)
>
> 그 뒤에 들으닛가 선생님은 쪽기여 가시엿단다. 그럿케 조흔 선생님을 왜 무슨 까닭으로 누가 쪼치여 냇슬가 (…중략…) 아 선생님의 가신 곳은 대톄 어느 곳일가…… 무엇하고 게실가? 그리고 언제까지나 쫏기여 단기실가?[103]

학생들에게 던지는 일종의 선문답과 같은 질문이나, 학생들에게 보여지는 선생님의 행동이나 담화는 오직 외부에서 관찰되는 서술적 위치를 유지하면서, 독자들이 이미 알고 있는 내용을 화자는 계속 의문을 제시하면서 이해하지 못하는 것으로 아이러니한 상황을 만들어 효과를 극대화하고 있다.

이 '이상한 선생님'의 의식세계와 의지를 짐작하게 해주는 단서는 그 선생님이 시간이 있을 때마다 '농민강좌'나 '청년강좌'를 개설 한다는 것과 "너희부모는 사시장철 쓸데업는 쌈만흘니고 지내시는 소작농민이다 즉 헛애만쓰시는 사람들이다"와 같은 직접적인 언술에서 알 수 있다. 「쫏겨가신 先生님」은 화자로 하여금 아이러니한 상황을 지속적

---

103 송영, 「쫏겨가신 先生님」, 『어린이』, 1928, 34~38쪽.

으로 유지하게 하면서 자신이 처해있는 현실에 대해 겨우 조금씩 깨달아 가는 방식을 취하게 하는 데서 여타의 다른 카프 소설과는 차별성을 보였다.

「청어뼉다귀」에서도 어리석은 화자를 통해 아이러니 상황을 보다 구체적으로 드러내 보이고 있다. 순덕이네는 "동리 가운데서도 제일 가련한 가정"으로 꼽힌다. 어머니는 "작년 말부터 무단히 병이 들어 지금까지 일어나지 못하고" 있고 순덕이는 "얼마전 치도부역을 나갔다가 팔을 다쳐 앓고 있다. 아버지는, 지난 해 수해로 인해 김부자로 부터 병작(竝作) 받은 논이 돌밭으로 변해버렸다. 그나마 그 논을 개간하다가 '사흘만에 쑹쑹알케' 되어 움직이지 못하고 있다. 온가족이 이중, 삼중의 고통을 당하고 있는 순덕이네 집에 찾아온 김부자는 '천금 같은 남의 땅을 썩히고 있다는 억지'를 부리며 순덕이 아버지를 억압한다. 그 와중에서도 순덕이 어머니는 '죽을 애를 써'서 쌀 한 홉과 청어 한 도막을 구워 밥상을 차린다.

> 고소한 밥익는 냄새 코 긋을 간즐거리는 청어굽히는 냄새 …… 순덕이는 위선 다른 생각은 다 지버치여지고 누릴 수 업는 식욕(食慾)이 동햇다. 엽방 지주에게 점심을 채려주고 온 어머니는 콜칵 하고 순덕이의 침 넘어가는 소리를 듯고는 "감안이 잇거라. 상물여 나오그든 너도 밥하고 청어하고 줄게응" 하고 억개에 주뎜터를 가볍게 만져보고는 다시 곤드러져 드러눕는다. 무엇이 흥분되엿든 순덕이는 누구엔지 모르게 반항하는 목소리로 "엡다 다 먹으면 엇져는듸…… " 하고 도라누엇다.
>
> "엥 …… 어데 점잔은 이가 다 먹는가 남겨 주너니라 남겨주어…… "104

인용문에서 볼 수 있는 것처럼 순덕이는 '쌀밥'을 먹어 볼 것을 기다리고 있지만 순덕이의 기대가 이루어지지 않을 것을 독자는 이미 짐작할 수 있다. 믿을 수 없는 화자를 통해 어리석은 기대를 하게하고 그 일말의 기대가 산산이 무너지는 아이러니 구조를 보여주는 것으로 극적인 효과를 만들어 냈다. 이런 점에서 「청어쎅다귀」는 카프 계 작가들의 작품 중에서도 수작으로 꼽히고 있다. 그리고 마지막 결말 단락은 이주홍의 세밀한 묘사와 구체적인 문장력을 확인할 수 있는 것과 동시에 도식화의 함정에 빠지는 것을 동시에 보여주는 문제적인 단락이다.

①"순득아 순득아 내가 잘못했다. 응!"
하고 순덕이를 안코 볼을 부비면서 울부짓는 그의 형상은 마치 미츤듯이도 보였다. (…중략…)

②"아버지 괜찬어요. 압흐지 안어요. 네! 작구 째려주시오. 네! 아버지의 손이 다으니까 담박 낫는 것갓해요. 네, 아버지 내가 잘못햇서요. 네"
고맙고 싸스고 거룩하고 사랑스러워서 사랑스러워서 못견딀 것 갓햇다. 그러나 그와 함께 누구엔지 업시 그 어느 모퉁이에서는 주먹이 쥐여지구 이가 갈니고 살이 벌벌 쩔님을 늣것다.

인용문 ①은 이주홍 특유의 세세한 관찰력을 잘 보여주고 있는 대화 장면이다. 대부분의 경상도 사람들은 모음 'ㅡ'와 'ㅓ'를 구분해서 발음

104 이주홍, 「청어쎅다귀」, 『신소년』 8-4, 1930.4, 26~30쪽.

하지 않는 것으로 알려져 있다.[105] ① 아버지의 대화에서 '순덕'이를 '순득'이로 표기하고 있는데 이는 오기(誤記)가 아니라 경상도 사람들의 특유한 발음방식을 그대로 반영한 작가의 의도적 오기라 할 수 있을 것이다.

「청어쎅다귀」는 문체에 있어서나 묘사에 있어서 대부분의 카프 소년소설과는 조금 달랐다. 아이러니 기법으로 현실의 문제를 드러냈고, 순덕이의 심리를 통해서 피지배계층의 고통을 세밀하게 묘사했다. 이주홍은 특별한 기지로 현실을 풍자함으로써 프롤레타리아 문학의 한계를 어느 정도 극복해 나갔다.[106] 그럼에도 불구하고 ② 이하부터 마무리까지는 카프 이념 전수를 위한 작가의 목소리가 여과 없이 그대로 드러나 있다. 당시 카프 작가들이 목적성을 내세우기 위해 얼마나 고심했는가를 충분히 알 수 있게 하는 한 단락이다.

「눈오시는 밤」[107]에서도 현규는 3년 전, 설을 앞두고 있던 그믐날, 아버지의 음주와 폭행을 피해 외삼촌 집까지 맨발로 눈길을 밟으며 어머니와 피신을 해야 했던 때를 생각하고 있다. 3년 전에는 가난과 아버지의 폭행이 아버지 잘못이라고 생각하고 있었지만, 지금은 그것이 아버지의 잘못이 아니라는 것을 확실히 깨닫고 있다. 그러나 그 깨달음의 과정이나 계기는 드러나 있지 않았다. 다만, 3년이 지난 지금은 "아버지의 잘못이 안이라는 것도 쎄달앗다"라고 밝히고 있다. 가난의 원인은 계급계층의 모순 때문이라는 말은 생략되어 있지만 자각의 과정에 도달해 있는 모습이다. 김우철의 「상호의 꿈」[108]에서는 상호는 '공

---

105 황병순, 『말을 알면 문화가 보인다』, 태학사, 1996, 218~219쪽 참고.
106 졸고, 「이주홍 동화의 아이러니 연구」, 『경상어문』 14, 경상어문학회, 2004, 48쪽.
107 김우철, 「눈오시는 밤」, 『별나라』 56, 1932.1, 14~17쪽.
108 김우철, 「상호의 꿈」, 『신소년』 10-2, 1932.2, 44~48쪽.

장 노동 소년'들에게는 학교와 달리 '방학'이 없다는 사실을 알게 되면서 자신이 처해있는 현실을 깨닫는다. '방학'이라는 다소 낭만적인 소재를 통하여 노동소년의 현실을 부각시키려 하고 있는데, 이 각성의 과정이 꿈에서 이루어진다는 게 이 소설의 힘을 약화시키고 있다.

「도련님과 米字」[109]도 아이러니한 상황으로 몰아가면서 노동 소년의 현실을 드러내고 있다. '도련님'이라는 어휘는 이미 그 대상에 대한 존경이 아니라는 것은 충분히 알 수 있다. 영남이는 밤에 야학에 가는 대신 그 '도련님' 세봉이로 부터 글을 배우기로 하는데, '米'자에 가서 세봉이의 실력이 들통이 나서 상황이 역전된다.

「白蔘圃 女工」(현동염, 「백삼포 여공」, 『신소년』, 1931.10), 「가마때기장」(구직회, 『별나라』, 1932.3) 등에서는 인물이 처해있는 간곤한 현실에서 자신의 처지와 계층의 이원화를 인식한다.

이런 인식의 과정은 프롤레타리아 소년소설의 본연의 목적인 지배 계층, 구조에 대한 저항이 일어나게 하려는 것이다. 즉 식민지 조선이 처해 있던 정치, 경제적 억압과 빈곤이라는 문제를 객관적 전체성과 연관 지어 무산계급의 소년들이 민족해방투쟁으로 나아가기를 목적하였던 것이다. 현실 인식 이후에 이어지는 행동의 모습에서 카프 문학의 의의를 찾을 수 있게 될 것이다. 다음 단원에서는 이런 점에 착안하여 저항에서 촉발되는 폭력의 의미를 알아보고, 소년소설의 공간적 배경의 이동을 고찰하고자 한다.

---

109 박일, 「도련님과 米字」, 『별나라』 58, 1932.4, 8~14쪽.

3) 저항의 방법과 공간적 배경의 이동

프롤레타리아 문예 작품들은 지나치게 반항과 폭력을 예찬하고 있다. 프로작가들은 이 프롤레타리아 폭력을 계급투쟁 감정의 순수하고 단순한 표명이라고 이해했으며, 폭력 없이는 아무것도 성취되지 않는다고 믿었다. 여기에서 프로문학의 폭력적인 문학관이 비롯되는 것이다. 특히나 식민지배로 인해 빚어진 이원론적 계급구조는 빈곤·가난, 민족 유민화(流民化)의 원인이 될 수밖에 없었다. 따라서 프롤레타리아 소년소설은 가난, 빈곤, 불합리하면서도 억압적인 지배구조에 저항하는 방법으로 폭력을 동원한다. 폭력에 관한 수사(修辭)는 『별나라』에서도 노골적으로 드러냈다.

> 더욱히 一萬 독자가 누구나 다~ 갓튼 가난한 동무 고생하는 동무 쌈 잘 하는 동무인 것이 얼마큼 별나라의 애쓴 것을 말하엿든 것이다. (…중략…) 망태를 들고 호미와 함마를 쥐고 찌저진 책보를 가진 一萬의 노농 소년소녀들 (…중략…) 더~ 한층 힘 잇다는 악들를 썻스니[110]

이미 어느 정도의 터를 마련한 『어린이』와 차별이 되어야 했고, 이른바 無産階級의 소년들을 위한다는 목표를 분명히 해야 했기 때문에 "『어린이』를 읽는 이밥먹는 아이들"과는 전혀 거리가 먼 것이고 저항없이 현실에 순응할 것이 아니라 스스로 항상 외적인 환경에 반발을 느

---

110 안준식, 「별나라는이러케컷다―별나라 六年略史」, 『별나라』 51, 1931.6, 4~5쪽.

끼고 언제나 과감하게 투쟁적인 자세를 취하는 태도가 권장되었다. 따라서 서사 안에서 '싸움', '투쟁'이 직접적으로 묘사고 빈번하게 나타났다. 공장이나 농촌에서 일하는 소년들이 불러야 할 노래가 따로 있다고 권장했으며 따뜻한 정서를 노래하는 것은 무산소년들의 정신을 혼미하게 만들기 때문에 배척되어야 할 것으로 구분되었다. 이 단원에서는 이처럼 고무되고 있는 폭력의 목적을 살펴보면서 1930년대 소년소설의 공간적 배경의 이동을 고찰하고자 한다.

(1) 폭력의 선택

카프 문예운동에서 폭력에 집착하는 것은 계급 그 자체를 각성하게 함과 동시에 다시 계급의식을 더욱 강화시키기 때문이다. 계층적 계급인식에 도달한 소년들은 저항의 방법으로 '폭력'을 선택하고 있다는 것이다. 소년소설 안에서 크고 작은 방법으로 폭력을 나타내면서 자신들의 주장을 관철시키고자 하는 양상을 살펴보면서 카프 문학의 의의를 확인하고자 한다.

「돼지 코쑤멍」은 뒷집 돼지로 인해 '종규'네와 '주사 영감' 사이에서 빚어지는 갈등이다. 종규네 집에 뒷집 '주사 영감'네 돼지들이 몰려와서 호박밭을 분탕질 쳐놓는다. 호박을 팔아야 종규네는 그동안의 빚도 갚고, 또 "할머니 소상날 쓸 반찬"이라도 준비할 수 있다. 종규아버지가 뒷집 '주사 영감'에게 이런 사실을 따지면 "즘성의한일을 엇더케하누!" 라며 사람이 시킨 일이 아니라고 능청을 부리는데다가 쌀밥만 먹으니 밥맛이 없다며 "보리 수곡을 변통하라"고 재촉한다. 아침 식사로 죽을 먹고 있는 종규네 집으로 돼지들이 또 '우루룩하게' 몰려오자 종규는 돼지콧구멍을 향해 활을 쏘아 맞힌다.

> 돼지는 활촉을 코에다 쒸고서 자긔 집으로 다름질처간다.
> "에이 이사람 그래 사람이 아모리 무작하기로 말 못하는 짐승을 이런단
> 말이야?"
> 주사 영감이 버러럭하게 달려와서 눈불이 번덕어린다.
> "그래 이게 무슨경우야!" 피무든 활촉을 집어던지고 간다.
> 종규는 아버지에게 모질게 한 차례 어더 마젓다. (…중략…) 종규는 눈물
> 이 그렁그렁 해가지고 다시 그 활촉을 집엇다. (…중략…) 그는 눈물을 짜
> 트리면서 참칼을 가지고 다시 활촉을 쌧족하게 다듬엇다.[111]

종규가 보여주는 마지막 행동은 의미심장하다. 아버지에게 "모질게
한 차례 어더 마젓"고 그래서 "눈물까지 그렁그렁해가지고"도 종규의
반항은 멈추지 않는다. "활촉을 쌧족하게 다듬"는 것으로 억압에 대해
저항하는 자세를 보인다.

「눈싸홈日記」도 계급간의 '싸움'의 과정을 그리고 있다. 여기서 '눈
싸움'은 전투의 다른 말이다. '우리 편'은 삼십 명이고, 그들 편은 오십
명이다. 게다가 "그들 중에는 손에 둑거운 장갑을씨고발에 털달린구두
를신고 그리고 귀에는귀ㅅ거리 코는마스크를 쓴아이들이 열명이나 석
겨잇스나 우리편에는 그런 것은 하나도갓지못하"였다. 인원에서뿐만
아니라 장비에서도 절대 약세다. 게다가 그들은 "읍내학교에단"이고

---

111 이주홍, 「돼지 코쑤멍」, 『신소년』, 1930.8, 20〜21쪽.

있고 "우리들은촌야학교에 단인다고 아조 우리들을 업수이녁이고" 있는 형국이다.

> 눈싸홈에서 진 우리들 삼십 명은 한 번 지고 그대로 잇슬 수가 업섯다. 그러자 맛침 그들 편에서 '쏘 한 번 싸홈하자' 하는 기별이 왓다 우리들은 시작하기로 햇다 우리들은 한 사람이 그들 편 두 사람의 일을 하지 안으면 이번에도 지고 말 것을 알엇다 그래서 우리들은 지고 난 그 뒤부터 날마다 두서너 차례식은 눈싸홈의 련습을 뒷산에서 시작햇다.[112]

인용문에서 볼 수 있듯이 소년들의 유희로서의 '눈싸움'이 아니라 전략과 전술을 갖춘 전투적인 눈싸움이다. 처음 눈싸움에서 '우리 편'이 무참하게 진 것을 만회하기 위해 「쏘한번 싸홈하자」하는기별이왓"을 때 '우리 편'에서는 "제일 팔매질 잘하고 스트라익을 잘넛는 동무를 다섯사람을 가려내 (…중략…) 팔매질만 련습"하는 등의 전략을 갖춘다. 또 "마음속 굿센자신"으로 맞서서 삼십 명이 오십 명을 이긴다. "조리잇게 싸홈하고 삽십명이 일제이 힘을 한곳으로 합"하는 전략과 전술을 구사하는 싸움인 것이다. 그러면서 비록 장비를 하나도 갖추지 못하였지만 무산 계급 소년들이 단결한다면 승리할 수 있다는 목적의식적 교훈도 그대로 드러냈다. '눈싸홈'이 소년들이 즐기는 단순히 놀이가 아니라 '전투적인 적개심'으로 드러나 있다.

「싸움닭」[113]은 사회 계층 사이의 갈등 때문에 빚어지는 분노를 '닭싸

---

112 엄홍섭, 「눈싸홈日記」, 『별나라』, 1931.1·2(합호), 11~14쪽.
113 안회남, 「싸움닭」, 『동아일보』, 1938.5.12.

움'이라는 장치로 환유했다. 길동이는 수길이에게 밤낮 씨름에서 진다. 아이들은 "길동이는 도토리 죽만 먹고, 수길이는 쌀밥을 먹기 때문"이라고 하는데, 길동이 아버지도 번번이 수길이 아버지가 시키는 대로 한다. 그 이유는 "땅 임자 앞에서 소작인이 별 수 없다"는 것이다. 어른들 사이의 계층이 아이들 사이에서 그대로 유전되고, 심지어 길동이네 수탉이 수길이네 수탉을 당해내지 못해서 늘상 뺑소니를 치는 것이다. "짐승도 꼭 마찬가지로 수수알갱이라도 얻어먹고 사는 놈과는 흙덩이로 연명하는 놈을 댈 수 없"다는 담화를 제시하여 계층적 논리를 부각시키고 있다.

길동이가 수탉에게 '봇도랑에서 잡은 새우'를 먹이자 힘을 얻어 수길이네 닭을 이기게 된다. 길동이 또한 이에 용기를 얻고 수동이와 씨름 내기를 해서 연거푸 세 번을 넘어뜨린다. 남은 것은 아버지다. 아버지는 작년 '도지'를 덜 내서 소작 계약 취소 위기 때문에 부쩍 기를 펴지 못하고 있다. 버드나무 아래서 수길이 아버지를 만났을 때 "들어 동댕이로 논바닥에 처박"아 주기를 기대하고 있는 길동이 등 뒤에서 다시 닭싸움이 일어났다. 수길이네 닭이 "대가리를 땅에 박으며 달아나고" 길동이 수탉은 수길이네 수탉을 뒤따르며 쪼고 차고 하는 것이다.

초점화자인 '길동'이를 중심으로 정확하게 세 부류의 단계적 계층 구조가 다시 정확하게 세 종류의 갈등양상으로 제시되는 도식적인 구조다. 특히 아버지들 사이에서 계층간 갈등은 적극적으로 제시되지 못하고, 그동안 수세에 몰리고 있던 길동이네 수탉이 수길이 수탉을 이기는 결말을 제시하는 것으로 마무리 지었다. 계층간 갈등을 해결하는 방법을 '싸움닭'의 투쟁으로 제시했다. 계급·계층에 저항하고자 하는 작가의 목적의식을 그대로 드러냈다.

'싸움닭'을 통해서 억압을 행사하는 세력에 대항하면서 계급·계층 구조를 극복해보려는 작가의 의도를 충분히 읽을 수 있지만, 정확히 세 부류로 나누어진 계층의 구도는 지나치게 작위적이어서 감동을 반감시키는 요인이 되기도 한다.

「어린피눈물」[114]은 빈곤과 소외와 두려움이 분노로 폭발한 소설, 곧 운명하시려는 어머니 때문에 '옵바'는 한의원 문을 두드린다. 의사는 "돈한푼업는 놈이 저번에는 약을달라고 성화치듯하드니 갓금 쏘와서 의사가 다무엇냐"며 심부름 하는 아이를 시켜 의사가 없다고 말하게 한다. '옵바'는 분노의 발길로 병원 문을 걷어차고 돌아 나오려는데 경찰이 기다렸다는 듯 '도둑'으로 몰아 경찰서로 잡아간다. 밤이 지나도 '옵바'는 돌아오지 않고, 무서움에 떨고 있는 '누의동생' 곁에서 어머니는 운명한다. "옵바는 어둑 캄캄한 유치장에서 어머니가 죽엇나? 살엇나? 무서운 환상을 그리며 작구 울엇고" 여동생은 어머니 옆에서 피눈물로 하얀 옷을 적시며 운다.

계층 간의 무관심과 절대빈곤이 빚어내는 처참한 장면이다. 카프 작가들이 결말에서 의도적으로 작가의 목소리를 개입시키는 도식적인 마무리와 달리 완성도 높은 마지막 장면이다.

「쑬단지」[115]는 카프 아동문학의 본질을 보여주고 있다. 수동이는 식민지라는 사회구조에서 형성된 계급의 분리를 누구보다 잘 파악하고 있는 소년인데, 그 시대적 어둠 속에 갇혀 눌려있는 존재는 아니다.[116]

---

114 오경호, 「어린피눈물」, 『신소년』 8-4, 1930. 4, 31~36쪽.
115 적파, 「쑬단지」, 『별나라』 56, 1932. 1, 52쪽.

수동의 아버지는 소작료를 감면받기 위해 아들 수동이를 시켜 지주에게 '꿀단지'를 가져가게 하는 인물이라면, 꿀단지를 들고 간 수동이는 지주의 "못된 버르장머리를 고쳐 놓으리라" 다짐하는 소년이다. 아버지는 소작을 빼앗길 것을 걱정하는 데 머물러있는 인물이라면, 수동이는 오늘 당장 어렵더라도 삶을 억압하는 지배계급 구조를 벗어나 보려고 시도해보는 저항적 소년으로 그려져 있다.

프롤레타리아 소년소설이 이처럼 '투쟁' 혹은 '싸움'의 서사를 구현하는 목적은 이전 시대의 감상적 나약성을 극복하기 위한 것이고 '푸로레타리아 투사를 수양하기 위함인 것이다. 소년문예도 "해방적 사상"을 주입하는 도구였던 것이 민병휘의 글에서 그런 내용을 확인할 수 있다. 민병휘는 그간의 프로 아동문학에서 투사 정신이 희박했던 것을 지적하면서 진정한 프로문학운동이라면 '푸로레타리아 투사'를 수양하고 그들에게 민족 해방적 사상의 제고(提高)를 강조했다. 새로운 유토피아 건설을 위해서 계급의식 고취는 소년문예라도 예외일 수 없다는 것이 그의 주장이었다.

'푸로레타리아 투사(鬪士)를 수양(修良)하고 그들에게 해방적사상(解放的思想)을 넣어주기 위해 少年文藝 그것도 계급의식으로 투쟁적(鬪爭的) 힌트를 주어야 할 것'[117]이라고 본다는 논리는 「칡쑤리캐는 무리들」[118]에서 "멱살을 잡고 뺨을 갈기고 닭싸우듯"하는 광경이나 「채석장」[119]에서 일어난 처참한 '화약폭발사고' 장면, 「등피알 사건」[120]의

116 이재복, 「해방을 꿈꾸는 수염난 아이」, 『우리동화 바로읽기』, 소년한길, 1995, 13쪽.
117 민병휘, 「少年文藝運動防止論을 排擊」, 『중외일보』, 1927.7.2.
118 노양근, 「칡쑤리캐는무리들」, 『어린이』, 1932.6, 62~65쪽.
119 홍구, 「채석장」, 『신소년』 11-2, 1933.2.

'등피 파괴'와 같은 극적인 상황을 끌어들이게 된다. 그리고 「집안싸움」[121]과 「싸움닭」 혹은 「눈싸홈일기」처럼 투쟁적 제목을 빈번하게 사용함으로써 폭력과 파괴를 압축하여 보여주고 계급에 대한 저항을 극대화하려고 하였다.

시대 상황에 대처하는 방식으로 카프 아동문학운동은 식민지 조선이 갖는 정치, 경제적 억압과 빈곤이라는 문제를 객관적 전체성과 연관지어 받아들였다. 그에 따라 전체 아동을 무산소년계급으로 환치시켜 작품을 쓰는 것으로 문학적 과제를 해결하려 했던 것은 감안해야 할 것이다. 그렇다고 하더라도 프롤레타리아 문예운동의 기치를 내걸었던 카프 작가들은 물론이고 이들의 영향을 받은 일부 작가들의 소년소설은 관념화된 도식성에 벗어나지 못하였는데, 그래서 진정한 소년의 세계를 구현했는가 하는 문제에 대해서는 끝까지 회의적일 수밖에 없는 것이다.

(2) 공간적 배경의 이동

1920년대 초기 사회상황은 일제의 식민정책, 즉 농지정리와 산업정책으로 말미암아 이농자(離農者)와 도시빈민이 급증했다. 1918년부터 시작된 '조선토지조사사업'으로 인해 농토를 잃는 농민이 속출했다.[122]

---

120 김우철, 「등피알사건」, 『신소년』 10-4, 1932.4.
121 이동규, 「집안싸움」, 『별나라』 54, 1931.10・11(합호). 회관이용의 문제를 놓고 회원들 간의 의견불일치를 '집안싸움'으로 형상화했다.
122 토지조사사업은 조선총독부와 일본인 토지소유를 증대하는 중요한 계기가 됐다. 1918년 12월 현재 조선총독부의 소유지는 272,076정보, 일본인 소유지는 236,585정보였다. 일본인 농사경영자는 190년에 692명이었던 것이 1915년에는 6,969명으로 10배 증가하고 소유면적도 5만2천 정보에서 20만6천 정보로 증대했다. 토지조사사업은 자작농과 자작 겸 소작농을 몰락시킨 반면, 소작농과 농업노동자 및 이농민을 증가시켰

1920년대 한국 전체 인구 중 농업인구가 82.6%를 차지했는데,[123] 이들 농업인들이 농토를 잃고, 산업기반을 잃게 되면 도시빈민 노동자가 되거나 유랑민이 될 수밖에 없었다. 당시로서는 이들 이농민과 도시빈민을 흡수할만한 산업기반이 충분히 마련되지 않았으므로 극소수만 공장 노동자화 하였을 뿐, 결국 나라 잃은 유랑민이 되어 고향(조국)을 등지고 일본, 만주, 북간도 혹은 그보다 더 먼 곳으로 떠날 수밖에 없었다.

「北行列車」(이주홍, 『신소년』8-3, 1930.3, 29~34쪽), 「流浪少年」(李在杓, 『소년』, 1930.10·11(합호), 36~41쪽), 「임자없는 책상」(노양근, 『동화』, 1936.10), 「멀리간 동무」(백신애, 『소년중앙』, 1935.1) 등은 고향을 떠나 유랑 길에 나서는 소년들의 모습을 여실하게 보여주었다. 「불탄 村」(太英善, 『신소년』, 1930.5~1930.9, 4회 연재)처럼 화적 떼와 중국인 지주의 폭력을 견뎌내고 삶의 터전을 일구어 내기도 한다.

이처럼 고향을 떠나는 비극으로 점철된 작품들 중에 「고향의 푸른 하늘」은 궁핍과 빈곤으로 출발했던 유랑의 상흔을 싸매주는 희망의 서사를 구현하고 있다. 이 소설은 만주, 몽고, 러시아의 국경지대에 걸쳐 있는 소읍(小邑) '대자보'에서 고국 조선을 향해 탈출을 시도하는 정희와 정숙 자매, 두 소녀의 용감한 탈출기다. 간도로, 일본으로 살길을 찾아 떠나갔던 민족 이산의 상처에 새살이 돋아나는 것과 같은 희망적인 서

다. 일제 통치 10년 만에 도처의 전답은 일제의 특수회사나 일본인의 손에 몰수되고, 한국인은 토지에서 추방되었다. 일제의 회사와 일본인은 농사를 개량한다는 명목으로 한국인을 소작에서 추방하고 일본인을 대신 충당했다. 그리하여 일본인 한 집이 들어오면 다섯 집의 한국인이 떠나지 않으면 안 되었다. 다섯 집의 일본인이 들어오면 스무 집의 일본인이 생계를 잃는 게 당시의 풍경이었다(국사편찬위원회, 「일제의 무단통치와 3·1운동」, 『한국사』 47, 국사편찬위원회, 2001, 60쪽).

123 『조선총독부통계연보-1920』, 조선총독부, 1922(『식민지시대의 사회체제와 의식구조』, 정신문화원, 1980, 62쪽에서 재인용).

사다. 정희, 정숙 자매가 유라시아의 관문이 되는 도시에 정착하게 된 과정은 소년문학의 공간적 배경 확장을 가져왔다.

이곳은 만주국의 아주 한 끝 가는, 북쪽인 시베리아와 몽고의 국경, 대자보라고 하는 쓸쓸한 곳이었습니다. 도회지라는 것은 그저 빈말 뿐이고 대련과 조선 방면에서 하얼빈으로 가는 정거장이 있는 것과 또 만주국, 아라사, 몽고 세 나라 국경이 되는 곳이므로 만주국과 아라사의 수비대가 있는 것과 그리고 모두 인구를 합하면 겨우 오천 명이 될까말까 하는 퍽 한적한 곳이었습니다.[124]

정희와 정숙 두 소녀의 동선(動線)을 따라가면서 만나는 도시와 풍경들, 즉 '이르쿠츠크', '압록강 철교', '만주벌판', '시베리아를 가로 지르는 열차여행', '하얼빈', '대련', '대자보'와 같은 북국의 지명과 장소는 소설 공간 배경 확장의 좋은 예가 된다.

불행한 사고로 양부모를 모두 잃고 러시아인 가정에서 "아라사 옷을 입고 아라사 사람 볼쮀지르게 아라사 말을 잘 해가며" 가사 일을 돕고 살지만, 고향으로 돌아갈 희망을 놓지 않는 정희와 정숙 자매의 '조선으로 돌아가기 위한 탈출계획'은 "쟵혀 죽을지도 알수 없"는 대모험이다. 두 소녀는 '에밀코' 아주머니가 하얼빈에 가족들을 만나러 가는 보름날 밤에 탈출을 결행하기로 계획한다. 하얼빈으로 가는 '에밀코 아주머니'를 배웅하고 간발의 시차를 틈타서 대련행 기차를 타

---

124 최병화, 「고향의 푸른 하늘」, 『동아일보』, 1938.9.4~7.

는 정희·정숙 두 소녀의 탈출과정은 첩보영화의 한 장면을 연상할
만큼 긴박하게 진행된다. 기차로 이틀을 꼬박 달려 대련에서 봉천에
도달하는 과정, 봉천에서 경성행 기차를 바꾸어 타는 여정은 광활하
고 드라마틱하다.

만리타국에서 곤고한 삶을 지탱하며 떠돌았던 한민족의 유랑이 정
희·정숙 두 소녀의 귀환으로 일시에 회복되는 듯이 흔쾌하다. 정희,
정숙 두 소녀가 자신들을 압제하는 세력에서 탈출에 성공하는 통쾌한
결말은 민족을 억압하고 있는 일제의 소멸을 암시하는 듯하다.

3인 연작 소년서사시(連作少年敍事詩) 「脫走 一萬里」는 여러모로 실
험적이라 할 만한데, 3인의 연작과 공간적 배경 확장이 그러하다 하겠
다. '고리쇠'라는 소년은 "부모도 업고 일가도 업고 세상이 차버린 고아"
이지만, 그 발걸음은 크다.

> 大洋을 거쳐오는 느진 가을 셋바람에 현해탄 푸른 물을 마음대로 쒸어
> (…중략…) 일본의 남쪽나라 長崎港 (…중략…) 불상한 고리쇠의 조그만
> 몸 (…중략…) 바다ㅅ길 멧千 里 남쪽나라! (…중략…) 바람 불고 물결 심한
> 어느 날 밤에 흘어나려 다은 곳은 臺灣의 基隆[125]

'고리쇠'는 서울에서 일본 '나가사키'로, 거기서 대만(臺灣) '基隆'으로
그리고 다시 서울로 환원하는 일만 리(一萬里)를 서사 안에서 구현하여
공간적 배경을 확장시키고 있으며, 비록 "정이 업는 조선"이지만 자신

---

125 박세영·손풍산·엄흥섭, 「脫走一萬里」, 『별나라』 41, 1930.6, 42~47쪽.

이 할 일은 "헐벗은 만흔동무 손에 손잡고 새나라로 쑤벅쑤벅 다름질 치는 일"이 자신의 본분이라고 알고 있는 소년이다.

반강제적으로 유랑민이 되어 조국을 떠났던 인물들의 동선(動線)은 한반도를 벗어나 무대를 넓혀가고 있었다. 아무것도 보장되지 않는 유랑·유민의 길이었지만, 그 결과는 소설의 공간적 배경을 확장 시켰다는데 가치를 부여하지 않을 수 없다. 현재 아동문학 작품에서 공간적 배경은 거의 대부분 한반도 안에 국한되어 있고, 그것도 남한을 벗어나지 못하고 있는 실정이다. 이런 창작 풍토를 고려해 볼 때, 불운했던 시대가 부여해준 하나의 산물(産物)이라 할 수 있을 것이다. 이상에서 살펴본 것처럼 카프 아동문학은 식민지 아이들의 현실에 좀 더 다가가려고 노력했던 것은 분명한 사실이다.

그러나, 일찍이 김우철이 "우리 兒童文學作品에서 성격이 있었느냐?"[126]고 지적했던 것처럼 계급주의 소년소설이 주로 계급의식만을 드러내며 지나치게 관념과 도식으로 흐른 것, 문학으로 형상화되지 못하고 그저 작가 자신의 주관과 사상을 설명하고 웅변하는데 그친 것, 정치 관념에 빠져 소년들에게 적합한 구체적인 고민이나 문학의 고유한 특징을 외면했던 것은 많은 계급주의 아동문학가들에게 필요한 비판이었다고 할 수 있을 것이다.

---

126 우리들은 아직도 '작문'을 짓고 있다. 形象化하는 것이 아니다. 說明하고 있으며 生生한현실을 리얼리스틱한 筆致로 描寫하는 것이 아니라 作者自身의 主觀과 思想을 主人公을 시켜서 雄辯하고 있다. 作家는 興奮되어 있으며 自己自身의 形象이 아니라 自身의 主觀과 思想을 說明化에 自己陶醉되어 있다. (…중략…) 都市의 少年에게서는 都市少年다운 獨特한 性格과 感性을 發見할 수 없고 그저 農民의 아들이나 노동자의 아들이 다 같은 抽象的 性格으로 千篇一律화 되었을 뿐이다. 우리들의 兒童文學作品에서 성격이 있었느냐?(김우철, 「아동문학의 문제」, 『조선중앙일보』, 1934. 5. 15~18)

이론 분야에서는 왕성한 논의나 운동의 적극성에 비해 정작 작품자체는 빈약한 것이었고, 계급주의적 의식을 고취하는 고발적·선동적·행동적 색채를 노골적으로 드러낼 수밖에 없다는 지적에서 벗어나는 것은 역시 어려움이 있다.

그러나 식민지 조선이 갖는 정치, 경제적 억압과 빈곤이라는 문제를 객관적 전체성과 연관 지어 표현하려 했고, 그에 따라 전체 아동을 무산소년계급으로 환치시켜 모순된 체제에 대해 각성하는 것이나 그것에 저항해보는 것으로 문학적 과제를 해결하려 했던 것에서 분명한 의의를 찾아 낼 수 있을 것이다.

4) 계급에 대한 저항 – 투쟁 소년

프롤레타리아 소년소설은 계급 간의 이원론적 갈등과 충돌, 계급으로 인한 모순 표출의 '투쟁'의 장이라고 해도 과언이 아니었다. 프로작가들은 프롤레타리아 폭력을 계급투쟁 감정의 순수하고 단순한 표명이라고 이해하였으며 폭력 없이는 아무것도 성취되지 않는다고 믿었다. 프롤레타리아 문학 경향은 빈자의 폭력과 보복적인 행동이 강조[127]되었던 것처럼 소년소설 창작방법도 예외는 아니어서, 계급투쟁은 식민지 해방을 위한 소년들의 투쟁으로 받아들여졌다.

---

127 이재선, 『한국소설사』, 민음사, 325～329쪽 참조.

소년운동(少年運動)이란 일개(一介) 소년(少年) 그들을 (爲)하는 민족적 의식(民族的意識)으로 하여 왔었다. (…중략…) 그러나 나는 좀더 나아가 '푸로레타리아'의 투사(鬪士)를 수양(修良)하고 그들에게 해방적 사상(解放的思想)을 넣어주어야 할까 한다. (…중략…) 나는 미래(未來)의 신(新)'유토피아'를 건설(建設)하귀 위하여 少年文藝 그것도 계급의식(階級意識)을 담아갓고 투쟁적(鬪爭的) '힌트'를 주어야 할 것이라고 본다.[128]

위 인용문의 주장은 카프 내부에서는 지극히 당연한 것이기에 프롤레타리아 소년소설의 소년들은 '투쟁적 푸로레타리아 투사'로 입상(立像)화되었다. 이들 작가들은 식민지 중심에 존재하는 아이들이야말로 식민지의 어둠을 몰아낼 주인이며, 암흑의 들판에 새로운 생명을 몰고 올 주체로 보면서 해방을 꿈꾸는 소년전사들을 설정한 것이다.

① 종구는 아버지에게 모질게 한 차례 어더 마젓다. (…중략…) 종구는 눈물이 그렁그렁 해가지고 다시 그 활촉을 집엇다. (…중략…) 그는 눈물을 싸트리면서 참칼을 가지고 다시 활촉을 쌕족하게 다듬엇다.[129]

② 눈싸홈에서 진 우리들 삼십 명은 한 번 지고 그대로 잇슬 수가 업섯다. 그러자 맛침 그들 편에 '쏘 한 번 싸홈하자' 하는 기별이 왓다 우리들은 시작하기로 햇다 우리들은 한 사람이 그들 편 두 사람의 일을 하지 안으면 이번에도 지고 말 것을 알엇다. 우리들은 지고 난 그 뒤부터 날마다 두서너

---

128 민병휘, 「少年文藝運動防止論을 排擊」, 『중외일보』, 1927.7.2.
129 이주홍, 「돼지 코쑤명」, 『신소년』, 1930.8, 21쪽.

차례식은 눈싸홈의 련습을 뒷산에서 시작했다.[130]

투쟁적 소년으로 이주홍의 「돼지 코쑤멍」에서 '종구'를 들 수 있다. 종구는 아버지에게 맞아가면서도 '주사 영감'네 돼지에게 활을 겨냥하기 위해 활촉을 다듬고 있다. 작가 특유의 토속적 해학미를 인물을 통해 살려내면서 프롤레타리아 투쟁이념을 놓치지 않고 있다. 활촉을 빼쪽하게 다듬어서 지주 영감네 돼지를 향해 쏜 화살은 곧 지배계층을 향해 쏘아 보내는 화살과 다르지 않다. 종구는 프롤레타리아 소년문학의 저항의식을 충분히 드러낸 투쟁소년인 것이다.

인용문에서 볼 수 있듯이 '눈싸움'은 소년들의 유희로써의 '눈싸움'이 아니라 전략과 전술을 갖춘 전투적인 눈싸움이다. 처음 눈싸움에서 패배를 만회하기 위해 팔매질을 연습하는 전술 전략을 굳센 의지로 맞설 수 있는 전력을 갖추는 전투이며, 여기에 나서는 소년들 또한 반대세력에 맞서서 투쟁하는 소년들이다. 그리고 무산 계급 소년들이 단결한다면 이긴다는 목적의식적 교훈도 그대로 드러냈다. 그러나 편(偏)이념주의 서사는 인물의 형상화 과정에서 현실과 전망의 긴장관계를 쉽게 처리해버린 결과를 가져오게 되었고, 이념에 조종되는 꼭두각시 주인공을 만들어 내게 되는 것이다. 「옷자락은 旗ㅅ쌀가티」에서 '운용'이나 「꿀단지」에서 '수동'이가 그런 모습을 보여주고 있다.

③ "안되요 우리 예산도 잇지요 소작하기에 드러가는 비용이 순전히 부채인대 육칠 할의 소작료를 처주면 우리는 부채 갑기는커녕 무엇을 먹고

---

130 엄흥섭, 「눈싸홈日記」, 『별나라』, 1931.1·2(합호), 13쪽.

산단 말이오"

수동이는 꼿꼿이 서서 마치 연설하듯이 말을 햇다 (…중략…)

"네! 가서 소작료 감해달나고 하닛가 다갓튼 소작인데 누구만 감해주면 불공평한 일이라고 합듸다 그래서 소작인 전부가 다 가서 감해달라고 해야 감해준단 말이 아님닛가 소작인을 모다 모와 가지고 가기로 합시다"[131]

④ 위원장의 조그만 주먹이 한 번 올나갓다 내려갓다 하면 물찬 제비 모양으로 삼지 사방으로 헤여저 가서 '죽엄'으로더부터 자긔의 할 일을 찻을 내고야 맘니다. 지금도 눈이 쓰치는 날을 긔회삼어 가지고 산적들은 각 촌락으로 로략질을 하려 내려오겟다는 무서운 소식을 어더듯고 (…중략…) 운용이는 결사적으로 두어 발 더거르려 하엿스나 그만 눈 속으로 걱구로 백혓슴니다. 한참만에 거의 시체가 된 운용이는 이러낫슴니다. 그리고 꿈 갓치 보히는 B촌을 바라보앗슴니다.[132]

인용문 ③은 수동이가 김부자네 집에 꿀단지를 들고 가서 소작료를 감해달라고 하자, 김부자는 누구 한 집만 소작료를 감해주는 것은 불공평하기 때문에 그렇게 할 수 없다고 한다. 이에 수동은 집으로 돌아와 강경한 어투로 아버지에게 단체행동을 건의하고 있다. 소작료 문제를 가지고 지주 영감과 논리적으로 이치를 따지는 수동이는 지주한테 잘 보여야 한다고 믿는 아버지로부터 심하게 꾸지람을 듣는다. 여기서 수동이가 어색한 까닭은 바로 작가의 관념의 소산이기 때문이다. 이른바

---

131 적파, 「꿀단지」, 『별나라』 56, 1932. 1, 53쪽.
132 송영, 「옷자락은 旗ㅅ빨가티」, 『어린이』, 1925. 5, 32쪽.

현실과 전망의 긴장관계를 쉽게 처리해버린 데 따른 꼭두각시 주인공의 등장이다. 인물 성격의 근대성을 기준으로 이는 명백한 후퇴라 해도 좋다.

인용문 ④는 산적 출몰소식을 다른 마을 사람들을 알리기 위해 소년회원들이 결의과정을 거치고, 만주벌판의 눈보라를 헤치고 임무를 완수하기 위해 흩어지는 장면이다. 거의 빈사상태에서도 눈보라를 뚫고 가는 '운용'의 행동은 다분히 투사적이지만, 독자의 입장에서는 시간적으로 충분하게 납득되지 않는 부분들이 남아있는데 그것의 관념의 소산이기 때문일 것이다.

작가들이 창조한 소년들의 투쟁은 매우 관념적이라는 약점을 있음에도 불구하고, 문학사적으로 볼 때 이때만큼 확실하게 투쟁 소년을 형상화해 낸 시기도 없었을 것이다. 사회주의 사실주의는 인민의 관심과 일치하면서 부르주아 지주 사회의 근거를 날카롭게 비판하고 또 그러한 질서에 대항하여 싸우는 혁명론자의 상을 형성하고 있다.

여기까지, 그간 카프 아동문학에 내려졌던 단호한 평가를 극복하기 위해 반성적 태도로 살펴보려고 했다. 카프 소년소설에서 나타났던 계급에 대한 저항의 본질은 결국 식민체제를 부정하려는 몸부림이었다는데 의의를 둘 수 있을 것이다.

3. 인간성 탐구와 '보편적 소년'

사람의 '성장'은 잠시도 정지 상태로 머물러 있지 않고, 끊임없이 진행하고 있다. 특히 미성숙한 소년들의 '성장'은 한 개인의 사회화 문제이기에 더 중요할 수밖에 없다.

'성장소설'[133]이란 주인공이 근대적 시민사회의 구성원으로 진입하기 위한 문화적 교양과 주체 정립의 시련을 겪는 과정을 제시하는 소설 유형이라고 할 수 있다. 이 같은 성장소설은 당대의 문화적 교양의 수준과 삶의 총체성을 가늠할 수 있기 때문에 보다 중요한 영역으로 자리매김 되어지지만, 지금까지의 한국 현대 성장소설에 대한 일반적 연구에서는 서구의 보편성만을 일방적으로 강조해온 것이 사실이다.[134]

'성장'이란 역사를 초월하여 보편적으로 존재하며 그 사회의 특정한 문화양식을 반영하고 있는 것이기에, 우리 문학 실정을 감안하여 성장의 의미를 찾아볼 필요가 있다. 즉, 초기 한국소년소설은 장편보다 단편이 우세했고, 주인공의 의식의 변화과정에 대한 통찰보다는 인물의 정체성 발견 과정이 중심이 되고 있다. 자신의 역할이나 신념, 그리고 자아에 대한 깨달음이나 그에 대한 발견의 과정이 대부분이라 할 수 있다. 그런 점에서 초역사적이며 보편적인 관점으로 일상에서 계속적으

---

133 성장소설은 용어 혼용에도 불구하고, 교양소설(Bildungsroman), 형성소설(Novel of Formation), 통과제의 소설(입사소설 · Initiation story) 유형으로 크게 구분하고 있다 (이보영, 『성장소설이란 무엇인가』, 청예원, 1999 참조).
134 최현주, 「한국 현대성장소설에 드러난 '성장'의 함의와 문화적 양면성」, 『현대소설연구』 13, 한국현대소설학회, 2000.

로 반복되는 소년들의 성장을 관찰하고자 한다. 이는 당대 소년소설의 문화적 의의를 탐색하고 동시에 현대적 서사체로 구성되어 가는 과정을 확인할 수 있게 될 것이다.

1930년대에 들어서면 기성작가들이 아동문학에 지대한 관심을 나타냈다. 이광수,[135] 김동인[136]은 물론이고 김유정,[137] 황순원, 김동리, 나도향, 박태원, 강경애 등은 여러 매체를 통해 꾸준히 소년소설과 동화를 발표했다. 특히 이태준, 현덕은 소년소설과 동화를 집중적으로 발표해 아동문학에 열의를 보였는데[138] 한국 소년소설의 현대적 서사구성에 견인차 역할을 했다.

이 글에서는 '성장'하려는 인간 본연의 의지를 서사 안에서 찾아보되, 서사학적인 방법을 일부 원용하고자 한다. 서사장르는 중간에 서술자가 개입하여 독자들에게 비직접적으로 전달한다. 서술자의 중개

---

[135] 이광수, 「다람쥐」, 『동화』, 1936.4, 4~6쪽. 아들 영근이가 다람쥐를 사기 위해서 아버지에게 여러모로 부탁하여서 다람쥐를 가지게 되지만, 다람쥐 장에 갇혀있는 것을 불쌍히 여겨 다시 세상으로 내보내 주는 과정을 그렸다.

[136] 김동인은 고대 그리스 설화 「다몬과 핀티아스」를 각색하여, 「친구」(소년소설)(『童話』, 1936.4, 24~26쪽)라는 제목으로 발표하기도 했다. 이어 「동무」(『동화』, 1936.5) 등과 역사인물소설 「젊은 勇士들」을 계속 발표한다.

[137] 김유정, 「이런 음악회」, 『중앙』, 1936.4. 김유정은 『소년』에 「두포전」을 1939년 1월부터 3회까지 연재하고 사망. 연재가 중단되자 가까운 친구 현덕이 2회분을 이어 완성시켰다.

[138] 이태준은 자신의 경험을 동화와 소년소설의 배경으로 삼았다고 했다. 고아로 보냈던 불우했던 유년·성장시절, 고학으로 학업을 했던 경험들을 작품에 투영했다. 현덕이 아동문학에 관심을 쏟게 된 것은, 도스토예프스키를 존경한데서 비롯되었다고 할 수 있을 것인데, 『백치』의 주인공 '무이쉬킨'이 보여준 천진하면서도 강한 자발성을 어린이들에게 새삼 발견했기 때문인 것으로 설명할 수 있을 것이다. 현덕은 "도스토옙흐스키는 기실 『백치』의 주인공 무이쉬킨의 성격과 같아서 어린아이처럼 선량하고 천진했다. 그리고 현실을 밑바닥으로 파가면서도 허무에 이르지 않은 것도 낙천주의에 위함이 아니든가. 당시 나는 생활과 감정의 막다른 길에 들어선 듯이 막막한 때여서 도스토옙흐스키를 알게 된 것으로 하나의 광명을 얻은 듯이 감동해 하였다"라고 했다(「내가 영향받은 외국작가-도스토옙흐스키」, 『조광』, 1939.3, 263~264쪽).

(仲介)를 통한 이야기 전달방식이야말로, 서술자의 태도를 중시하게 되는 요인이고 다른 장르와 구별되는 서사장르의 독자적 자질이다. 따라서 서술국면 결정[139]의 주요인이 되는 초점화[140] 선택양상의 고찰이 필요해지는 것이다. 이렇게 함으로써 1930년대 중반 이후, 우리 소년소설이 현대적 문체를 구성해 가는 과정을 확인하고 소년소설의 문화적 의의에 대한 탐색도 수행하고자 한다.

1) 화해 지향의 세계인식

프로문학이 퇴조한 자리에 등장한 일군의 이른바 신세대 작가들[141]

---

[139] "작가와 화자를 혼동하지 않는 것이 필수적이라는 것은 문학 이론의 상식이 되었다. 한 문학작품 속의 발화자는 그 작가와 동일시 될 수 없다. 게다가 '내포작가'라 불리워지는 제3의 부류가 서사물 안에서 독자에 의해 재구축된다. 그는 화자가 아니라 서사물의 다른 모든 것과 더불어 화자를 창조하고, 특별한 방식으로 이야기를 끌어가며, 단어나 이미지들을 통해 어떠한 일들이 등장인물에게 일어나게 하는 원리이다." 채트먼은 이와 같은 이론을 다음의 공식으로 정리했다.

> 〈서사 텍스트〉
> 실제작가 → 〈내포작가 → (서술자) → (수화자) → 내포독자〉 → 실제독자

위의 도표에서 내포작가와 내포독자만이 서사물 안에 내재하고 화자와 수화자는 임의적(괄호)이라는 것을 말하고 있다. 궁극적 실행의 의미에 있어서 서사적 전달에 필수적이기는 하지만, 실제작가와 실제독자는 서사적 전달의 바깥에 있다(S. 채트먼, 한용환 역, 『이야기와 담론』, 푸른사상, 163~168쪽 참조).

[140] 허구적 서사물 안에서 일어나는 사건과 행위에 대해서, 보는 주체와 보여 지는 시각의 관계를 설명하는 것으로, 시점 대신 초점이라는 용어를 채택하게 되는 것은 시점의 문자적 의미가 지닌 시각적 인상을 피하고 도덕적·감정적·이념적 태도까지 포괄하기 위해서다. 쥬네트가 소설의 이야기에서 '누가 이야기 하느냐'와 '누가 보느냐' 하는 문제를 구분해야 한다는 것이다. 초점화 이론은 이처럼 폭넓은 은유적 의미의 시점(초점)과 서술자의 언어 자체를 구분하는 데 기초한다(쥬네트, 권택영 역, 『서사담론』, 교보문고, 1992, 203~206쪽 참조).

가운데서도 현덕은 세대의식을 강력히 피력하면서도 자신만의 독특한 분위기나 기법으로 주제를 드러내는 소년소설을 집중적으로 발표했다.

현덕은 프로작가와 동일한, 암울한 현실의 문제를 소재로 취하였지만, 카프와는 다른 분위기와 주관적 동심을 통해서 독자적인 세계를 구축해나간다. 따라서 현덕은 이 무렵 여타 신세대 작가와는 다르게 전적으로 프로문학에 대해 외면한 것은 아니었다. 일차적으로 카프 작가들처럼 그들이 즐겨 취재했던 농촌 또는 도시 언저리에서 살아가는 가난한 사람들의 삶에 대하여 관심을 가졌다. 실직자 혹은 술주정꾼과 같은 성인이 등장하고, 빈부격차, 계급·계층의 갈등이 여전히 존재하고 있지만, 갈등 국면의 해소방법이나 관점이 이전의 프로작가들과는 달랐으며, 정치성·사회성이 소거된 자리에 소년들만의 세계가 서사의 중심을 이루고 있다.

현덕은 『소년』[142]에 거의 대부분의 소년소설[143]을 발표했는데, 그중 다섯 편이 '기수'라는 인물을 초점화자로 하는 연작이다.

---

141 1930년대 김동리, 현덕, 정비석, 최명익, 박노갑 등 이른바 후반기 신세대 작가들은 "근대에 대한 당대인들의 가치기준이 전환되는 시점에서 등장한 세대이며 탈이념적 탈사회적 경향이 본격화된 시기에 문학에 첫발을 디딘 작가들"로 "경향문학 퇴조 이후에 해외문학파나 구인회 등의 영향을 받은 세대라는 점에서 프로문학과는 다른 특성을 보여주는데, 정치성·사회성보다는 문학의 창조성과 형식적 측면에 깊은 관심"을 보여준다고 규정되었다(강진호, 『한국근대문학작가연구』, 깊은샘, 1996, 57~58쪽).

142 1937년 4월 조선일보에서 창간한 아동 교양지, 문예물을 절반 싣고, 대부분 동화와 소년소설로 구성되어있다. 아동문학가 윤석중이 주간을 맡고 있었다. 윤석중은 현덕을 만나 소년소설을 써 볼 것을 권유했다는 이야기가 전해진다.

143 현덕의 소년소설은 9편으로 알려져있다. 「하늘은 맑건만」(『소년』, 1938.8), 「倦球試合」(『소년』, 1938.10), 「고구마」(『소년』, 1938.11), 「집을 나간 소년」(『소년』, 1939.6), 「잃었던 우정」(『소년』, 1939.10), 「월사금과 스케이트」(『소년』, 1940.2), 「나비를 잡는 아버지」(발표지·발표연대미상), 「모자」(발표지·발표연대 미상)(원종찬, 「현덕의 아동문학」, 『민족문학사연구』 6, 민족문학사연구소, 1994, 352쪽 참고).

「월사금과 스케이트」에는 동훈이를 중심으로 서사가 전개된다. 동훈은 6학년의 마지막 월사금을 못 내서 출교를 당할 위기에 처해있다. "우리 반에서 월사금을 못낸 사람은 너 한 명"이라는 선생님의 책망을 듣고 동훈이는 월사금을 가지러 집으로 돌아갔지만 하교시간이 다 되도록 다시 오지 않았다. 반장 기수와 인환이가 선생님의 심부름을 겸해서 동훈이 집을 찾아 나선다. 기수와 인환은 가는 길가에 즐비한 운동구점을 다 들여다보고, 갖고 싶어 하는 '스케이트'를 골라보기도 하면서 가까스로 동훈이 집을 찾아냈다. 간신히 찾아낸 동훈이 집은 예상했던 것보다 더 곤궁한 살림살이였다. 아버지는 병환 중에 있었고, 동훈이에게는 학교를 그만두라고 소리를 질렀다.

> 또 한 번 동훈이를 부르자 방안의 꾸짖는 음성이 조용해지며 탕하고 방문이 열리었다. 이 사람이 바로 동훈이 부친이리라 병색이 깊은 핼쓱한 얼굴이 나타나 험한 눈으로 기수와 인환이를 번가라 보더니
> "너이들은 누구냐?"
> 하고 거츠른 음성으로 물었다. 기수는 무춤 하다가 공손히 례를 하고 동훈이의 책보와 모자를 내놓며 선생님이 이르든 말을 하였다. 그러나
> "동훈이 학교 말이냐. 동훈이는 오늘부터 학교 고만두겠다"
> 하고 그 사람은 고개를 돌려 방안을 향해 조곰 전의 계속으로 꾸짖는 소리를 내었다. 그 컴컴한 방구석에 동훈이가 찚으린 상으로 고개를 숙이고 앉았다.[144]

---

144 현덕, 「월사금과 스케이트」, 『少年』, 1940. 2, 63쪽.

기수와 인환이가 동훈이 집에 찾아가서 맞닥뜨린 장면이다. 동훈과 제대로 이야기도 나누어 보지도 못한 채 되돌아 나오는데, "행색이 구지레한 동훈이 어머니"는 동훈이를 꼭 졸업만 시킬 거라고 말하고, 동훈이는 화가 난 듯이 말도 없었다. 인환은 새 스케이트 살 생각에 부풀어 있고 기수는 갈등하고 있다. 같은 반 급우가 월사금이 없어 학교에서 내쫓기게 되었는데, 스케이트를 산다는 게 부끄러웠기 때문이다. 기수는 "공부가 중하냐 스케이트가 중하냐?"며 인환이를 설득해보려 하지만, 인환이는 완강하게 거부하다가 결국 기수의 의견에 따라 스케이트를 사기위해 비축했던 용돈을 친구의 월사금으로 대납한다. 소년들의 속 깊은 우정이다. 이전, 프롤레타리아계열 소설이었다면, 당연히 동훈의 생활상에 포커스가 맞추어졌을 것이지만, 현덕은 그것을 뛰어넘어 소년들의 세계에서 가장 중요한 우정에 초점을 맞추었다.

「고구마」는 오해로 인해 빚어지는 소년들 사이의 갈등과 암투를 그렸다. "6학년 갑(甲)조을(乙)조가 경쟁적으로 가꾸는 고구마 밭에" 서너 개의 고구마 분실사고가 계속 발생한다. 인환이는 그 고구마를, 형편이 어려워 교장 댁 심부름을 하며 학교에 다니는 수만이가 가져갔을 거라고 단정하고, 기수는 증거가 없다고 인정하지 않는다. 반 아이들의 의혹이 점점 고조되던 어느 날 점심시간, 수만이는 책상 속에서 무엇인가를 꺼내 주머니에 넣고 학교 뒤 다복솔 언덕으로 올라간다. 학급 아이들은 수만이가 훔친 고구마를 먹기 위해서 일거라고 생각하고 뒤를 쫓아 올라가서 우격다짐으로 주머니를 뒤진다.

인환이는 좌우로 눈을 찡긋쨍긋 군호를 하더니 불시에 수만이에게 달려

들어 등 뒤로 허리를 껴안는다. 그리고 우우 대들어 팔을 붓잡고 다리를 붓잡고, 그래도 몸을 빼칠야 가만있지 않는 수만이 호주머니에 기수는 손을 넣었다. 그리고 수만이는 최후의 힘으로 붓잡힌 팔을 빼치자 동시에 기수는 호주머니 속에 든걸 끄집어 내었다.[145]

인용문은 부끄러움에 고개를 들지 못하는 수만이 앞에서 수만이를 우격다짐했던 반 친구들 모두는 더 부끄러워져서 당황해 했고, 기수는 한 마디 "용서해라"라는 말로 머리를 숙인다. 친구들의 의혹이 일시에 해소된 것과 마찬가지로 한 마디의 사과말로 단호하게 결말을 맺는다.

위의 작품들은 공통적으로 '기수'를 초점화자로 하여 친구들 사이에서 일어나는 오해와 암투와 갈등을 여실하게 드러냈다. '기수'를 초점화자로 하는 연작형식의 이 작품들은 대체로 초점화자의 시선으로 작중상황이 평가되는 양상을 보이는 데, 이 텍스트들에서 서술자와 초점화자의 관념적 국면이 거의 일치한다. 그 내용은 다음의 인용문에서 보다 분명히 확인할 수 있다.

① 수만이는 아버지가 살아있고 집안이 넉넉하였을 땐 수만이는 꽤 쾌활하고 명랑한 아이였다. 공부도 잘하고 놀기도 잘하고 그리고 기수와도 무척 친하게 지냈다. (…중략…) 수만이는 차츰 사람이 달라갔다. (…중략…) 자연 아이들과 멀어져 점점 속 모르는 사람이 되어갔다.

---

145 현덕, 「고구마」, 『소년』, 1938.11, 93쪽.

②그 아이 말인즉 수만이 책상 속에 고구마 같은 것이 있는 걸 책상 뚜껑을 열 때마다 보았다는 거다. 그러나 기수는,

"그거 정말 고구마였다면 어디다 못 둬서 책상 속에다 두겠니? 고구마 아니다. 아냐."

③그러나 눈앞에 나타난 것은 딱딱하게 마른 눌은 밥, 한 덩이 눌은 밥이다.

인용문 ①은 수만이에 대한 서술자의 서술이고, ②는 친구들의 주장에도 불구하고 끝까지 수만이를 옹호해주려고 하는 기수의 발화내용이다. 인환이를 비롯한 모든 친구들로부터 오해를 받고 궁지에 몰려있는 수만이를 끝까지 믿어주려는 기수의 관점은 곧 서술자의 관점으로 이동된다. 이는 서술자의 시선이 초점화자의 시선과 거의 밀착되어 있는 것으로 설명된다. 이 텍스트에서는 서술자가 기수를 초점화자로 내세워 현실을 바라보고 있지만 서술자가 초점화자보다 월등히 높은 위치에 처해있는 것이 아니라 '기수'와 거의 동등한 위치에 있어 주제가 더 뚜렷해지는 것이다.

「拳球試合(권구시합)」은 기수, 일성 등의 소년들이 '아웃'이냐 '세이브'냐를 놓고 판정시비를 따지는데서 시작된다. 일성이는 간발의 차이로 '아웃'되었지만, 같은 팀 친구들이 '세이브'라고 우기는 데 편승해서 진실을 말하지 못하고 승부 없이 끝을 낸다. 다음 날 '연필 한 다스 내기 권구시합'을 하게 된다. 자타공인 '홈런왕' 일성이는 일부러 실수를 하고, 공을 놓쳐서 게임이 지기를 바란다. 그렇게 해서라도 어제 자신의

'불의(不義)'를 스스로 면책 받으려한다. 그렇지만, 원하지도 않는 홈런으로 이어지고, 같은 팀 친구들도 자꾸 점수를 내 결국 게임에서 이긴다. 하지만 기수 팀의 인환이가 순순히 연필상품을 내놓지 않아 학교 운동장에서 뒹굴고 주먹질을 하게 되고 결국 교무실로 불려가 선생님의 훈시를 듣고 밖으로 나온다. 그러나 일성이는 "모든 걸 선생님 앞에 가서 바른대루 자백할 결심"으로 몸을 돌려 다시 교무실로 들어간다. 소년들의 놀이 과정과 '찜부(拳球)'라는 당시의 놀이가 세세하게 설명돼 있고, 놀이에 집중하는 소년들의 쾌활함에서 소년소설의 활기를 느낄 수 있다. 소년들이 건전한 놀이를 중심으로 경쟁을 한다는 데서 이미 건강한 교훈주의가 어느 정도는 드러나 있다. 현덕의 소설은 이처럼 어떤 부분에서는 교훈적일 수 있는 것은 사실이다. 그의 소설이 보여주는 도덕가치 지향적[146]이고 화해 지향적 서사에서 우정, 신의, 정의와 같은 낱말들을 연상하는 것이 그리 어렵지 않기 때문이다. 그러나 그 '교훈'은 작가의 권위 있는 목소리로 드러나는 것이 아니라, 소년들이 구사하는 담론이나 행동으로 나타나기 때문에 동일시를 통한 감동으로 이어진다.

"너 나한테두 쌤이라고 우길 수 있겠니. 어디 양심으로 말해보라니깐"
하고 기수는 또 한 번 여무진 소리로 다 조진다. 일성이는 그 양심으로 말을 하라는 데는 고만 낯이 붉어지고 말았다. 고개를 숙인채 작은 소리로

"잘못했다."

---

146 원종찬, 앞의 글, 364쪽.

하고 주먹이 내려올 것을 잠잠히 기다리었다. 허나 기수는 다신 거기에 대해 말이 없다.

　국수집 모퉁이를 돌아 골목으로 들어섰다. 문득 기수는

　"이따 너 우리집으로 오너라 가치 도화지 사러 가자"

하는 음성은 전일과 다름없이 부드럽다. 속에 아무것도 품은 것이 없는 그런 정 있는 음성이다.[147]

　판정시비 때문에 경기가 무산되고 집으로 돌아가는 길에 기수가 일성에게 진실을 캐묻는 장면이다. 일성이는 "양심으로 말하"라는 기수의 한마디에 얼굴이 붉어지며 금방 "잘못했다"고 시인한다. '양심으로 말하'라는 한 마디에 진실을 말할 수 있는 순수한 소년들을 작가는 구현해 냈다. 기만(欺瞞)이나 술수(術數)를 부리지 않는, 기성세대와는 차별화된 소년들의 심리와 세계를 적시한 것이다. 여기서 기수의 모습도 주목하게 된다. 일성이가 "잘못했다"라고 정식으로 사과하자 "다신 거기에 대해 말이 없"고 '전일과 다름없는, 속에 품은 것이 없는 정있는' 의연한 태도를 보여준다. 두 소년의 도타운 우정이 그대로 드러났으며, 소년들에게 바라는 작가의 바람이 드러난 것이라고 할 수 있을 것이다. 이런 면에서 현덕의 소설이 교훈성을 가진다고 할 수 있을 것이나, 이런 서사야말로 아동문학이 가져야 하는 아동문학만의 특수성이며, 아동문학만의 특장일 것이다.

　「조행 갑」과 「하늘을 맑건만」 또한 '정직'이라는 도덕적 가치 때문에

147　현덕, 「拳球試合」, 『소년』, 1938. 10, 10쪽.

고민하는 소년들의 문제를 다루고 있다. '정직'을 성취하기 위해 자신의 내면과 겨루기를 하는 소년의 심리가 잘 드러난 「조행 갑」은 '산술도 귀신같이 풀고 조행에서도 늘 갑(甲)'을 받는 모범생인 학구가 잘못을 저지르고 그 때문에 죄책감에 고민하는 내용이다. 모범생 학구에 비해 덕재는 '몇 해를 두고 낙제만 한 까닭에 애꿎은 나이만 먹'어 마을 아이들을 데리고 장난치는 일에만 신나 했고, 학구를 '눈엣가시'처럼 여긴다. 15리가 넘는 등하굣길을 마을 아이들과 함께 다니며 덕재는 '오이서리'를 일로 삼고, 그것을 아이들과 나눠 먹지만, 학구는 서리한 오이를 입에도 대지 않는다. 덕재는 "조행 갑이라구 뽐내니?"라며 빈정댄다. 그런데 학구가 청소를 마치고 돌아오는 어느 토요일 오후, 너무 덥고 배가 고파서 오이 밭에 들어가 오이 하나를 따서 입에 넣고 만다. 그때 오이 밭주인이 기다렸다는 듯이 학구의 등덜미를 잡고 짚단 치듯이 친다. 학구는 "오이를 딴 자기의 손목쟁이를 때꾹 잘라버리고" 싶을 만큼 후회를 했지만, 오이밭 주인 앞에서 우는 것 외는 아무것도 할 게 없었다. 학구가 남의 오이 밭에 들어갔다가 주인에게 혼났다는 얘기는 덕재를 포함한 아이들에게 다 알려졌고, 덕재는 "조행을 정(丁)으로 내려야 할 것"이고 선생님도 알아야 할 것이라고 떠들어 댄다.

어느 날, 학구는 교무실에서 선생님이 찾는다는 말을 듣고 선생님 앞에 갔을 때, "이번에도 성적 성적이 우수하다"는 말만 듣고 쫓겨나다시피 교무실을 나오게 된다. 선생님을 만나면 때를 놓치지 않고 사실을 털어놓을 거라고 외어두었던 말을 되풀이하지도 못했다. 방학 날, 덕재가 학구의 통신부에 '조행 갑'이라고 적혀있는 것을 읽고 덕재는 얼굴이 파래지며 약이 올라했고, 학구는 양심의 가책을 느낀다.

학구는 엉덩이의 먼지를 털면서 종종걸음으로 온 길을 되짚어 학교로 가고 있었다. (…중략…) 학구는 말끔히 말끔히 선생님께 말씀드려서 속을 시원하게 만들 작정이었다. 꼴찌? 첫째?

그따위 것들은 지금의 학구에게 문제도 되지 않았다.[148]

자신의 행동을 속이고 '갑'을 받는 것보다는 비록 '갑'은 아닐지라도 양심에 떳떳해지기 위해서 학구는 학교로 돌아간다.

모범생 학구가 남의 밭에서 오이를 따먹고 나서, 자신의 행동이 '조행 갑'이 되지 못한다는 사실 때문에 고민하고, 자신의 행동을 선생님께 알려야 하는 문제로 괴로워하는 학구의 심리가 내적 초점화 방식으로 조명되어 있는 것이다.

「하늘은 맑건만」은 문기라는 한 소년의 양심의 문제를 다루고 있다. 문기는 숙모의 심부름으로 가게에 갔다가 거스름돈을 더 많이 받게 된다. 그때 우연히 만난 수만이의 꾐에 빠져 평소에 사고 싶었던 것을 사는 등 돈을 마음껏 쓰지만 양심의 가책을 느낀다. 양심에 걸리는 일을 하면서도 자기에게 책임이 없을 거라고 자기합리화도 해보지만, 자기 행동이 스스로를 속이는 것임을 분명히 자각하고 있으며, 또 두려움도 느끼는 문기의 복잡한 내면심리를 다룬 작품이다. 문기의 이런 복잡한 심리는 문기를 초점화 주체로 하는 내적 초점화 방식을 채택함으로써[149] 문기의 심리에 더욱 집중하고 있는 서술 태도를 보여준다.

---

148 이구조, 「조행 갑(甲)」, 『동아일보』, 1935.10.6~20.
149 내적초점화는 초점자의 위치가 재현되는 사건의 내부에 있는 경우로서 주로 '인물-초점자(character-focalizer)'의 형식을 취한다. 초점자가 지각대상을 겸하는 경우에 내면의 표면이 가능해지고, 내적 초점자는 주관적·감정이입 적이 될 수 있다(S. 리몬

① 문기는 수만이가 이르는 대로 잔돈만 양복 주머니에서 꺼내 놓았다. 숙모는 그 돈을 받아 두 번 자세히 세어보고 주머니에 넣고는 아무 말 없이 돌아서 고기를 씻는다.

② 문기는 벌겋게 얼굴이 달아 수그리고 앉았다. 삼촌은 잠시 묵묵히 건너다만 보고 있더니

③ 문기는 아랫방에 내려와 혼자 되자, 삼촌 앞에서보다 갑절 얼굴이 달아 올랐다. 지금까지 될 수 있는 대로 생각지 않으려고 힘을 써오던 그 편에 정면으로 제 몸을 세워놓고 보지 않을 수 없었다.

인용문에서 볼 수 있듯이 ①은 문기로부터 거스름돈을 건네받는 숙모의 모습이고 ②는 문기가 가지고 있는 '쌍안경'이나 '공'의 출처를 묻는 삼촌의 태도다. 삼촌은 최근 문기의 최근 행동에서 달라진 것을 보았지만 "네 말이 옳겠지. 설마 네가 날 속이기야 하겠니?" 하면서 "묵묵히 건너다만 보고" 있을 뿐이다. ③에서 문기는 심리적으로 심한 갈등을 느끼는데 그것은 얼굴이 "갑절 달아 오르는" 것으로 드러난다. 이처럼 문기 외 다른 인물의 관념이나 판단은 완전히 소거되어 있고, 오직 문기를 초점화함으로써 문기의 심리변동을 더 적절하게 묘파해 내고 있다. 이런 서술의 국면들은 문기가 불로소득으로 산 쌍안경과 공을 아무도 모르게 버리는 행동에서 심리적인 해방감을 누리는데 크게 기여

케넌, 최상규 역, 『소설의 현대시학』, 예림기획, 1999, 134~138쪽 참조).

하고 있다. 그러나 수만의 집요한 압력 때문에 문기는 숙모의 돈을 훔치는 두 번째 잘못을 저지른다. 이런 사건의 점층으로 「하늘은 맑건만」은 소년소설로는 매우 튼튼한 구성을 갖추고 있다는 평가를 받는다.

언제나 다름없이 하늘은 맑고 푸르건만 문기는 어쩐지 그 하늘조차 쳐다보기가 두려워졌다. (…중략…) 언제나 다름없이 여러 아이들은 넓은 운동장에서 마음대로 뛰고 마음대로 지껄이고 마음대로 즐기건만 문기 한 사람만은 어둠과 같이 컴컴하고 무거운 마음에 잠겨 고개를 들지 못한다. 무엇보다도 문기는 전일처럼 맑은 하늘 아래서 아무 거리낌 없이 즐길 수 있는 마음이 갖고 싶다.[150]

결국, 자신의 심리상태를 스스로 확인한 문기는 잘못을 고백하려고 선생님을 찾아가지만, 사정이 여의치 않아 그냥 돌아 나오는 길에 교통사고를 당한다. 이 텍스트가 '교통사고'라는 우연성의 개입에도 불구하고 통속화되지 않는 것은 문기를 둘러싸고 있는 현실적인 문제들의 직·간접적 혹은 우회적 제시와 내면 심리의 묘사의 힘에 있다 할 수 있을 것이다. 현덕은 다소 통속적인 줄거리일지라도 인물의 내면심리와 행동의 묘사, 분위기 설정에서 뛰어난 기량을 발휘해 통속성을 극복하는 면모를 보여주고 있다.

아동문학의 서사텍스트에서 '뚜렷한 주제의식'의 문제는 아동문학의 특성 중 가장 주목되고 있는 교훈성[151]의 문제와 직결되어 작가들이

---

150 현덕, 「하늘은 맑건만」, 『소년』, 1938.8, 20쪽.
151 하나의 작품이 교육성을 지닌다는 것은, 그것을 읽은 독자가 人間形成에 바람직한 영

가장 고심하고 있는 부분이 될 것이다.

자기 잘못을 솔직히 시인하고 상대방에게 용서를 구하면서 화해로 나아가는 결말은 소년소설이 추구해야 할 도덕성과 교훈성을 매우 이상적으로 형상화시켰다고 할 수 있겠다. 정의로움, 신의를 지키는 일, 양심수호, 이런 문제를 다루면서 통속을 극복할 수 있는 것 또한 1935년대 이후의 소년소설이 성취해낸 성과로 보여 진다.

2) 입사식(initiation)의 시도

서사 내부에서 구현되는 제의적 요소의 유무로 구분하게 되는 입사식 소설(통과제의 소설, initiation story)은 성장소설에서 중요하게 다루어진다. 즉 미숙한 주인공이 성숙하기 위해 정신적·육체적 시련을 경험하게 되는데, 이 과정이 통과의례[152]이다. 신참자인 순수·무지상태의

향을 받았다고 믿어질 때 비로소 말 할 수 있는 것이다. 아동문학가는 인생과 사회의 교사일 뿐만 아니라, 兒童心理의 洞察者라야 한다. 그러므로 훌륭한 아동문학은 그 본질이 높은 교육성을 지녀야 한다. 물론 類型的 선악의 개념이나 '착한 어린이'식이나 노골적인 교훈 강요는 이미 문학과는 거리가 먼 것이 되고 만다. 문학의 교육성은 어디까지나 결과이지 목적이 될 수 없는 것이다. 일본 國分一太郎는 교육성·도덕성이 아동문학의 평가 기준이 된다고 확인했다. 그러나 그것은 인간존중사상을 바탕으로 한 人生性, 思想性이라고 했다. 즉 아동문학에서 倫理的 效用價値가 美的 效用價値보다 중시되어서는 안 된다고 했다(석용원, 『兒童文學原論』, 학연사, 1982, 21~23쪽).

152 통과의례(rite of passage)는 세 단계의 세부적 절차를 거치는데 첫째 분리(separation), 둘째 전이(translation), 셋째 결합(incorporation)의 과정이다. 분리단계에서는 일상의 삶으로부터의 분리, 집으로부터 떠나서 별도의 장소로 옮겨감이고, 전이과정은 격리 상태에서 시험과 시련이 가해지며, 결합과정은 분리와 전이의 과정을 수행하고 사회에 복귀하는 과정이다(Simone Vierne, 이재실 역, 『통과제의와 문학』, 문학동네, 1996, 79쪽 참조; M. Mordecai, 최상규 역, 「이니시에이션 소설이란 무엇인가」, 『현대소설의 이론』, 대방출판사, 1983).

소년이 제의적 통과의례를 수행함으로써 존재론적 위치변화를 깨닫게 되고 정신적 성숙에 입문하게 된다는 원리다. 「닭 祭」는 이 같은 통과 제의의 과정을 서사 안에서 충실히 수행하고 있는데, 「닭 祭」라는 제목에서도 암시되듯이 죽음과 삶이라는 보다 근본적인 문제와 연관된 제의적 성격을 강하게 띠고 있다.

소년의 입사체험은 동물적 표상을 통해서 이루어진다. 늙은 수탉 한 마리를 키우던 소년이 어느 날 그 수탉이 뱀으로 변하리라는 반수할아버지의 말을 듣고, 며칠 전 뱀이 제비집으로 올라가던 일을 떠올리는 것으로 시작된다. 뱀으로 변한 수탉이 제비새끼를 잡아먹을 것이라고 생각한 소년은 갈밭으로 나가 자신의 손으로 수탉을 죽이고 그 날로 앓기 시작한다. 반수할아버지의 근거 없는 주술적 담화는 순진, 무지한 소년으로 하여금 생명을 교살하는 악을 행하게 하고, 소년은 생애 최초로 악을 시행한 그 두려움 때문에 신열에 떨며 혼수상태에 빠지게 된다.

그러한 어느 날, 소년은 동구 밖 갈밭까지 나갔다. 갈꽃이 패기 시작하고 있었다. 소년은 무성한 갈대잎에 손등과 목이 긁히는 줄도 모르고 수탉을 목 매어 던진 곳으로 들어갔다. 거기 늙은 수탉이 그냥 새끼에 목이 매인 채로 있는 것을 보고야 해쓱한 얼굴에 안심된 빛을 띠었다. 그러나 다음 순간 소년은 그 이상 더 몸을 가눌 힘을 잃고 그 자리에 쓰러지고 말았다. 죽은 수탉의 가슴패기와 날갯죽지 밑에 벌써 썩어 구더기가 들끓고 있었다. (…중략…) 소년의 집에서는 소년이 온 데 간 데 없어져 야단법석이었다.[153]

성장 서사는 이항대립구조로 나타나는 것이 일반적이다. 미추(美醜)의 발견, 선악(善惡)의 대립 등이 대표적인 예라고 할 수 있을 것이다. 「닭 祭」에서 수탉의 주검에서 보여 지는 참혹한 광경은 무지(無知)하고 미숙(未熟)한 신참자에게 추악한 현실 세계를 보여주는 기능을 한다. 이어 소년은 갈대밭에서 실신상태로 쓰러지고, 가족들과 온 마을 사람들은 실종된 소년을 찾아 나선다. 소년의 이유 없는 병(病)과 갈밭에서 소년의 실종은 의례에서 입문자가 시련과 죽음을 겪는 단계와 매우 유사하다.[154] 입사자는 재탄생을 위해 반드시 죽음의 상태를 경험해야 하는데, 소년은 갈밭에서 의식을 잃고 실신함으로써 제의적 죽음의 상태에 빠지게 된 것이다.

> 동구 밖 갈밭의 흰꽃이 남김없이 다 패고, 다섯 마리 제비 새끼가 죽 가지 않고 완전히 날 수 있던 날, 소년은 그 제비들을 내다보며 미소를 얼굴 가득히 띠었다.[155]

소년이 그토록 지켜내고자 했던 제비새끼 다섯 마리가 "죽가지 않고 완전하게 날 수 있게 된 날" 소년은 비로소 얼굴 가득 웃음을 띠었는데, 이모와 가족들은 "소년의 마지막 웃음"이라고 울음을 터트리지만, 그

---

153 황순원, 「닭 제」, 『늪』, 黃順元短篇集, 漢城圖書, 1940; 『黃順元文學全集』 3, 삼중당, 1973, 206쪽.
154 통과제의의 죽음은 세 가지 형태로 분류된다. 첫째 죽음의 제의, 둘째 태아 상태로의 귀환(모태 회귀), 셋째 지옥으로의 하강 또는 천국으로 상승. 이 세 가지 항목은 문화에 따라서, 또는 통과제의의 종류에 따라서 특정한 형태가 강조된다(Simone Vierne, 앞의 책, 32~33쪽 참조).
155 황순원, 앞의 글.

것은 통과의례를 수행해내고 재탄생한 입사자의 웃음이며, 존재론적 위치변화를 암시하는 소년의 재탄생으로 해석할 수 있는 것이다.

「집을 나간 소년」은 인환이의 가출을 다루고 있다. "캡을 눌러쓰고 가방을 가진 행색"의 인환이는 한눈에 봐도 어디론가 떠나려는 모습이다. 가정형편 때문에 중학교 진학이 어렵게 된 인환이가 가족들 몰래 "집을 버리고 나왔다"는 것이다. 인환의 가출은 단순한 반항의 표출이 아니라 자신이 속해있던 세계로부터의 분리를 시도하는 것이다. 새로운 세계에 들어가기 위해 입사후보자가 자신이 속한 집단으로부터 분리되는 것은 필수사항이다. 입사자가 벗어나야 하는 세계는 유년의 세계이기도 하고, 모성(母性)의 세계이기도하다. 인환이 "길을 떠나는" 이유로, 상급학교의 진학이 좌절된 것으로 나타나있지만, 기실은 다른 세계로 나아가려는 성장의지로 볼 수도 있는 것이다.

> 실로 기수는 난처하였다. 이 가엾은 여인에게 끝끝내 입을 봉하고 있을 수는 정말 어려웠다. 그러나 동무가 당부하던 말도 잊을 수 없어 멍멍히 섰는데 마침 부산서 떠난 열차가 도착하였다는 보고가 들리며 그편으로 사람들은 몰려간다. (…중략…)
>
> "인환아, 인환아"
>
> 마침내 전화실 문이 열리며 숨바꼭질을 하다가 들킨 때처럼 어색한 얼굴로 인환이는 나왔다. 그리고 기수가 그의 손을 잡고 무어라고 입을 열기 전에 인환이 어머니는 달려와 아들의 어깨에 매달렸다.[156]

---

156 현덕, 「집을 나간 소년」, 『소년』, 1939.5, 16쪽.

결국, 역 대합실까지 찾아 나온 인환의 어머니에 의해 인환의 떠남은 좌절된다. 모성의 세계로부터의 완전한 분리가 이루어지지 못한 서사양상이라 할 수 있다.

완전한 입사 제의의 과정을 수행해내지 못하고, 소년들이 입사경험의 정도에서 머무는 예는 김동리의 「소년」이나 김송의 「용늪(龍池)」에서도 유사하게 나타난다.

「용늪(龍池)」[157]은 한 여름 무더위를 식히려고 시골 소년이 친구들과 '용늪'이라는 저수지에 뛰어들었다가 익사 위기를 모면하고 간신히 구출된다는 줄거리다. 용이 승천하면서 아이 한 명씩을 희생시킨다는 전설을 가진 '용늪'에서 멱을 감던 종록이는 저수지 깊은 곳에 발이 빠지면서 익사의 위기에 놓이지만, 친구들의 도움으로 목숨을 건지게 된다는 익숙한 에피소드다. 김동리의 「소년」[158]도 성재와 윤범이 초겨울 저수지에서 오리를 포획해서 식용해본다는 위악적인 소년들의 모습을 적절하게 묘파해 내고 있다. 위악적인 소년들의 모습은 악의 유혹에 강하게 이끌리면서 악을 시행해보려고 하는 성장기 특유의 호기심을 구현한 것으로 설명할 수 있을 것이다.

한국 소년소설의 성장 서사의 내용을 서구 이론에 대입해보면 제의의 문턱에서 좌절되거나 성숙의 문턱에서 겨우 기웃거리는 정도[159]에

---

157 金松, 「용늪(龍池)」, 『소년』, 1939.7, 50～55쪽.
158 김동리, 「소년」, 『문장』, 1941.2.
159 Mordecai, Marcus는 'Initiation'을 세 가지 유형으로 분류하였다.
  ① 시험적 이니시에이션(tentative initiation) : 성숙과 각성의 문턱에까지 이끌려 갈 뿐 결정적으로 문지방을 넘어서지 못한다. 그런 소설은 경험의 충격적 효과만을 강조하고 그 경우 주인공은 유난히 나이가 어리다.
  ② 미완성 이니시에이션(uncompleted initiation) : 주인공을 성숙과 각성의 문턱을 넘어서게 한다. 그러나 어떤 확신을 찾으려고 필사적으로 노력한다.

머문 경우가 대다수이지만, 주인공의 의식의 변화과정에 대한 통찰보다는 자신의 역할·신념·자아에 대한 깨달음이나 그에 대한 발견의 과정에 의미를 두고, 일상 범위 안에서 성장에 의미를 둔다면 결코 '작은 성장'이라고 할 수 없을 것이다.

3) 삶의 총체성과 사회화

「돌다리」[160]는, 의사가 된 아들 창섭이 병원을 확장하기 위해 고향의 농토를 처분하려 찾아오는 데서 시작된다. '아버지'는 농토를 버리고 서울로 가는 것은 상상도 못하는 농민이다. 땅의 진정한 가치를 아는 사람이라야 소작을 준다 할 정도이고, 심지어 땅을 팔아야 할 경우가 오면 제값을 못 받더라도 땅을 아낄 줄 아는 사람에게 팔겠다는 정도로 땅에 애착과 철학을 가지고 있다. 창섭은 나름대로의 타당한 논리를 들어 아버지를 설득해 보려하지만, 아버지는 돈놀이처럼 땅을 사고파는 물신주의를 비판하면서 아들의 계획을 유예시킨다.

「돌다리」에서 초점화자는 어른 '창섭'으로 설정되어 있다. 의료시설 부족과 오진(誤診)으로 허망하게 죽은 여동생 '창옥'이 묻혀있는 '샘말 공동묘지'를 지나면서 의사가 된 사명을 되새겨보는 데서나 아버지를 만나 "마치 환자에게 치료 방법을 이르듯 냉정히 채견채견히" 병원 확

---

③ 결정적 이니시에이션(decisive initiation) : 주인공이 완전한 성숙과 각성에 이르거나 결정적인 진로를 정했음을 보여주는 유형(M. Mordecai, 앞의 글, 494쪽).
160 이태준, 『국민문학』, 1943.1.

장을 설명하는 데서 확인이 된다. 그러나 창섭이 "아버지와 자기와의 세계가 격리(隔離)되는 일종의 결별(訣別)의 심사를 체험"하고 농토를 팔아 병원을 확장하겠다는 목적을 이루지 못한 채로 저녁차를 타러 가버리는 데서는 제로 초점화되면서 서술자는 지배적인 위치에서 서사를 끌어간다.

① 아버지는 종일 개울에서 허덕였으나 저녁에 잠도 달게 오지 않았다. 젊어서 서당에서 읽던 백낙천의 시가 다 생각이 났다.

② 노인은 어두운 천장을 향해 쓴 웃음을 짓고 날이 밝기를 기다려 누구보다도 먼저 어제 고쳐놓은 돌다리를 보러 나왔다.
흙탕이라고는 어느 돌틈에도 남아있지 않았다. 첫 곬으로도, 가운데 곬으로도 끝엣 곬으로도 맑기만 한 소담한 물살이 우쭐우쭐 춤추며 빠져 내려갔다.

인용문 ①, ②는 창섭의 '아버지'에 대한 지칭의 급변을 보여주는 단락이다. ①은 아들 창섭에게 함부로 땅을 처분할 수 없다는 자신의 신념을 털어놓고, "나 죽고 나서는 어떻게 하라"는 유언(遺言)과 같은 말로 아들을 설득하였지만 잠을 이루지 못하는 신산한 밤을 보내고 있는 장면이다. 창섭이 상경하기 위해 '저녁차를 타러'갔지만, 창섭을 초점화자로 한 서술양상을 여전히 보여주고 있는데, 이는 마치 초점화자의 심정을 대변하고 있는 듯하다. 그러나 ②는 날이 미처 새기도 전에 밖으로 나가, 물살을 지탱하고 있는 '돌다리'를 확인하는 아버지의 모습을 서술하고 있다. ①에서 '아버지'로 지칭되었으나 ② 단락에서 갑자기

'노인'으로 호칭이 바뀌는 장면이다. 창섭 아버지에 대한 호칭이 달라진 것인데, 초점화의 이동을 확인할 수 있다. 초점화자의 이동은 서사 전반부를 맡았던 '창섭'의 부재를 메워주고, 서사 공간의 단일성을 유지함으로써 서사의 긴밀성을 획득했다고 볼 수 있다.

'노인'이 어제 보수한 '돌다리'를 살펴보는 일은 '노인'이 지키고자 하는 농토의 안전을 확인하는 것과 다르지 않다. 노인의 행동은 신념으로 지키고 있는 땅에 대한 철학의 언표화다.

「돌다리」에는 '소년' 등장인물이 보이지 않는다. 제대로 된 의료 혜택 한 번 받아 보지 못하고 어이없이 죽은 열 살 아래 오누이 '창옥'의 주검이 묻혀있는 '샘말 공동묘지'를 지날 때 의사의 길로 진로를 결정하던 소년기의 한 장면이 오버랩되지만, 서사 전체를 주관하는 서술자는 어른의 목소리다. 다시 말해 소년을 염두에 둔 창작물이라는 징표를 어디에서도 찾을 수 없다. 이런 점에서 「돌다리」는 '출간된 모든 도서들 가운데서 특정한 기준에 맞춰 선별된 것일 수도 있다'는 소년소설의 요건을 충족시키고 있는 셈이다. 애초 소년들을 위한 창작이 아니라도 소년소설로 충분하다는 전형을 보여주었다. 아버지가 집착을 보이고 있는 '땅'은 인간 삶의 근간이 되는 '자연'을 상징하는 것이고, 아버지의 담화로 드러난 땅에 대한 애착과 철학은 인간이 자연을 대하는 기본적인 태도인 것이다. 잇속에 빠르지는 못하나 땅으로 순수함을 지키려는 아버지와 땅으로 병원 확장을 계획하는 아들의 대립, 그러나 결국은 '아버지'의 의지에 함몰되는 아들의 모습은 전통과 개혁의 대결 양상을 드러내면서 인간탐구라는 문학의 목적을 충족시켰다. 그런 점에서 「돌다리」는 서술자가 지배적으로 서사를 이끌어 가는 양상이다. 서술자는 땅에 집착하는 아버지의 세계를 옹호하고 있는데, 이는 결국 서술자가 내포작가의 목소리를 대리하고 있는 것이다.

「행랑자식」에는 나도향의 사실주의 기법이 충실하게 드러나 있다. 행랑(行廊)에 살고 있는 열두 살 소년 진태(鎭泰)의 궁핍한 현실과 억압된 상황, 그리고 그 소년에게 가해지는 일련의 폭압들이 거역할 수 없는 현실에서 구체적으로 묘사되어 있어 나도향 사실주의 창작태도를 그대로 보여준다.

마당 쓰는 일로 하루를 시작한 진태는 실수로 주인 박교장의 발등에 눈덩이를 쏟아 버선을 더럽히고, 그 일로 부모로부터 억울하게 야단을 듣는다. 인력거 일을 나갔던 아버지는 빈손으로 들어오고, 집에는 쌀이 떨어져 밥을 굶을 지경이다. 진태는 '주인마님'이 주는 밥을 거절하는데, 안채에 들어가면 같은 학교에 다니는 교장 딸을 보게 될 것이 부끄럽기 때문이다. 어머니는 마지막 보물인 은비녀를 전당포에 맡기고 쌀과 나무를 사오라는 심부름을 진태에게 시킨다. 쌀과 나무를 사서 나오던 진태는 실수로 쌀봉지를 떨어뜨리고 쌀은 길바닥에 그대로 쏟아지는 낭패를 당한다. 진태는 그 일로 아버지에게 또 매를 맞는다.

「행랑자식」에서 초점화자는 역시 소년 진태지만, 서술자는 명백한 어른의 목소리를 가지고 있다. 그것은 다음 인용문에서 확인할 수 있다.

① 그의 아버지도 자식 우는 것을 볼 때 엇더튼 그 눈물을 동정하는 慈情이 일어나는지 목소리가 조곰 야저지며 또는 우슴이 석기엇스니 그것은 그 눈물나는 마음을 위로하랴는 본능이다. (…중략…) 아버지는 화가 나는 것을 참엇다. 그리고는 무슨 생각을 하엿는지 여러 번 타일너 보다가 혼자말

을 하더니 밧갓흐로 나아간다.

②그것은 근자에 볼 수 없는 느러진 성미엇다. 아마 어멈에게 무러볼 작정이엇든 것이다. 아범은 문밧그로 나아갓다. 그러더니 다시 들어오며[161]

인용문 ①에서는 '아버지'로 표현되었던 것이 ②에서는 '아범'과 '어멈'으로 지칭되고 있다. ① 단락은 진태를 초점화자로 한 언술일 것이며, ②는 서술자가 지배적 위치에서 진태 아버지와 어머니를 '행랑아범', '행랑어멈' 정도로 하대(下待)하고 있는 것이다. 초점화자와 서술자가 반드시 같은 동인으로 귀속되지 않을 수 있다[162]는 전제를 확인하게 해주는 단락이다. 여기서 어른 서술자는 진태의 궁핍하고 억압적인 현실에 어떤 희망도 제시하지 않고 결말을 짓는다. 이런 결말은 긍정적인 열린 세계의 존재를 믿지 않으려는 작가 의식의 반영이라고 할 수 있다. 설불리 열려진 세계의 가능성을 역설하거나 미래지향적 전망을 제시하려는 의무감을 벗어버린 결말은 소년소설의 의미를 충분히 확장시켜놓았다.

이같이 초점화자가 어른일 경우 (내포)작가의 의식에 더 밀착될 수 있어서 삶을 총체적으로 구현해내는데 효과적일 수 있을 것이다. 소년 초점화자보다 현실을 바라보는 태도에 있어 순수한 직관성은 부족할지라도 넓은 시각으로 삶의 전체를 조망하고 서술할 수 있는 능력에서

---

161 나도향, 「행랑자식」, 『개벽』, 1923. 10, 115~116쪽.
162 이야기하는 것과 보는 것, 서술과 초점화는 같은 동인(agent)에 귀속될 수 있지만 반드시 그래야 하는 것은 아니다. 서술동인(narrative agent)의 의인화 타당성에 대해 리몬 케넌도 의인화의 기미를 숨길 수 없다고 솔직하게 피력하고 있다(S. 리몬 케넌, 앞의 책, 130쪽).

는 우위에 있음을 부인할 수는 없을 것이다.

성장의 서사에서 소년 인물의 사회화 과정은 매우 중요한 모티프인 것은 전술한 바다. 미성숙의 소년들을 전인적으로 변화시키는데 예술만큼 훌륭한 도구도 없을 것이다. 그래서 예술은 성장 서사에서 빼놓을 수 없는 요소다.[163]

「군밤장수」와 「꿈에 그리던 얼굴」에서 '예술'은 소년들의 삶의 목표가 되어 성숙을 돕고 사회화하도록 작동하고 있다. 즉 현실은 각박하여서 비록 거리에서 군밤을 팔거나 목동(牧童)으로 소를 치고 있지만, 이상(理想)은 예술가적 삶을 지향하고 있는 소년들이다. 그것은 곧 고도로 세련된 예술적 감수성으로 사회화되는 인물의 모습을 상상할 수 있게 해 준다.

「군밤장수」에서 그림에 재능이 있는 성만이는 중학교 진학을 못하고 거리에서 군밤을 팔고 있다. 우연히 이런 사실을 알게 된 친구 기수는 성만이의 재능을 아까워하면서 어떻게 해서라도 친구 성만이가 예술적 재능을 포기하지 않기를 바란다.

그림은 간단히 시골 여인이 한 손엔 어린애를 이끌고, 한 손엔 머리에 인 광주리를 잡고 섰는 모양인데, 그 선 하나 점 하나에 힘이 흐르고 움직임이 있고 산 사람을 보는 듯 싶다. (…중략…) 그것은 날카로운 관찰과 깊은 사랑과 두터운 사랑하는 마음이 없고는 그렇게 살아 움직이는 듯 종이 위에 옮겨 놓지 못할 것이다 싶어졌다.[164]

---

163 예술이 인간의 삶을 총체적으로 성장하게 하는데 긴요하게 작용한다는 사실은 『빌헬름 마이스터의 수업시대』가 그 전범이 된다고 할 수 있을 것이다.

성만이가 그린 그림에 대한 묘사인데 초점화자 기수의 목소리로 서사화되어 있다. 기수를 초점화자로 함으로써 성만의 그림에 대한 평가나 성만의 미술적 재능에 대해 근거리에서 이야기할 수 있게 된다. 또 "지금도 그림을 그려보고 싶은 생각은 태산 같어. 자나깨나 머리 속엔 그 생각밖에 없어"와 같은 성만의 담화를 기수를 통해 (내포)독자가 직접 듣게 됨으로써 예술세계를 열망하는 인물의 성격도 확인할 수 있게 된다.

「꿈에 보는 얼굴」에서 경호는 그림에 재능이 있고, "농민 화가 밀레"를 존경하지만 현실은 외삼촌 집에 얹혀살면서 목동(牧童)일을 해야 하는 가난한 소년이다. 소학교 은사였던 정선생님은 경호의 재능을 아까워하며 밀레의 예술세계를 일러주고 화가의 꿈을 키워가도록 격려하고 조력한다.

경호군도 그림에 재조가 있으니 부즈런히 그림공부를 해서 '미레!' 어른과 같이 농민화가가 되어라. 이렇게 격려해 주시며 칭찬해 주시었습니다. 그 뒤로 경호는 농부의 그림을 그리기 시작하였습니다. 그리하야 그림제목을 귀가(歸家)라고 한 목동이 석양을 등에 지고 소등에 한가로이 앉아 휘파람을 불며 녹음 속을 지나가는 수채화를 그려 학교로 가져갔더니 교장선생님이 보시고 칭찬을 무수히 하시면서 사진틀에 끼어 직원실에 걸어놓으시었습니다.[165]

---

164 현덕, 「군밤장수」, 『소년』, 1939. 1, 58쪽.
165 최병화, 「꿈에 보는 얼굴」(제3회), 『소년』 4-11, 1940. 11, 29쪽. 「꿈에 보는 얼굴」은 『소년』 1940년 9월호부터 12월호까지 적어도 4회 이상 계속 연재되었음. 이후는 낙본으로 완결판 미확인.

경호는 현실에 안주하지 않고 화가의 꿈을 이루려고 목동 일을 더 열심히 하는 것이다. 즉, 예술(그림)로 자신을 완성시켜나가려는 소년의 성장 의지이다. 결국, 예술에 대한 열망은 예술을 통해 세계의 본질과 의미를 배우려 하는 것이고 조화적 교양을 통해 인간성을 완성시키고, 전체성을 갖추어나가려고 하는 소년 인물의 의지인 것이다. 이것이 소년소설에서 성장의 서사로 기능한다고 보는 것이다.

4) 내면화된 현실의 갈등 — 보편적 소년

근대화 이후 인간의 삶을 결정짓는 운명적 요인은 크게 약화되었다. 개인으로서의 삶을 조건지우는 것은 사회적·경제적 상황들이 더 중요하게 작용되어서 사회적 환경의 요인에 영향을 받게 된다.

1930년대 중반 이후 소년소설은 과도한 사상이나 이념의 강요에서 탈피해서 소년들 자신들에게서 일어나는 질문과 회의를 탐구하는 태도가 나타났다. 김동리는 시대와 이념을 초월하여 소년들의 보편적, 근원적 문제를 전략적으로 수용했고, 현덕에 와서 거의 최초로 어른의 고압적 관념이나 부당한 간섭의 영향력으로부터 이탈되어 자기들 세계의 이야기로 갈등하고 고민하는 자립적 소년들을 구현하게 된다. 이때 '자립한 세계'는 현실로부터 차단된 관념의 공간이 아니라, 현실 속에서도 어른과 다르게 자연이 정해준 그들 본연의 특성에 따라 스스로 움직이는 세계를 가리킨다.

이들 소년들은 성인, 혹은 외부 조력자의 등장 없이 자신들의 문제를 소년들 스스로 해결해 나가려는 자립성을 보여 주었고, 힘 있는 해결자의 능력 동원을 바라지 않는, 지극히 현실에서 만날 수 있는 평범한 일상의 소년, 보편적인 소년들이다.

현덕의 「고구마」, 「권구시합」, 「집을 나간 소년」, 「군밤장수」, 「하늘은 맑건만」 등에서 교차 반복 등장하는 '문기', '기수', '수만', '인환', '일성'이나 김동리의 「소년」에서 만나는 '성재', '윤범' 등이 그 좋은 모델이다.

①물이 가슴 밑까지 닿으니 갑자기 입에서 뜨거운 김이 연기같이 펑 나왔다. 한순간 그의 시야에서 좀 멀어졌던 오리가 다시 그의 두 눈에 비쳤다. 그는 손으로 엷은 얼음을 헤치며 다시 몇 발을 나아갔다. (…중략…) 푸르고 고요한 물을 헤칠 때부터는 의연히 오리와 사람과의 경주 뿐이다. (…중략…) 점점 홈테기를 막아들어가, 마침내 두 주둥이로 할 일이 없이 물만 짓쪼아대는 두 마리의 오리를 한꺼번에 덮쳐 안을 수 있었다.[166]

②두 소년은 동시에 몸구프리고 손이 한 곳으로 모인다. 그러나 서로 머리가 무딪자 그대로 달라붙어 차고 받고 주먹으로 지르고 두 몸이 얼싸 안은 채 쓸어져 땅바닥에 구르고 나중에 인한이는 갑동이 무릎 밑에 깔려 머리를 얻어맞더니 그대로 고개를 땅에 박고 만다. 급기야 쌈은 인환이 코에 피를 내고 진좌되었다.[167]

---

166 김동리, 「소년」, 『문장』, 1941.2.
167 현덕, 「拳球試合」, 『소년』 2-10, 1938, 16쪽.

③ 실로 기수는 난처하였다. 이 가엾은 여인에게 끝끝내 입을 봉하고 있을 수는 정말 어려웠다. 그러나 동무가 당부하던 말도 잊을 수 없어 멍멍히 섰는데 마침 부산서 떠난 열차가 도착하였다는 보고가 들리며 그 편으로 사람들은 몰려간다. 저는 그 자리에 머물러 있을 수 없다.[168]

④ 호주머니 속에 든 걸 끄집어내었다. (…중략…) 수만이는 무한 남부끄러움에 취해 고개를 들지 못하고 섰다. 그러나 그 수만이보다 갑절 부끄럽기는 인환이었다. 아이들이었다. 더욱이 기수 자신이었다. (…중략…) 두 손으로 수만이 손에 쥐어주며 다만 한 마디 입 안의 소리를 외고 그 앞에 쥐어주며 다만 한 마디 입안의 소리를 외고 그 앞에 깊이 머리를 숙인다.[169]

⑤ 기수는 좀더 근본적으로 이 가난하고 재주있는 동무를 도와줄 도리가 없을가하는 생각에 잠기며 학교 운동장에 턱을 고이고 앉았다. 그러다 가 기수는 문득 무릎을 탁 치고 일어서며 이어 옆의 인환이 등을 또 탁 친다.[170]

현실 세계에서 일어나는 소년들의 갈등과 대립은 다양하다. ① 소년 성재가 살얼음이 끼는 초겨울 서못[西池]에 날아온 오리를 맨손으로 잡는 오리와의 대결장면이다. "칼로 온몸을 난도질이나 하는 듯 어디랄 수 없이 뜨끔하고 찌릿하고 돌덩이처럼 뻣뻣하게 굳는" 듯한 고통을 이겨내면서 끝내 오리를 잡는 소년들의 어떤 치기어린 모험을 보여준

168 현덕, 「집을 나간 少年」, 『소년』 3-6, 1939, 16쪽.
169 현덕, 「고구마」, 『소년』 2-11, 1938, 18쪽.
170 현덕, 「군밤장수」, 『소년』 3-1, 1939, 59쪽.

다. "강렬한 식욕의 충동"을 억누르지 못하고 '싯뻘건 피를 입에 칠하며' 친구 윤범과 함께 오리를 뜯어 먹는 장면은 소년들의 잔인성을 그대로 보여주고 있다.

②에서 일성이는 게임에 이길 욕심으로 본의 아니게 진실을 말하지 못하게 된다. 그러나 친구 기수에게는 거짓말을 하지 못한다. 그것이 빌미가 되어 다음 날 권구시합에서 다시 판정시비가 일어나게 되는 소년다운 갈등과 대립의 양상이다. ④에서 학교 농업실습장 고구마 분실로 친구들에게 의심을 받고 있는 '수만'이, 기수는 수만이의 정직함을 알고 있지만, 일종의 군중심리에 휘말려 수만이를 곤경에 빠뜨리고 만다. 수만이의 결백함이 증명되자 기수는 수만이를 끝까지 믿어주지 못한 자신을 부끄러워한다. 현덕의 소설은 대부분 물질주의를 배격하고 소년들의 심리 안에서 일어나는 진실을 찾아내는데 집중하고 있다. 오해와 갈등을 거쳐 소년들의 세계에서 전부라고 할 수 있는 우정 확인에 초점을 맞춘다.

'수만', '기수', '문기'와 같은 소년들이 만들어가는 우정은 어른의 관념에서 만들어지는 '우정'이 아니라 성실한 인간탐구의 결과이고, 소년들이 실생활에 겪는 모습을 여실하게 탐구한 결과로 형상화되었다. 소년세계의 리얼리즘을 적절히 구현해 냈다고 하겠다. 소년들의 세계를 지켜가지만, 그 세계는 사회현실과 동떨어져 있지 않은 소년들의 모습이다. 이로써 1935년 이후부터는 소년들은 보편적 가치를 옹호하기 위해 싸우며, 보편적 질서에 순응함으로써 가치를 추구하고 그 질서와 세계를 드러내는 소년들이다.

제5장

마무리

이 글에서는 1900년대 초기 부터 1940년대 초기까지 소년소설이 형성되고 전개되어 가는 과정을 살펴보고자 했다. 소년소설을 통시적으로 놓고 볼 때 이때만큼 실험이적고도 가변적이었으며 또 소용돌이쳤던 시기도 또한 없었을 것이다. 특히 하나의 문학 갈래 발생이라는 권위 때문에 은폐되거나 과장되는 일이 있어서는 안 될 것이라는 작은 목적에서 시작하여 형성배경과 전개과정을 통시적이며 공시적인 관점으로 고찰해 보았다. 문학사적인 면에서 볼 때 소년소설은 아직도 매우 유효한 장르이며, 발전가능성이 많지만, 특별히 불안정하게 시작했던 형성기와 전개 초기의 모습에 집중함으로써 한 갈래의 시원(始原)적 형태를 여실하게 살펴보고자 했다.

연구사 검토에서 제기된 한국 소년소설의 문제는 발생의 경로가 확연히 밝혀지지 않은 점을 비롯해서 용어 혼용의 문제와 텍스트가 편중된 연구 등이었다. 따라서 이 글에서는 다각적이고 다면적인 연구가 절실히 필요하다는 문제의식에서 출발하여 연구사에서 제기된 문제를 해명하는 것으로 논의를 진행했다.

제2장에서는 소년문학이 존립하기 위해서 전제되어야 할 '소년'의 개념을 탐색하면서 소년소설의 특질을 동화와 비교해 보고, 소년소설의 특질을 살펴보았다. 제2장에서 주목했던 것은 1900년대 '소년'에게 새로운 기의가 더해져 호명된 소년의 지시범주와 위상을 살펴보고 이들 소년을 위한 소년문학의 중요성에 대한 고찰이다. '소년'이라는 어휘의 전통적 쓰임과 지시범주 및 소년에게 부여되었던 사회적 위상을 살펴보면서 '소년'이라는 어휘에 투영된 전통성과 보편적 가치를 알아보았다. 이렇게 함으로 해서 '소년소설', '아동소설', '청소년소설' 등 그간에 혼용되어온 유사 어휘 중에서 '소년소설'이 채택될 수 있는 타당성을 설명하고자 했다. 즉 '소년'은 장구한 언어생활 안에서 초역사적으로 사용되어온 보편적이고 안정적인 기초 어휘라고 할 수 있다. 거기에 근대의 강력한 계몽기획으로 새로운 의미를 더하게 됨으로 어휘의 개념적 폭이 더 공고해지고 확대되었다고 할 수 있다. 무엇보다 계몽기획에 의해 부여된 의미가 특수한 문학인 아동문학의 교훈성에 비추어 결코 간과할 수 없는 중요한 내용이기 때문이다.

'소년'의 사용 양상과 지시 범주, 위상을 파악해보고자 한 것은 '소년'이 문학과 결합되어 '소년소설'을 형성해 나가게 되는 과정을 알기 위한 것이다. 1910년대 '소년'은 기존의 기표에 새로운 기의를 더하게 되어 '신대한의 용기 있고 패기를 갖추어야 할 소년'이라는 기의를 얻게 되었지만, 문학 안에서 '새로운 소년'으로 형상화되는 데까지 나아가지 못하였다. 최남선에 의해 힘차게 호출된 '소년'은 현실성 있게 구현되지는 않았지만, 그 이전에 미처 생각하지 못했던 소년을 상상하게 하기에는 충분했다.

소년의 범주를 논하는 이유는 법률적 제한을 규정하기 위함도 아니고, 소년의 사회적 위치를 설정하기 위함이 아니라는 사실이다. 어디까지나 문학 안에서 규정하는 것이며, 소년에게 문학을 통해 어떠한 자유와 해방과 감성을 줄 것인가의 문제를 말하기 위함인 것이다. 즉 '소년'이란 단순히 연령의 문제가 아니라 내적 자질과 지적 소양, 문화적 활동을 포괄하는 총체적 개념인 것이다.

덧붙여 말하자면, 법률적인 연령에 치중하다보면 연령의 그 경계의 틈바구니에 함몰되는 결과를 가져오게 된다. 소년문학이 하나의 은유적 용어로 정착되게 함으로써 자유롭게 성장할 수 있도록 해야 한다는 것을 제시하면서, 소년의 지시범주와 관련해서 '소년'은 하나의 '메타포'가 될 수 있다는 대안으로 제시해 보고 싶은 것이다.

그리고, 소년소설이 발생되기 이전, 몇 종류의 매체에는 다양한 서사물이 독서자료로 소개되었다. 이와 관련해서 제3장에는 소년소설이 발생되기 이전 서사성격을 살펴보았다. 인물이야기, 순수문예작품, 설화 등이 편집자의 기준에 의해 채택되었는데, 그 핵심은 '계몽'이라는 주제로 귀결되었다. 시대적 상황 때문에 모험과 탐험과 같은 개척 이야기가 선택적으로 번역될 수밖에 없었고, 어려운 시대를 헤쳐 나가는 데 필요한 지혜이야기가 주종을 이루고 있었다. 계통이 없이 다소 산만하게 실렸던 이들 계몽적 이야기들을 '인물과 탐험이야기', '지혜와 교훈 이야기'로 범주화시켰다.

그리고, 소년소설이 공식적으로 시작되는 「졸업의 날」을 전후하여 매체별로 소년소설이 발표되는 과정을 여실하게 살펴보았다. 『어린이』에서는 매우 조심스럽게 '소년소설'이라는 갈래를 실험하면서 애화, 사실 애화, 혹은 실화 등의 표제와 등치시켜 가장 적절한 용어를 탐색해 나가는 것을 확인할 수 있었고, 점차 '소년소설'이라는 명칭으로 고정되는 양상이었다. 여기서 유의해볼 점은 그동안 한 번도 주목받지 못했던 「落葉 지는 날」을 이 글에서 처음으로 조명해 보았다. 오·헨리의 「마지막 잎새」 모티프를 연상하게 하는 이 소설은 '낙엽'으로 '생명의 조락' 의미를 잘 형상화했고, 무엇보다 대화체 문장을 적극적으로 구사하고 있었으며, 장면제시의 기법의 적절하게 활용하고 있어 당시 소설에서 보기 어려운 문학적 성취를 이루어냈다고 보는 것이다.

『신소년』에서 소년소설은 독자투고 작품에서 처음 발견된다. 이때 소년소설로 구분된 것은 주인공 인물이 소년이라는 점과 작자가 소년일 것이라는 점 모두를 상정해 볼 수 있었다. 기성 작가 작품에서는 약 반년 정도 시간이 지난 뒤 권환의 「아버지」에서 소년소설이란 갈래가 처음 등장하는 것을 볼 수 있다. 이 시기 '소년소설'과 '소설'이 혼용되는 것은 또 하나의 현상이었다.

『어린이』, 『신소년』보다 앞서서 발간된 『붉은져고리』나 『아이들보이』에서는 순수창작으로 볼 만한 소년문예물을 찾기가 어려웠고, 단 『새별』 '읽어리'에 실린 「내 소와 개」는 우리나라 최초의 창작동화(소년소설)일 가능성을 타진하는 논의가 제기된 바 있었다. 이광수의 오산학교 제자의 회고담 성격인 이 작품은 화자가 소년시절의 추억을 서술하고 있다는 점, 집에서 키우던 가축이 홍수의 재난 속에도 주인을 배신하지 않고 곁을 지키는 동물과 인간의 교류와 신뢰를 주제로 하고 있다는 점 등에서 소년문학으로 채택될 소지가 있기는 하지만, 작품 전체가 오직 서술자의 회고로 일관되어 있어서 소설로 채택하기에는 난점이 있다고 보는 것이다. 소설이라 함은 플롯이라는 구성요건 등 적절한 소설적 기법이 동원되어야 하는 것은 당연한 일임에도 그러한 장치의 적용이 전무하다는 점에서, 단지 주인공이 소년인 점만으로는 소년소설로 채택되기에 어려운 점이 있었다.

제4장에서는 소년소설 작품 분석에 주력하였다. 정치·사회적인 요동이 극심했던 1920년대부터 1930년대는 사회적 담론이나 이념이 서사에 상호텍스트로 작용되는 것은 당연하다 할 수 있을 것이다. 초기의 소년소설에는 작가의 목소리가 서사 안에 그대로 개입되어 생경스러운 목소리를 그대로 발휘하는 서술의 미숙성을 보여주는 예가 없지 않았다. 이런 사례는 특히 이념을 중시했던 카프 계 작가들의 작품에 두드러지게 나타났는데, 생경스러운 이념 노출이 그 결과라 할 수 있을 것이다.

제4장에서는 이런 문제에 착안하여 서사탐색이라는 큰 틀에서 텍스트에 드러난 특징을 중심으로 세 가지 방향에서 살펴보았다.

첫째는 근대적 규율과 정(情)의 길항관계에 초점을 맞추었다. 1920년대 들면서 근대적 교육에 대한 인식의 변화가 일어났고, 당시 사회적 담론의 중심주제는 교육론이었다. 근대적 교육 제도와 개혁의 형태는 일종의 규율로 작용하게 되는데 먼저는 학교 교육이라는 제도권 교육과 학교와 사회에서 성행하는 근대식 체육이 이중적인 규율로 작용하게 되는 현상을 볼 수 있다.

학교라는 근대적 제도는 공간과 시간을 분리하게 되었다. 공간에 있어서는 사적인 영역이라 할 수 있는 '집'에서 소년들을 불러내 제도적이며 공적인 공간인 학교 안에 머물게 하였고, 시간은 30분 단위 혹은 10분 단위로 분절되어 신체에 제재를 가하는 일종의 규율로 작동되었다. 이와 함께 레저로 총칭될 수 있는 오락과 취미 생활마저도 낯설고 생소한 규율과 규칙, 복식의 제도에 일정부분 신체적 제지를 당하는 형국이 된다. 이처럼 근대규율은 이중적으로 가해지는 것으로 나타나고 있었다. 이런 현상이 서사 텍스트에 그래도 반영되어 주인공 인물의 의식과 행동에 영향을 미치고 있는 양상을 보인다.

문학 안에서는 일본의 다이쇼 데모크라시의 영향이 유입되고, 이광수의 '情育'의 강조 등으로 智・情・義 중에서도 정(情)의 기능에 강화된다. 따라서 소년소설의 인물은 그 이전 시대인『소년』에서 표상되었던 인물과는 다르게 나타나는 것을 볼 수 있다. '돌근육, 무쇠근육'의 소년이 아닌 '애상적'이면서 눈물을 흘리는, 지나치게 나약해 보이는 소년 모습으로 나타난다. 근대의 규율과 정(情)이 팽팽한 긴장관계로 길항하고 있는 현상이라고 할 수 있을 것인데, 이런 소년의 모습에 대해 이전의 논의에서는, 고전소설의 영웅적 인물의 답습이라는 평가가 있었다. 그러나 이 글에서는 정(情)의 기능과 근대의 규율에 의해 새롭게 탄생된, 그 시대의 '신인류', '새 소년'이라고 보았다. 그 근거로 방정환과 같은 대표적인 문화주의자들은 '전통과의 단절'을 꾸준히 추구했고 새로운 사상으로 '어린이'를 규정지어나갔기 때문이다.

두 번째는 현실성과 이념을 강조한 프롤레타리아 문학, 이른바 카프 계열 작가의 작품을 하나의 범주로 묶어 분석해보았다. 프롤레타리아 아동문학작품에 대한 평가는 지나친 이념의 강조로 도식적 결말을 만들어 냈고, 결국은 아동성의 상실이라는 부정적인 평가가 있는 반면, 식민체제를 극복하기 위한 하나의 방편이었다는 나름의 의의를 부여할 수 있게 되었다. 이 글에서도 긍정적인 평가를 수용하되 작품에 의거한 분석을 시도했다. 프롤레타리아 소년소설 대부분은 인물들이 이원적 계급구조를 각성하는데 초점이 맞추어져 있다. 이들 인물들 중 일부는 이러한 계급구조가 식민지배 체제로부터 기인하게 되었다는 사실을 각성하는 데까지 나아가기도 한다. 특히 아이러니 기법을 활용하고 있는 몇 편의 작품을 볼 수 있는데, 어리석은 인물을 통해서 현실의 부조리를 드러낸 것은 문학적 성취라고 할 수 있을 것이다.

프롤레타리아 소설의 도식적인 구도나 폭력성의 고양은 역시 한계로 지적될 수밖에 없었지만, 서사의 공간적 배경 확장이라는 의외의 부산물이 있었다는 사실을 발견하게 되었다. 즉, 우리 민족은 일제의 탄압과 수탈로 인해 유랑·유민의 도정에 오를 수밖에 없는 현실이었다. 그 유랑 길에 오르는 민족의 동선은 결국 소년소설의 공간적 배경을 신의주, 봉천, 만주, 하얼빈, 사할린 등에까지 확대 시킨 결과를 산출하게 된 것이다. 현대 아동문학의 공간적 배경이 한국, 그것도 휴전선 이남의 남한에 한정되어 있는 것이 거의 절대 다수인 점을 감안한다면, 비록 유랑의 길이긴 하지만 지금의 정치적 현실로 볼 때 거의 꿈과 같은 공간적 배경이라 하지 않을 수 없다.

세 번째로 1935년 전후(前後) 작품의 서사성에 주목하게 되었다. 이 시기는 카프가 공식적으로 해체되었고, 보다 새로운 소년소설이 등장하게 되었는데, 비로소 작가와 서술자가 분리되는 서사적 체계를 갖추어 보여주는 텍스트가 나타난다는 것이다. 즉, 서사체 안에 작가가 아닌 서술자의 목소리가 보다 확실해지는 서술태도가 드러나게 되었다. 초점화자의 위치를 확인하게 되고, 작가와 서술자가 분리되어 있어, 독자가 작가의 목소리를 직접 듣는 듯한 생경스러움에서 벗어날 수 있게 되었을 뿐만 아니라, 현대적 서사 양식을 구현해 나가는 것을 볼 수 있게 된다. 이뿐만 아니라 서술자가 소설 인물의 내면세계를 여실하게 서술하여서 독자로 하여금 동일시를 통한 감동을 유발하게 하는 동시에, 문학의 효용성을 극대화하고 있었다. 그러나 대부분의 텍스트에서 서술자와 인물의 거리가 지나치게 가까워 비슷비슷한 느낌을 갖게 하는 약점을 드러내고 말았다. 이 시기의 작품은 인물이 자아와 세계의 대결과 갈등을 내면화하는 현대적 서사를 구현하면서 문학성을 성취하는데 진일보하였다고 볼 수 있다.

이러한 서사적 특성으로 전개된 한국 초기 소년소설은 시기별로 매우 특징 있는 인물을 탄생시켰다. 『어린이』에서 주로 볼 수 있었던 초기 소년소설 주인공들은 불우한 자신의 처지를 극복해낼 뿐만 아니라 주변사람들을 교화시키는 탁월한 능력을 발휘하였으며 한결같이 품성이 바른 소년들이다. 「만년샤쓰」 창남이와 「야구빵 장수」의 성남이가 그 대표적인 인물이라 할 수 있는데, 그간의 연구에서는 이런 소년들을 전대소설의 연장선에서 '영웅적 인물'로 귀결시켰다. 그러나 이 글에서는 시대적 담론과 근대규율에 의해 새롭게 탄생된 신인간형 '새소년'으로 보았다.

이와 함께 이원적 계급 갈등과 폭력에 전면적으로 노출되어 있었던 프롤레타리아 소년소설의 주인공을 '투쟁소년'으로 보았다. 「돼지 코 쑤멍」에서 종구, 「꿀단지」의 수동이가 그 대표적인 소년이라 할 수 있다. 이 소년들은 그들의 아버지, 기성세대와는 달리 이원적 계급 구조에도 굴하지 않고 자기들의 목소리를 드러내는데, 결국은 일제로부터의 민족해방을 꿈꾸며 투쟁하는 소년들인 것이다.

그리고 1930년대 중반 이후 탈이념화된 '보편적 소년'들을 만나게 된다. 보편적 가치를 옹호하기 위해 싸우며, 보편적 질서에 순응하면서 가치를 추구하고 그 질서와 세계를 드러내는 소년들이다. 현덕과 같은 작가들의 성실한 인간 탐구 결과에 의해 형상화된 소년들이라 할 수 있는데, 현실에서 만날 수 있는 '보편적 소년'들이다. 작가의 꿈과 희망이 숨 쉬는 소년상이고 자연의 법칙에서 올바른 삶의 질서를 찾아나가는 소년다운 리얼리즘의 성취다.

이로써 한국 소년소설의 형성 배경과 발생 및 전개과정을 살펴보면서 소년소설이 태동되어 문학성을 구축해 나가는 과정을 살펴보았고, 그동안의 연구에서 문제적으로 남아있었거나 해명되지 못한 부분을 해결해 보려는 것으로 이 글의 목적을 살렸다고 할 수 있겠다.

소년소설, 더 나아가 아동문학은 앞으로 더욱 다종다양하게 발전될 수밖에 없을 것이고 하나의 개념으로 정리되기 어려운 점이 있더라도 무한히 뻗어 나갈 것이다. 독자수용의 측면을 감안한다면 더 다양한 형식과 주제의 소년소설과 아동문학 작품이 발표될 것은 자명한 사실이고 그렇게 되면 소년소설은 한 마디로 명료하게 정의되는 것은 더욱 어려워질 것이 분명하겠지만, 매우 강력하게 뻗어 나갈 것을 충분히 예견할 수 있다.

참고문헌 ·

1. 기본 자료

『아이들보이』,『새별』,『붉은져고리』,『少年』,『어린이』,『신소년』,『별나라』,『學生』,『동화』,『국민문학』,『소년』,『아동문학』『개벽』,『학지광』,『조광』,『대한매일신보』,『동아일보』,『조선일보』,『중외일보』

『삼국사기』, 을유문화사, 1983.

『이광수 전집』, 삼중당, 1962.

『황순원 전집』, 삼중당, 1973.

2. 논문

강소천,「동화와 소설」,『아동문학』 2, 1962.

권복연,「근대아동문학형성과정연구」, 연세대 석사논문, 1999.

김건우,「『개벽』과 1920년대 초반 문학담론의 형성」,『한국현대문학연구』 19, 2006.

김경연,「독일 아동 및 청소년 문학연구」, 서울대 박사논문, 2000.

김동리,「시적환상과 현실 속의 소년」,『아동문학』 2, 배영사, 1962.

김동민,「1940년대 전반기 '개척소설' 연구」, 경상대 박사논문, 2002.

김동식,「한국의 근대적 문학 개념 형성과정 연구」, 서울대 박사논문, 1999.

김만석,「한국·조선·중국아동문학장르 획분에 대한 비교연구」,『아동문학평론』 113, 2004.

김병익,「성장소설의 문화적 의미」,『세계의 문학』, 1981년 여름.

김부연,「한국 근대 소년소설연구」, 건국대 석사논문, 1995.

김석봉,「신소설의 대중적 성격」, 서울대 박사논문.

김성연,「한국근대문학과 동정의 계보」, 연세대 석사논문, 2002.

김성학,「서구교육학 도입과정연구」, 연세대 박사논문, 1995.

김영민, 「이광수 초기소설 「소년의 비애」 연구」, 『문학한글』 21, 2000.

김용희, 「한국창작동화 형성과정과 구성원리연구」, 경희대 박사논문, 2009.

김학선, 「한국 창작동화·아동소설연구」, 단국대 석사논문, 1985.

김행숙, 「1920년대 동인지 문학의 근대성 연구」, 고려대 박사논문, 2002.

김화선, 「한국 근대아동문학 형성과정 연구」, 충남대 박사논문, 2002.

김현철, 「일제기 청소년문제연구」, 서울대 박사논문, 2009.

박근예, 「1920년대 문학담론 연구」, 이화여대 박사논문, 2006.

박숙경, 「한국근대 창작동화 형성과정 연구」, 인하대석사논문, 1999.

박성애, 「1920년대 소년소설연구」, 서울시립대 석사논문, 2009.

박영기, 「한국근대아동문학교육의 형성과 전개과정연구」, 한국외국어대 박사논문, 2008.

박지영, 「방정환의 '천사적 동심주의'의 본질」, 『동북아문화연구』 51, 2005.

박지혜, 「황순원 장편소설의 술기법과 수용에 관한 연구」, 아주대 박사논문, 2008.

박태일, 「나라잃은시대 후기 경남·부산 지역아동문학」, 『한국문학논총』 40, 2005.

백 철, 「아동문학의 문제점」, 『아동문학』 5, 1963.6.

손유경, 「한국근대소설에 나타난 동정의 윤리와 미학에 관한 연구」, 서울대 박사논문, 2006.

소영현, 「청년과 근대」, 『한국근대문학』 6, 2005.

손향숙, 「영국 아동문학과 어린이 개념의 구성」, 서울대 박사논문, 2004.

신현득, 「한국 근대 아동문학 형성과정 연구」, 『국문학논총』 17, 2000.

심명숙, 「한국근대아동문학론 연구」, 인하대 석사논문, 2002.

양윤정, 「영국아동문학의 발생과 전개과정」, 『영어영문학』 51-2, 2005.

염희경, 「소파 방정환 연구」, 인하대 박사논문, 2007.

오길주, 「권정생 동화연구」, 가톨릭대 석사논문, 1997.

오성철, 「한국 초등교육 연구」, 서울대 박사논문, 1996.

유안진, 「시와 언어」, 『삶과 문학』, 우석, 1998.

유재천, 「시와 문화」, 『배달말』 25, 배달말학회, 1999.

윤해동, 「한말 일제하 천도교 김기전의 '근대'수용과 '민족주의'」, 『역사문제연구』 창간호,
      역사문제연구소, 1999.

이강언, 「현덕의 소년소설 연구」, 『나랏말쌈』 20, 대구대학교, 2005.

이구조, 「사실동화와 교육동화」, 『동아일보』, 1940.

이균상, 「이원수 소년소설의 현실수용양상 연구」, 한국교원대 석사논문, 1997.

이기훈, 「독서의 근대, 근대의 독서」, 『역사문제연구』 7, 2001.

_____, 「1920년대 '어린이' 형성과 동화」, 『역사문제연구』 8, 2002.

이선미, 「1930년대 후반 이태준 소설의 변화와 그 의미」, 『상허학보』 4, 1998.

이영아, 「신소설에 나타난 육체인식과 형상화방법연구」, 서울대 박사논문, 2005.

이영지, 「채만식 소설의 인물원형 연구」, 경상대 박사논문, 2003.

이원수, 「아동문학 프롬나아드」, 『아동문학』 12, 배영사, 1965.

이정림, 「이주홍 사실동화연구」, 부산대 석사논문, 2003.

이정석, 「『어린이』지에 나타난 아동문학 양상연구」, 전남대 석사논문, 1993.

임성규, 「1920년대 중후반 계급주의 아동문학 비평연구」, 한국아동청소년문학학회, 2008.

임신행, 「허물기와 일으켜 세우기」, 『한국현대아동문학작가작품론』, 집문당, 1996.

장정희, 「소파 방정환의 장르구분 연구」, 고려대 석사논문, 2009.

전명희, 「한국 근대 소년소설 연구」, 영남대 박사논문, 1998.

정영훈, 「이광수 논설에서 개인과 공동체의 의미」, 『한국현대문학』 12, 2002.

정춘자, 「이주홍 연구-창작동화와 소년소설 중심으로」, 단국대 석사논문, 1990.

정혜원, 「1910년대 아동문학연구-아동매체를 중심으로」, 성신여대 박사논문, 2008.

조구호, 「일제강점기 이향소설 연구」, 경상대 박사논문, 1999.

조동구, 「친일문학의 형성과 전개양상연구」, 『동북아문화연구』 3, 2002.

조은숙, 「한국아동문학의 형성과정 연구」, 고려대 박사논문, 2006.

조지훈, 「동화의 위치-문학형태 발달과정에서 본 동화와 소설」, 『아동문학』 2, 1962.11.

仲村修, 「이원수 동화·소년소설 연구」, 인하대 석사논문, 1993.

최기숙, 「'신대한 소년'과 '아이들보이'의 문화생태학」, 『상허학보』 16, 2006.

최명표, 「김동리의 소년소설연구」, 『동화와 번역』 12, 건국대 동화와 번역 연구소, 2006.

최미선, 「카프 동화 연구」, 경상대 석사논문, 2004.

_____, 「이주홍 동화의 아이러니 연구」, 『경상어문』 14, 2008.

_____, 「이원수 소년소설 서사성 연구」, 『한국아동문학연구』 17, 한국아동문학학회, 2010.

최배은, 「한국 근대청소년소설의 형성연구」, 숙명여대 석사논문, 2005.

최인자, 「한국 현대소설의 담론 생산방법 연구」, 서울대 박사논문, 1997.

최인학, 「동화의 특질과 발달과정 연구」, 경희대 박사논문, 1967.

최현주, 「한국 현대성장소설의 서사시학 연구」, 전남대 박사논문, 1999.

_____, 「한국 현대 성장소설에 드러난 '성장'의 함의와 문화적 양면성」, 『현대소설연구』 13, 2000.

황재윤, 「장지연·신채호·이광수의 문학사상 비교연구」, 서울대 박사논문, 2004.

황정현, 「사실동화의 현실반영문제」, 『한국아동문학연구』 20, 2011.

3. 단행본

강만길, 『고쳐 쓴 한국 근대사』, 창작과비평사, 2006.

강정규 외, 『아동문학 창작론』, 학연사, 1999.

강진호, 『한국 근대문학작가연구』, 깊은샘, 1996.

국사편찬위원회 편, 『한국사』 47, 2001.

건국대 동화와 번역연구소 편, 『동화와 설화』, 새미, 2003.

고미숙 , 『한국의 근대성 그 기원을 찾아서』, 책세상, 2001.

구인환, 『아동문학』, 한국방송통신대학교, 1973.

권보드래, 『한국근대소설의 기원』, 소명출판, 2000.

_____ 외, 『『소년』과 『청춘』의 창』, 이화여대 출판부, 2007.

권영민, 『서사양식과 담론의 근대성』, 서울대 출판부, 1999.

_____, 『한국현대문학사』 1 · 2, 민음사, 2002.

_____, 『한국 현대소설의 이해』, 태학사, 2006.

권혁래 편, 『조선동화집』, 집문당, 2003.

김경연, 『우리들의 타화상』, 창작과비평사, 2008.

김병철, 『한국 근대 번역문학사 연구』, 을유문화사, 1975.

김상욱, 『어린이 문학의 재발견』, 창작과비평사, 2006.

김서정, 『어린이 문학 만세』, 푸른책들, 2003.

김열규, 『한국의 신화』, 일조각, 1976.

김영민, 『한국근대소설사』, 솔, 1997.

김용희, 『동심의 숲에서 길 찾기』, 청동거울, 1999.

김윤식, 『이광수와 그의 시대』 1, 솔, 1999.

김이구, 『어린이 문학을 보는 시각』, 창작과비평사, 2005.

김자연, 『한국 동화문학연구』, 서문당, 2000.

김제곤, 『아동문학의 현실과 꿈』, 창작과비평사, 2003.

김종회 · 김용희 편, 『한국동화문학의 흐름과 미학』, 청동거울, 2007.

김준오, 『문학사와 장르』, 문학과지성사, 2000.

김진균 · 정근식 편, 『근대주체와 식민지 규율권력』, 문화과학사, 1997.

나병철, 『소설과 서사문화』, 소명출판, 2006.

大竹聖美, 『韓日兒童文學關係史序說』, 靑雲, 2006.

박민수, 『아동문학의 시학』, 춘천교대 출판부, 1998.

박상재, 『한국창작동화의 환상성 연구』, 집문당, 1998.

_____,『한국동화문학의 탐색과 조명』, 집문당, 2001.

박성석,『한국민속의 이해』, 경상대 출판부, 2008.

박 진,『서사학과 텍스트 이론』, 랜덤하우스 중앙, 2005.

박찬승,『한국 근대정치사상사연구』, 역사비평사, 1992.

박화목,『신아동문학론』, 보이스사, 1982.

방정환 편,『사랑의 선물』, 우리교육, 2003.

백희영,『2010 청소년백서』, 여성가족부, 2010.

상허학회 편,『1920년대 동인지 문학과 근대성 연구』, 깊은샘, 2000.

석경징 외,『서술이론과 문학비평』, 서울대 출판부, 1999.

석용원,『아동문학원론』, 학연사, 1986.

송희복,『말글살이의 길잡이』, 도서출판 월인, 2010.

선안나,『천개의 얼굴을 가진 아동문학』, 청동거울, 2006.

신경득,『서사연구』, 일지사, 2009.

신헌재 외,『아동문학의 이해』, 박이정, 2009.

역사문제연구소 문학사연구모임,『카프 문학운동연구』, 역사비평사, 1989.

오탁번・이남호,『서사문학의 이해』, 고려대 출판부, 1999.

원종찬,『동화와 어린이』, 창작과비평사, 2001.

_____,『아동문학과 비평정신』, 창작과비평사, 2001.

유안진,『한국 전통사회의 유아교육』, 서울대 출판부, 1990.

유종호,『문학이란 무엇인가』, 민음사, 1989.

윤석중,『한국아동문학소사』, 대학교육연합회, 1961.

_____,『어린이와 한 평생』, 범양사 출판부, 1985.

이기갑,『국어방언문법』, 태학사, 2003.

이보영 외,『성장소설이란 무엇인가』, 청예원, 1999.

이상현,『아동문학강의』, 일지사, 1987.

이성훈,『동화의 이해』, 건국대 출판부, 2003.

이오덕,『시정신과 유희정신』, 창작과비평사, 1977.

_____,『어린이를 지키는 문학』, 백산서당, 1984.

이원수,『아동문학입문』, 웅진출판사, 1984.

이윤미,『한국의 근대와 교육』, 문음사, 2006.

이재복,『우리동화 바로읽기』, 소년한길. 1995.

이재선,『한국개화기 소설연구』, 일조각, 1972.

_____, 『한국소설사』, 민음사, 2000.

이재철, 『아동문학개론』, 서문당, 1983.

_____, 『아동문학의 이론』, 형설출판사, 1983.

_____, 『현대아동문학사』, 일지사, 1978.

_____, 『세계아동문학사전』, 계몽사, 1989.

이진경, 『근대적 시 · 공간의 탄생』, 푸른숲, 1997.

이화여대 한국문화연구원 편, 『근대계몽기 지식개념의 수용과 그 변용』, 소명출판, 2004.

임규홍, 『어떻게 말하고 들을 것인가』, 박이정, 1999.

임 화, 『문학사』, 소명출판, 2009.

장시광, 『한국고전소설과 여성인물』, 보고사, 2006.

정선혜, 『한국아동문학을 위한 탐색』, 청동거울, 2000.

정희모, 『1950년대 한국문학과 서사성』, 깊은샘, 1997.

조남현, 『소설원론』, 고려원, 1982.

조동일, 『신소설의 문학사적 성격』, 서울대 출판부, 1973.

_____, 『한국문학통사』 5(제4판), 지식산업사, 2005.

조연순, 『한국초등교육의 기원』, 학지사, 1995.

조정래 · 나병철, 『소설이란 무엇인가』, 평민사, 1991.

최명표, 『한국 근대 소년소설작가론』, (주)한국학술정보, 2009.

최시한, 『하늘을 맑건만』, 문학과지성사, 2007.

최시한 · 최배은 편, 『쓸쓸한 밤길』, 문학과지성사, 2007.

최원식, 『한국계몽주의 문학사론』, 소명출판, 2002.

최용수, 『고전시가론』, 도서출판 문화기획, 2003.

최지훈, 『한국현대아동문학론』, 아동문예, 1991.

_____, 『어린이를 위한 문학』, 비룡소, 2001.

최현식, 『신화의 저편』, 소명출판, 2007.

한용환, 『서사이론과 그 쟁점들』, 문예출판사, 2002.

현길언, 『어린이 서사이론과 창작의 실제』, 태학사, 2000.

황병순, 『말을 알면 문화가 보인다』, 태학사, 1996.

황선열, 『아동청소년 문학의 새로움』, 푸른책들, 2008.

황종연, 『현대문학의 비평용어사전』, 문학동네, 1995.

柄谷行人, 박유하 역, 『日本 近代文學의 起源』, 민음사, 1997.

本田和子, 구수진 역, 『20세기는 어린이를 어떻게 보았는가』, 한림토이북, 2002.

李孝德, 박성관 역, 『표상공간의 근대』, 소명출판, 2002.

河原和枝, 양미화 역, 『어린이관의 근대』, 소명출판, 2007.

Bakhtin, Mikhail M., 전승희 역, 『장편소설과 민중언어』, 창작과비평사, 1988.

Bal, Mieke, 한용환 역, 『서사란 무엇인가』, 문예출판사, 1999.

Benjamins, Walter, 반성완 편역, 『문예이론』, 민음사, 1992.

Booth, Wayne. C., 최상규 역, 『소설의 수사학』, 예림기획, 1999.

Chatman, S., 한용환 역, 『이야기와 담론』, 푸른사상, 2003.

Foucalt, Michel, 오생근 역, 『감시와 처벌』, 나남출판, 1994.

Frye, Northrop, 임철규 역, 『비평의 해부』, 한길사, 2000.

Genette, G., 권택영 역, 『서사담론』, 교보문고, 1992.

Hazard, Paul, 햇살과 나뭇꾼 역, 『책 어린이 어른』, 시공주니어, 1999.

Lakoff, G. & Johnson, M., 노양진·나익주 역, 『삶으로서의 은유』, 박이정, 2006.

Lotman, Y. M., 유재천 역, 『문화기호학』, 문예출판사, 1998.

Lukács, Georg, 김경식 역, 『소설의 이론』, 문예출판사, 2007.

Marthe, Robert, 김치수·이윤옥 역, 『기원의 소설 소설의 기원』, 문학과지성사, 1999.

Mordecai, Marcus, 최상규 역, 『현대소설의 이론』, 정음사, 1983,

Nikolajeva, Maria, 김서정 역, 『용의 아이들』, 문학과지성사, 1998.

Nodelman, Perry, 김서정 역, 『어린이 문학의 즐거움』 1·2, 시공주니어, 2001.

Philippe, Ariés, 문지영 역, 『아동의 탄생』, 새물결, 2003.

Prince, Gerald, 최상규역, 『서사학』, 문학과지성사, 1998.

Rimmon Kenan, S., 최상규역, 『소설의 현대시학』, 예림기획, 1999.

Scholes, Robert & Phelan, James & Kellogg, Robert, 임병권 역, 『서사문학의 본질』, 예림
기획, 2007.

Shultz, Robert, 유재천 역, 『기호학과 해석』, 현대문학, 1988.

Smith, L. H., 김요섭 역, 『아동문학론』, 교학연구사, 1966.

Sorel, Georges, 이용재 역, 『폭력에 대한 성찰』, 나남, 2007.

Stanzel, F.K., 김정신 역, 『소설의 이론』, 문학과비평사, 1990.

Tambling, Jeremy, 이호 역, 『서사학과 이데올로기』, 예림기획, 2000.

Todorov, Tzvetan, 신동욱 역, 『산문의 시학』, 문예출판사, 1992.

Townsend, John Rowe, 강무홍 역, 『어린이 책의 역사』 1·2, 시공주니어, 1996.

Vierne, Simone, 이재실 역, 『통과제의와 문학』, 문학동네, 1996.
Whitehead, Robert, 신헌재 역, 『아동문학교육론』, 범우사, 1992.
Zipes, Jack, 김정아 역, 『동화의 정체』, 문학동네, 2008.